米蘭Lady◎著
柔福帝姬
蒹葭蒼蒼
中

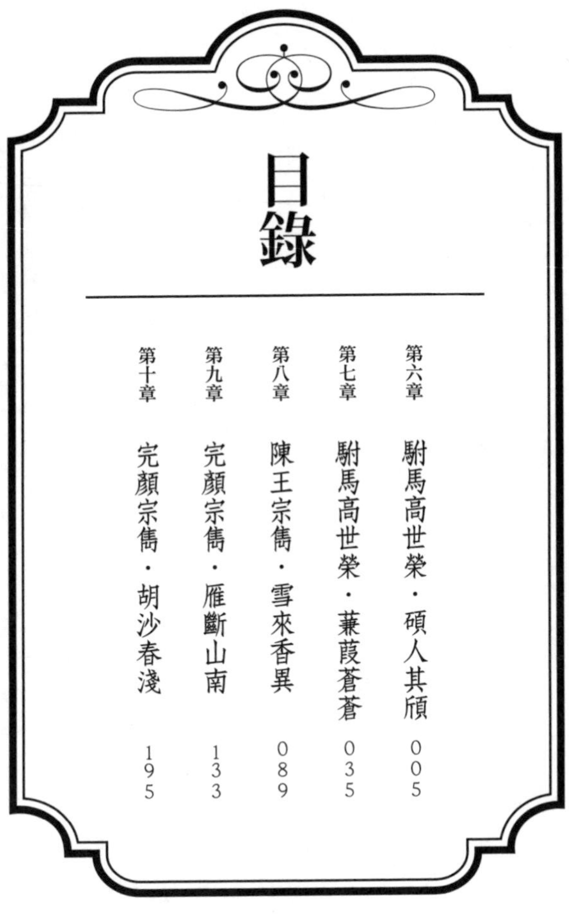

目錄

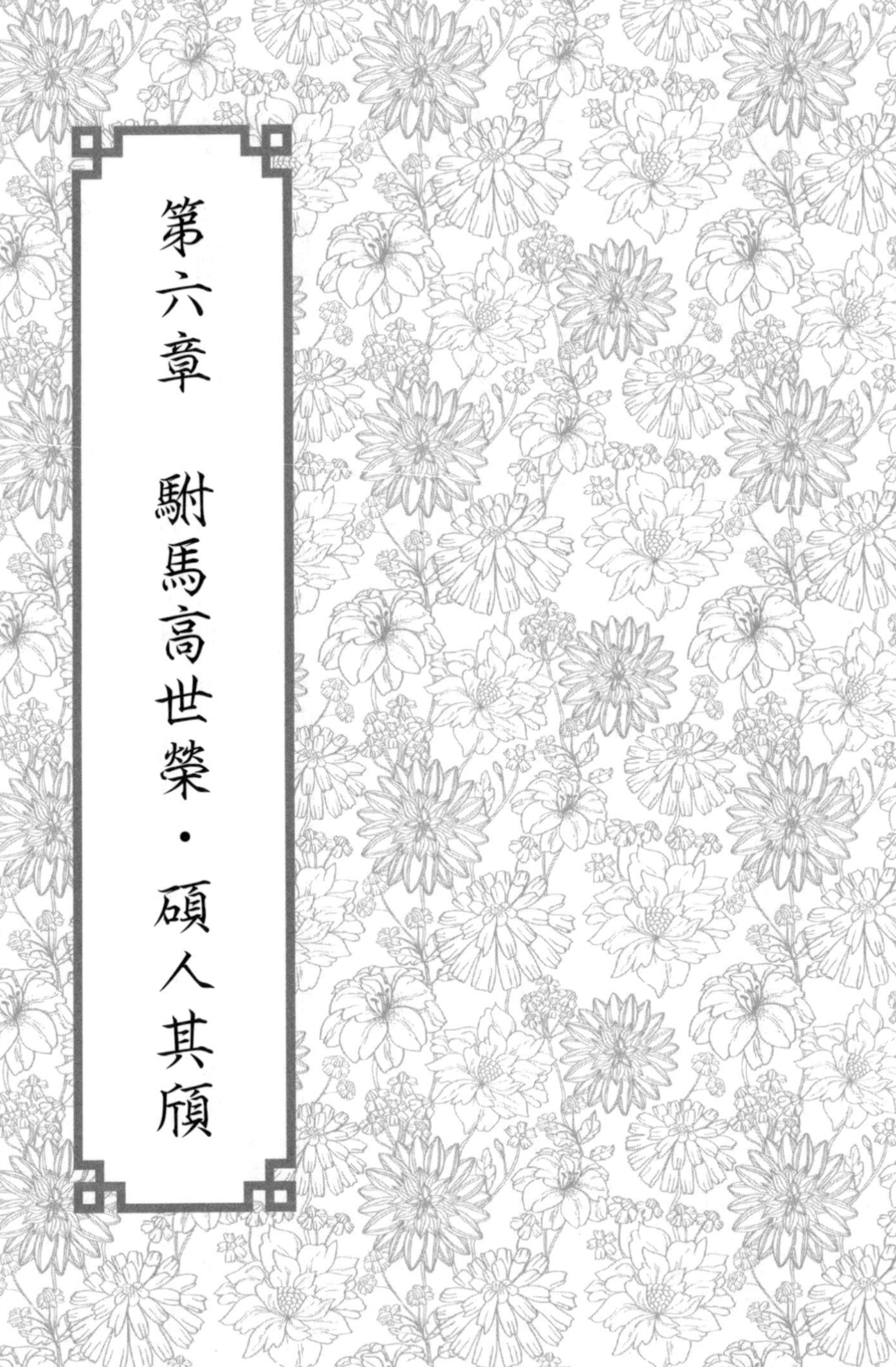

第六章　駙馬高世榮・碩人其頎

一　擊鞠

紹興元年十一月，尚書左僕射呂頤浩見越州、會稽等地漕運不繼，而臨安形勢已穩定，更適合做駐蹕之地，便建議趙構移蹕臨安，說：「如今中原隔絕，江、淮之地，尚有盜賊，駐蹕之地，最爲重要。陛下應當先定駐蹕之地，使發佈的號令容易順利傳達到川、陝等地，軍隊順流而可下，使漕運通暢，不至於艱阻。然後速發大兵，以平群寇，於明年二三月間，使國民得務耕桑，則國之根本即可立了。現在天下之勢可謂危急，失去中原之後，只存江、浙、閩、廣數路而已，其間亦大多曾被金軍所破，浙江郡縣往往已遭焚劫，浙東一路，而今看來對漕運頗爲不利。若不移蹕於上流，保全此數路，使國家命令易通於四方，則民將失卻耕業，號令亦將被阻絕。以後金人復來，再追悔也於事無補了。」

趙構覺他所說在理，便下詔宣佈移蹕臨安。

紹興二年春正月丙午，趙構帶著宮眷與百官回到臨安。七日後宴請百官於宮中，並召集數十位年輕官員將領在宮內正殿外行擊鞠賽以慶還蹕。

擊鞠便是馬球。宣政年間，每年三月，趙佶都會在汴京大明殿舉行幾場盛大擊鞠賽，軍士將領、文武百官、宗室皇族，甚至後宮美女均可上場競賽，場面甚是熱鬧壯觀。不事遊幸的趙桓對此就毫無興趣，自他即位後宮中很少再舉辦擊鞠、蹴鞠等比賽。靖康之變後前幾年政局不穩，戰事頻繁，趙構輾轉於江南，常居無定所，故此也並無心情重拾這類競賽娛樂。現在形勢漸好，趙構歸來，見臨安自收復後官民重建效果不錯，一派安寧祥和的樣子，心中很是喜悅，也便有了仿汴京舊事召官員將領同來擊鞠的興致。

那日大殿外宮院中東西兩側各豎了兩根金龍彩雕木柱做球門，高約丈餘，門前分別站有一人守門，兩名禁中侍衛官手持小紅旗侍立於一旁，以爲比賽作裁判，並隨時傳達皇帝旨意。另有數名御龍官身著錦繡衣，手握哥舒棒，準備巡邊拾球。大殿殿階下豎有日月二旗，東西相向，迎風獵獵而舞。教坊鼓樂隊設於殿外兩廊之下，每邊各設五面鼓，連帶著每個球門後的五鼓，共有二十面。不上場的百官坐於場邊所設兩廂坐席上觀看，而柔福與嬰茀等宮眷則坐於殿內珠簾後遠觀。

參與競賽者分爲兩隊，一隊著黃衣，一隊著紫衣，此刻均乘馬執球杖分列兩旁靜候。須臾，只聽長長一聲名馬嘶鳴，宮院正門立時敞開，現身而出的趙構身穿銷黃錦繡窄衣，足登烏皮鑲金長靴，手持一柄紅漆彩繪球杖，騎在一匹紅鬣錦鬃高頭駿馬上，一臉肅然地策馬朝場內疾馳而來。

霎時鼓樂齊鳴，教坊樂伎合奏〈涼川曲〉，兩廂官員當即起立恭迎，珠簾後的妃嬪宮女亦連連喜呼：「官家來了！」紛紛起身走近，如當年汴京宮女看水秋千一般，以手爭擘珠簾去看趙構身影，惟柔福氣定神閒地獨自坐著，並不如她們那般激動。

趙構入場之後立即有一名內侍抱著一個金盒跑來，在趙構面前跪下，打開金盒，取出裡面的朱漆七寶球畢恭畢敬地置於趙構馬下，再拜，然後退出場外。趙構先象徵性地擊球入門，旋即迴馬入正席，飲畢群臣敬上的一盞酒後才正式入場開球，率黃衣隊與紫衣隊馳馬爭擊。

他球技嫺熟，開球後只與黃衣隊隊員傳切配合數下便已攻至紫衣隊球門邊，引杖一截，穩穩接住隊友傳來的球，兩側觀眾立時齊聲喝彩，教坊樂隊伴奏得越加起勁，二十面大鼓同時擂響，其聲震天。趙構微微一笑，從容推擊，對方守門官員撲救不及，球應聲入門。

皇帝先拔頭籌，樂聲頓止，群臣跪下山呼萬歲。球門兩側置有繡旗二十四面，並設有空架子於殿東西階下，每隊攻入一球便需插一旗於架上記分。唱籌官哪敢怠慢，早已取出一面旗插在黃衣隊架上。

此後黃衣隊攻勢不減，很快又由趙構再下一城，黃衣隊兩籌在手，擊鞠賽以三籌分勝負，黃衣隊只需再攻入一球便可大獲全勝。趙構頗爲自得，揚手揮杖示意隊員一鼓作氣儘快拿下這場比賽。黃衣隊隊員們亦大受鼓舞，振作精神馭馬奔遊追擊七寶球，紫衣隊頹勢越來越明顯，眼見便要招架不住了。

很快趙構再度攻至對方門前，球已被隊員傳至他馬下，正在他低首朝下引杖將要擊球的那一刹那，忽有一支黑漆球杖橫入視野，那呈半弦月狀的杖端插於他的球杖與球之間，不過是短如電光火石的瞬間，球已被執杖人遠遠擊開，朝黃衣隊球門那邊飛了過去。

趙構抬首，看見了破壞他臨門一擊的男子。

那人著紫衣，騎一匹通體黑亮的馬，一手握球杖，一手策良駒，挺身坐在雕鞍之上。二十多歲的樣子，劍眉朗目中頗有幾分英氣。見丟了球的趙構冷冷視他也不害怕，只略微欠身以示歉意。

趙構記得他。他是永州防禦使高世榮，當初接柔福歸來，他亦有功。

比賽仍在進行，趙構未及多想，又馳馬走開準備接應隊員傳球，不想高世榮適才所斷的球已落在紫衣隊杖下。高世榮迅速策馬奔至前場，他的隊友當即心領神會地將球朝他一撥，他不待球落地，側身雙手握杖迎空一擊，只聽「啪」地一聲，球硬生生改變飛行的軌跡，黃衣隊守門者尚未反應過來，球已經飛入球門。

這球進得煞是漂亮，兩側觀眾不禁齊聲叫好，樂隊依律擊鼓三通，紫衣隊的旗架上也插上了一面記分的旗幟。趙構微微蹙了蹙眉。

按比賽規定，進球的隊員要下馬向皇帝謝恩。高世榮隨即下馬朝趙構叩頭謝恩，趙構頷首命他平身，然後重又開球，繼續比賽。

此後形勢陡然逆轉。高世榮乘騎精熟，馳騁如神，駕著黑馬東西驅突，行動如風迴電擊一般，不斷搶斷猛攻，黃衣隊門前風聲鶴唳，沒隔多久城門再度告破。

兩隊平分秋色，剩下一籌最爲關鍵，先入球方爲勝，因此雙方隊員神色都變得尤爲凝重。黃衣隊好不容易自後場將球斷下，一眾球員立時迅速反擊，一路疾馳一路牢牢將球控制在己方球杖下。奔至前場，控球隊員抬頭一看，發現趙構已馭馬到門前，而他身邊並不見紫衣隊員身影，一喜之下連忙將球一擊傳出……忽見一道黑影凌空閃過，影落之時飛向趙構的球已不見蹤跡。眾人定睛一看，才看出原來是高世榮縱馬自遠處飛躍而來，在空中以杖將球擊下，落地時再俯身一擋，略停了停球，然後猛地揮杖，全力一擊，只見那球如流星般越過數名黃衣隊員頭頂，劃出一道悠長弧線，擦著門柱自黃衣隊球門左上角吊入。

短暫的沉默後鼓聲和喝彩聲再起，高世榮亦微笑著下馬，第三次朝趙構跪拜謝恩。

趙構淺笑一下，道：「好，你贏了。」然後不再多說什麼，下馬入殿更衣。

賽後趙構召群臣進殿飲酒，並分賞勝負兩方。席間趙構盛讚高世榮，笑對群臣說：「高卿馬術球技都精湛過人，今日紫衣隊獲勝可說全仗他一人力挽狂瀾，理應特別嘉獎。」然後和言問高世榮：「卿希望得到何種賞賜？」

高世榮出列，躬身問：「陛下，臣可以直言相告麼？」

趙構道：「當然，但說無妨。」

於是高世榮抬首，朗聲說：「臣請陛下降福國長公主予臣。」

趙構一凜，暫未作答，舉杯徐徐飲下一口酒後再凝眸看他：「你剛才說什麼？」

高世榮再次躬身一揖，一字一字清楚地答道：「臣斗膽，求尚福國長公主。」

二　罌粟

趙構將酒杯擱下，身邊侍女立即過來，提起酒壺爲他斟滿御酒薔薇露。一縷淺紫紅色的細流自壺口傾墜而下，注入桌上的白玉雕龍杯中，融聚成一泊清澈的液體，有略深一層的純淨色澤，清香四溢，其間有薔薇花瓣的芬芳。

酒露淙淙傾流，那聲音在沉默的大殿內顯得異常清晰。趙構一直看著，待一杯酒完全斟滿，才終於開口：「賜永州防禦使高世榮錢四百千，綾二十匹，絹三十匹，綿五十兩。」

這是非常厚重的賞賜，相當於當時參知政事兩月俸祿及一年領取的匹帛量。他此言一出群臣皆明白，這等於是拒絕了高世榮向福國長公主的求婚，以厚賞聊表對他的撫慰。

不料高世榮並不跪下謝恩，卻上前一步，長揖再道：「陛下賞賜臣不敢受，請陛下收回。陛下若覺得臣位卑職輕配不上長主，臣會繼續爲國征戰、建功立業以求達到陛下的期望。在此之前陛下不必再賞賜別的財物給臣，臣一生所求，惟長主而已。」

他話說得如此直接明白，甚是驚人。群臣都知道趙構對現在這個唯一的妹妹異常看重，遲遲不將她許人，大概就是覺得滿臣文武中找不到一個堪與她相配的夫婿，而高世榮雖然人也年輕有爲，官至防禦使，身分不可謂不高，但在大庭廣眾之下公然求婚顯然較爲唐突，結果如何根本毫無把握。於是眾人一面驚歎於他的勇氣，一面猜測著趙構接下來的反應，在趙構尚未答覆之前殿內便已響起了一片竊竊私語聲。

趙構直身而坐，四下冷冷一掃視，群臣立即噤聲。

「卿的意思朕明白了。」他淡淡道：「但長公主下降並非小事，此事稍後再議。」

高世榮似還想說些什麼，趙構已一揚手：「奏樂。」

絲竹聲立即響起，趙構微笑著向群臣舉杯，眾人連忙舉杯以應，紛紛道出祝酒之辭。高世榮只得默默回列坐下，悶悶地獨酌了一杯。

他是河北世家子，有良好的出身，自小學詩文、練弓馬，及長成後也是個文武皆全的人物。靖康之變後他投入宗澤軍中，因既有膽識又懂謀略，阻擊金軍表現英勇，而頗得宗澤賞識，得到了他的逐步提拔重用。

建炎三年十一月，活動在淮河、黃河流域的亂軍流寇首領劉忠帶兵進犯湖北蘄州，趙構調高世榮前往蘄州協助蘄、黃都巡檢使韓世清與劉忠作戰。兩將協力，數月後擊敗了劉忠。劉忠最後棄巢而逃，轉入湖南。高世榮領兵搜查劉忠山寨賊營時，在一間小小的柴房裡發現了一個形容憔悴的女子。

她穿著一身暗淡破舊的衣裙，頭髮枯黃而蓬亂，臉頰和雙唇都毫無血色，神情懨懨地倚坐在牆角，在他劈開鎖推門進去的那一刹那她下意識地扭頭朝內，像是被突然加強的光線刺了一下。

「你是誰？」他站在門邊問。

她緩緩轉頭，睜目，大大的眼睛無神而空洞。她的雙目正對著他，但他卻不能確定她是在看他。就像一粒寒冷的水珠滴落在心上，這景象忽然令他微微一顫。

他不自覺地靠近她，低身蹲下和言問她：「你是誰？爲何被鎖在這裡？」

她靜靜地打量他，從頭盔到鎧甲，從五官到手足，然後，他聽見她清冷的聲音。

「你是宋將？」她問。

「是。」他點頭。

「你效忠的是康王？」

他再度頷首，但不忘糾正說：「當今聖上已經登基為帝，姑娘不應再稱康王。」

聞言，她奇異地笑了：「是啊，他已經登基為帝了。」

那抹笑意似一下子點亮了她殘餘的所有精神，她站起來，仔細理理衣裙，攏攏兩鬢的散髮，然後轉身看他，下巴微仰，道：「我是道君皇帝的女兒，當今聖上的妹妹，柔福帝姬。」

半晌的愣怔之後，他鄭重地以車將她送到蘄州守臣甄采的官邸中安置下來。隨後從抓到的幾個劉忠兵卒口中得知了一些關於這個女子的情況。

她是半月前被劉忠從外搶入山寨的，劉忠見她容貌美麗便欲收為小妾，哪知這女子拼死不從，掙扎間扯下他好幾綹鬚髮，還差點咬掉他手臂上一塊肉。劉忠怒極，將她捆綁起來準備用強，不想後來發現她下體流血不止，覺得污穢，才暫時放過了她，將她關在柴房裡，先讓她每日在其中洗衣劈柴，想待她身體好了後再作打算。但後來被宋軍追擊，形勢告急，劉忠便把她忘在腦後，逃走時也根本沒想到要帶她走，因此她才得以與宋軍相遇。

聽她自稱是帝姬，甄采不敢怠慢，又想證實她的身分，便約了韓世清一同勘問。二人為此慎重地穿上了朝服，將她請出，隔簾詢問。她自述從金國逃出，半路被劉忠掠去的經歷，面對二人詢問，她毫不緊張，從容答來，無懈可擊，最後在甄采引導下她又說了一些汴京宮中舊事，連帶著宮中妃嬪、皇子、帝姬名號及相互間的關係都說得準確無誤。

問罷二人出來，對守在外間的高世榮說：「此微瑣事她都說得這般清楚，想來應該是真的了。」

高世榮淺笑不語。他早在心裡認定了她是真的帝姬。她起身表明身分的那一瞬神色氣度何等不凡，即便是身著粗布衣裙，處境落魄，但她那不容置疑的高貴卻依然附於她平舒的眉間、輕抿的唇角，所以他從不懷疑她所說內容的眞實性。

甄采與韓世清忙遣人將此事上奏趙構，趙構立即下令他們將柔福送往越州暫住，並派見過柔福的內侍首領馮益和宗婦吳心兒去驗視。二人回報肯定是柔福帝姬後，趙構遂命人趕製雲鳳肩輿並相關儀仗和長公主服飾，選了吉日，遣二十名宮女及三千禁兵前往驛館迎帝姬入宮。

高世榮一路護送柔福至越州，但因柔福身分關係，要再見她已是十分不易，至多只能隔簾相望。他在柔福入宮前兩天受封爲永州防禦使，並需即刻啓程前往湖南領兵，因此不能像甄采那樣繼續送她入宮。啓程之前，他終於在驛館的後院內再次見到了柔福。

他本來只是想去她廳外遠遠地向她道別，沒想到她此刻獨自立於院內。那時是傍晚，豔紅的流霞燃燒在天際，而她則穿著一襲緋紅的衣裙，質地輕盈，衣袂映著霞光在晚風中飄舞，那華麗的紅色和那纖弱的身影忽然令他想起了一種叫虞美人的草本花卉。

「帝姬。」他在她身後，很拘謹地喚。

她悠悠一回頭，淡淡地看他，不發一言。

她的臉色異常蒼白，像他初見她時一樣，映著紅衣更是如此，讓他們這幾月的悉心照料顯得毫無作用，但他卻不認爲世間還有比這更美的容顏。

「帝姬，」他有些艱難地說：「我要走了。皇上任我爲永州防禦使，並要我即刻前往永州平寇。」

「那又怎樣？」她像是很不明白他爲什麼會跟她說這些。

他頗失望：「我是來向帝姬道別的。」

她點點頭：「哦，知道了。你走罷。」

她甚至不說一路順風之類的客套話。

高世榮向她行了一禮，轉身欲走，邁了幾步畢竟又轉回頭，對她道：「帝姬，我叫高世榮。」

雖護衛在她身側好幾月，但她從來沒問過他任何問題，也沒開口喚過他，所以他並不確定她是否知道他的名字。

她微微笑笑：「好，你叫高世榮。」

她對他笑了。像是得到莫大的獎賞，他亦欣然一笑，然後帶著滿心喜悅啓程趕赴永州。從此，那流霞下的豔紅虞美人和她最後那縷恬淡的微笑定格在他記憶裡，化作了他積極領軍破敵、爲國建功的一大動力，他亦由此認定，這個與他偶遇於凡塵中的帝姬將是他畢生的理想。

三　女誡

高世榮的求婚自然成了宮中女子有興致討論的一大新鮮事，連一向與柔福不睦的潘賢妃都滿臉笑意地向她極力誇讚這位駙馬候選者：「這位高公子出身名門，家世與人品都不錯，年紀輕輕就已官至防禦使，前途無量啊，與長主倒也很是般配呢。」

張婕妤笑著打斷她：「姐姐這話也不全對。長主是神仙般的美人，就算是一等一的人物也未必能相配，官家就是怕委屈了長主，捨不得隨意將她下降給普通臣下，所以才把長主留到現在。若論朝中臣子的人品、風度與官爵，應屬張浚最佳，可惜張大人早已婚配。除了他，條件上佳而又尚未娶妻的年輕臣子，似乎就只有這位高防禦使了……聽說長主當初歸來，曾由他護送過？可見長主與他是有緣的，而他一直獨身不娶，或許就是爲等長主，若非對長主情深意切，今日豈敢於在大庭廣眾之下向長主求婚？雖說長主下降給他仍是有些委屈，但他日後必會珍愛長主一生一世，也稱得上是一段良緣呀。」

柔福聽人談論她的婚姻大事，毫不像一般女子那樣忙不迭地面露嬌羞之色，只漠然看了看潘賢妃與張婕妤，一時也沒與她們答話，只把目光移到嬰茀臉上：「嬰茀，你覺得呢？」

嬰茀低首微笑道：「該說的兩位姐姐都說了，我口拙，講不出什麼更好的話，只是覺得……高公子今日球打得眞好，舉止瀟灑，氣宇軒昂，像極了當年出使金營歸來，策馬入艮嶽的官家。」

柔福凝視她良久，唇角忽地上挑，拉出道冷冷的月弧：「拿臣子跟官家比，似乎有點欠妥。」

嬰茀臉色大變，忙頷首道：「長主見諒，是嬰茀失言了！」

柔福沒再理她，起身回閣，擲下一句話給幾位面面相覷的妃嬪：「要道賀也不是在現在，九哥還沒答應呢，你們倒先樂起來了。」

趙構這日打了場擊鞠賽，又在晚宴上與群臣多飲了些酒，到了夜間覺得有點累，便通知內侍今夜不再去御書齋批閱奏摺，早早回到寢殿休息。然而高世榮求婚的情景頻頻浮上心頭，想想不覺又是一陣浮躁氣悶，最後歎了歎氣，還是決定再回書齋坐坐。

走到書齋門前，見門內有燈光，兩名內侍守在門前，見了他立即下拜請安，然後朝書齋內喊了聲：「官家駕到！」

趙構蹙眉問：「裡面有人？」

內侍躬身答說：「福國長公主在裡面看書。」

趙構點點頭，然後邁步進去。依稀想起她以前曾請他允許她去書齋找書看。

柔福立在房中，待他進來後朝他一福，他伸手挽住，說：「私下不必這麼多禮的。」

她頷首答應了一聲，低眉斂目，鬱鬱寡歡的樣子，手上一卷書，是尋常的《楚辭》。

他接過書看看，略笑了一笑，問：「瑗瑗愛讀《楚辭》？是了，所以嬰茀的名字都出自這裡。」未聽見她應聲，轉首一看，溫言問她：「怎麼？誰惹你不高興了？」

她黯然淚垂：「我不要嫁給高世榮！」

梨花帶雨的模樣當真我見猶憐，他忍不住輕輕歎息，引袖為她拭淚：「我又沒答應他。」

她輕顰淺蹙，臉上淚痕雖被他拭去，卻還有細細一層水珠縈在雙睫之上。「九哥，」她對他說：「我一生不嫁好不好？」

他何嘗不想如此，但此事終有許多無奈處。他的微笑有點苦澀的意味：「你大了，終究是要出閣的，九哥並無理由留你一輩子。」

她仰首看他，星眸幽亮，臉上滿是懇求的神色：「我要一直留在九哥身邊。今晚我來這裡就是為了等九哥，告訴九哥這句話。」

他一怔，問：「內侍沒告訴你我說過今晚不來？」

「他們說了。」她悄聲答：「但我就是知道你會來……我們心有靈犀。」

我們心有靈犀。這話像陽春和風，吹得他心頭一暖，刹那間只覺一切都可看淡，什麼都無所謂，任他閒言滿天又何妨，留她在身邊，他的生命才有歸於完美的機會。

「好。」他脫口而出：「去他的高世榮，去他的駙馬都尉！我不會把你嫁給別人。」

柔福嫣然一笑，伸出雙臂摟住了他的腰，輕輕依偎著他。

想起守在門外的內侍，趙構對她的親密舉動頗感不安，雖然內侍背對他們，未經他召喚亦不會轉頭過來。

他抓住柔福的雙腕，將她微微拉開，輕聲說：「不要這樣……」

忽地透過她的絲質衣袖，覺察到她左手的袖中有一紙質物，像是呈長方形，軟硬厚薄是他非常熟悉的。

他的笑容當即隱去，把住她左手，逕直伸手到她袖中取出了那冊文書。

果然不出所料，是一份奏摺，展開一看，發現是秦檜今日呈交的上疏。

霎時明白了許多事。想必她經常借看書之名到他書齋來翻閱朝臣呈上的上疏和一些檔案資料，所以她很清楚朝中之事和他的施政方略。今日應該也是如此，聽說他不來書齋了便前來偷看上疏，見他突然出現，便把手中的上疏塞進袖裡，然後隨手抓了冊《楚辭》以掩飾。可恨的是，居然還騙他說是特意等他，說他們心有靈犀……

心有靈犀！他在心底冰冷地笑：剛才竟還爲她這純粹的謊言心動，卻沒想到她一直把自己當作可以隨意欺騙的獵物。

回過神來，發現柔福正在怯怯地看他，囁嚅著喚他：「九哥……」

他沒有像她預料的那樣朝她擺出震怒的臉色，只是淡淡地說了句：「臣子寫的這些東西很乏味，不太適合瑗瑗看。」把上疏拋回御案，然後走至書架邊，取了一冊班昭的《女誡》遞給她：「女兒家，應

多看看這種書。」

柔福不敢多說，乖乖地接過《女誡》，垂首不語。

「不早了，你回去罷。」他語氣很硬，分明是命令的口吻。

她點頭，又福了一福，然後啓步離開。

趙構待她身影完全消失在夜色中，抑制著的怒氣才終於爆發，幾步走回御案前，猛地一拂，其上所有文具文書轟然跌落滿地。

內侍大驚失色地跑來跪下：「官家息怒……」

趙構怒視他們一眼，道：「叫幾名御營禁兵過來。」

待禁兵趕到後，趙構一指兩名內侍，對禁兵命令道：「把他們各杖責四十，然後趕出宮去，永不再用！」

內侍聞言哭求：「臣等做錯了什麼？難道是讓長主進書齋不對麼？但官家是答應過長主，親口允許她進來看書的呀！」

不錯，他是答應過，但那時柔福似是不經意地提起這事，他也就隨口答應了，卻沒想到她這般有心機，把這當作窺探朝政的機會。而內侍知情不報，罪不可恕。

他並不答內侍所問，只決然揮手，命禁兵把他們拖出去。隨即倚坐在龍椅中，仰首閉目，頭和心都在隱隱作痛。

處罰完內侍後，禁兵回來覆命，再問他還有何吩咐。他抬目朝柔福居住的絳萼閣的方向看了看，道：「即日起，你們守於福國長公主的絳萼閣前，未得朕旨意，不得放她出去。」

四　賜婚

離開書齋後，趙構前往嬰茀閣中。嬰茀見他微鎖雙眉，隱有怒色，便上前扶他坐下，輕言軟語地說：「官家可是聽見了什麼閒言閒語？不過是宮人無聊之下胡亂猜度的瞎話，官家何必如此介意。」

趙構聞言睜目道：「閒言閒語？宮中又有人在傳謠言？怎麼說的？」

「官家沒聽說？」嬰茀先詫異地反問，隨即忙掩飾說：「沒什麼，幾句話而已，臣妾也聽得不眞切。」

趙構疑心愈甚，不斷追問，嬰茀面露難色，撚著裙帶躊躇了半晌才緩緩說：「高防禦使年輕有爲，家世人品都很好，又公開向長主求婚，可見是思慕長主已久的。也許是嫉妒長主有望結此良緣，宮中幾位侍女便說了些不敬的話……」

說到這裡停下來，遲疑地看了看趙構。趙構盯著她，命道：「說下去。」

嬰茀垂首繼續說：「她們說……高防禦使若以前與長主沒有過多接觸，斷不敢貿然當眾求婚……長主當初是由高防禦使護送回來的，想必他們一路上……由此情根深種，兩心相映，私訂終身也未可知……」

「一派胡言！」趙構拍案大怒：「是哪些侍女說的？」

「官家息怒。」嬰茀立即跪下懇求道：「具體是誰說的請官家不要追究了。她們只是見長主內有官家照顧，外有高防禦使戀慕，難免就有了些撚酸心理，說出話來不中聽，其實也無甚惡意。」

趙構道：「事關長主名節，豈能任由她們胡說！」

嬰茀低眉再說：「她們是在猜測官家會否同意把長主下降給高防禦使時才說這話的，若非覺得高防禦使與長主郎才女貌、十分相襯也不會這樣說。她們是哪裡的人不應細究，一則本是下人說的閒話，未必與宮中主子有關，官家若追查，她們因此被連累，嬰茀實在於心不安；二則若大動干戈地追查處罰，勢必又有人說官家此舉是欲掩蓋此事，說不定謠言反倒越會被他們當成眞的來傳了。」

趙構心下一沉吟，伸手將嬰茀扶起，又問她：「宮中人都在猜測朕是否會答應高防禦使向長主的求婚？」

「是。」嬰茀頷首，然後微笑道：「潘姐姐和張姐姐還爲此打了個賭。」

「她們怎麼賭？」趙構問。

嬰茀答說：「潘姐姐說高防禦使人才出眾，如此年輕又無妻室，臨安實難再找第二個這樣合適的駙馬人選，所以官家必會答應他的求婚。張姐姐則不同意，說官家這般疼愛妹妹，多留一天是一天，必不會這麼快就將她嫁出去。兩人爭執不下，就各拔了一支金釵爲賭注，等著看官家如何決斷。」

「張婕妤……」趙構頓時想起了那天從她那裡傳來的歌聲，臉色便微微一沉：「她是這麼說的？」

嬰茀稱是。趙構冷眼上下一打量她，再問：「那你呢？你沒跟她們一起打賭？」

「臣妾一向運氣不好，逢賭必輸，」嬰茀淺淺一笑：「若是與兩位姐姐一起賭，押哪邊都不合適，都等於是害了那位跟臣妾一起下注的姐姐，所以還是不賭爲好。」

「那咱們不說賭注。」趙構淡然問她：「只論你自己的看法。你覺得潘賢妃與張婕妤誰的話更有道理？」

嬰茀先是推辭說「臣妾不敢妄作評論」，趙構反覆再問，她才想了想，道：「潘姐姐說高防禦使的那些話都很在理，並無誇大，但是否同意他的求婚官家自有道理，我們後宮之人不應隨意猜測……而張姐姐的話臣妾覺得值得商榷。官家雖愛惜長主，但怎會不顧長主終身大事，不主動爲她擇駙馬，『多留一天是一天』？張姐姐把官家想得忒也情長了，官家是行大事的人，行事決策必會冷靜地權衡利弊，豈會爲了難捨親情而誤了長主終身？」

趙構聽後久久不語，目光就此鎖定在嬰茀臉上。嬰茀被他瞧得頗不自在，不禁以手撫了撫右頰，輕聲問：「官家，臣妾又說錯話了麼？」

趙構這才移開視線，略一笑，道：「怎麼會？你從來沒說錯過什麼。」

三日後，趙構下詔：降皇妹福國長公主予永州防禦使高世榮。

在被禁足的三日內，柔福居於自己閣中倒也不哭不鬧，只獨自看書彈箏，默默度日，但一接到爲她指婚的詔書當即便怒了，猛地把詔書扔在地上，然後不管不顧地衝出宮去找趙構。守在宮外的禁兵見狀欲上前去攔，不想她揚手亮出一刃匕首，怒道：「誰敢上前我就自盡於此！」禁兵便不敢輕舉妄動，她繼續前行，知道此時趙構必待在書齋裡，便逕直朝那裡走去。禁兵與一干宮女內侍均被她的舉動嚇得不輕，怕她鬧出什麼事端，只好亦步亦趨地跟在她身後。

走至書齋門前，兩名內侍一見之下也大驚失色，忙趕上去攔住她，柔福便忿忿地怒斥他們。正在相持間，忽聞裡面傳出趙構沉著的聲音：「讓她進來。」

柔福開門進去。趙構正在書齋寫字，依然意態從容地牽袖揮毫，並不抬頭看她。

「我不嫁他！」柔福咬唇恨恨地說。

趙構靜靜寫完這幅字，然後擱筆，走過來，輕托她的下巴，引她看自己。

「嫁與不嫁不是你可以決定的。」他雲淡風輕地說。

他的雙眸幽深，探不見底的深邃，間或射出清冷的光。他雙唇有堅毅的線條，此刻尤其分明。接觸柔福肌膚的指尖冰涼，使她不禁打了個寒戰。

柔福握匕首的手便垂了下來，忽地悲從心起，黯然凝咽道：「九哥，你不要我了。」

趙構低歎一聲，輕輕自她手中取下匕首拋在一邊，和言道：「瑗瑗，九哥說過，無理由留你一輩子的。」

「可是，爲什麼要這麼快答應高世榮的求婚？」

「他是個合適的人選。」

「怎見得合適？」

「他愛你，會容忍你、珍視你。」

「你肯定？」

「我肯定。」

「好，」柔福點頭道：「讓我先見見他，有些話必須問清楚，否則我寧死也不嫁。」

片刻的沉默之後，趙構答應了她這個最後的要求。

五　紗幕

思慕許久的人此刻就在薄薄的兩重簾幕之後。

這個事實令高世榮感到喜悅。透過竹簾的間隙和紗幕的煙障，可以隱約窺見她的身影。她端雅地坐在朱漆籐椅中，離他不過數步之遙。她對向她行禮的他說「免禮」，依然是他記憶中明淨悅耳的聲音。

終於離她越來越近了。他想，或許下次再見她時，連這數步距離也將不復存在。

於是不知不覺間，他的喜悅牽動了唇角。

「你爲何要向我求婚？」紗幕後的柔福淡淡發問。

高世榮一怔，似有千言萬語欲述，卻又覺無一句能準確明晰地形容他的所有心情。她是他的目標，他的理想，和他憧憬的華美夢境，這些話他無法以言辭表達，而她想必也不會明白。

最後他微垂雙目，選用客套話來回答她的問題：「長主容止端雅，嫺良淑德……」

「我並非如你想像的那麼美。」他尚未說完，柔福便很無耐心地打斷他：「有些話我要先與你說清楚，倘若你覺得有任何一點不可接受，現在後悔還未遲，你可以去向我九哥提出退婚。」

高世榮想亦不想便道：「得尙長主是世榮之福，豈會輕言『退婚』二字？」

「聽我說完。」柔福漠然道：「我南歸之前的經歷你並不知曉，你可以保證一輩子不聞不問不介意麼？」

她是指她在金國的屈辱經歷，暗示她已非完璧。高世榮略有些黯然。這其實也是他反覆想過千萬次的事，無法不引以爲憾。但是這點缺憾畢竟不能與他對她的感情相較，世事並不總是完美圓滿，他想他可以做到不計較，像她說的那樣「不聞不問不介意」。

他回答：「是，我保證。過去的事……並不是長主的錯。」

「我說是我的錯了麼？」她即刻冰冷地反問。

他一驚，忙道歉說：「世榮措辭不當，長主見諒！」不認爲她言辭尖刻，心下倒有些懊惱，覺得是自己失言觸到她痛處，傷到了她。

她停了停，再繼續說：「我可未必嫺良淑德，常有發脾氣使性子的時候，你會容忍麼？」

高世榮微笑答道：「長主是皇女帝姬，一向尊榮矜貴，性情自然要比別的女子略強些。世榮以後自會用心與長主相處，凡事皆順長主之意，不會讓長主感到任何不滿或不快。」

柔福追問：「你保證會處處尊重我的意見，不會做我不允許你做的事，而你也不會強迫我做我不願意做的事？」

高世榮明確稱是。

「最後一點，」柔福又說：「我見你也是個屢入沙場爲國建功的有志男兒，想必也有自己的遠大抱負，但我不得不提醒你，你若娶了我，雖能以駙馬都尉的身分享有半生富貴、一世尊榮，但以後只能改任虛職，想再獲得晉升的機會，爲將爲帥領軍禦敵可就難了。」

「這……」高世榮斟酌著道：「依大宋慣例，駙馬不得握實權、掌兵柄，但靖康年間今上也曾打破過宗室不領兵的禁令出任兵馬大元帥，如今是非常時期，今上還是會恪守舊規不授實權予姻親外戚麼？」

紗幕後的柔福淺淺一笑，反問：「你覺得呢？」

高世榮一時緘默不語。柔福略等一會兒，再問：「怎樣，你還願意娶我麼？」

高世榮深吸一氣，抬頭，堅定地說：「爲了長主，拋棄一切功名利祿又何妨。」

「那好罷，」柔福淡淡的語調聽不出任何喜怒之情，像是陳述一樁交易的結果：「我嫁給你，帶給你駙馬都尉的頭銜和隨之而來的富貴榮華，而你要付出的代價是放棄你中興之將的前途，尊重我，忠於我。這些你都答應了，記下了？」

她異常冷靜的語氣令高世榮有些詫異，隱隱覺得自己應該仔細琢磨一下她的話。此刻卻有風掠過，緩緩揚起那一層意在隔離的紗幕，像是薄霧散去，未垂及地的竹簾下方分明現出她那質地輕柔的羅裙。依然是華麗的豔紅，長長地曳地，附在光潔的雲石地板上橫於一側，有流霞的姿態。垂於膝下的對襟大袖邊口繡有精緻的花紋，一幅紗羅披帛順勢流下，透明，卻泛著淺淡的金銀色澤。

似被這奇異的景象灼傷，高世榮忍不住瞬目，再度睜開時紗幕已靜垂如常，而剛才在思索什麼卻再也想不起。

「長主在問你話呢。」一旁的侍女善意提醒。

他倉促地點頭，答了聲「是」，以掩飾自己剛才的失神。

這門婚事就此定下，趙構決定讓他們半年後完婚，吉日也早早選好了。柔福不再反對，只是忽然沉靜了許多，像剛回來時那樣，很少見她再露笑顏。趙構看在眼裡也頗不好受，取消了對她的禁足令，她卻甚少主動走出自己院落，倒是嬰茀常來拉她出去散心。

趙構曾在一年前派管理宮廷宗族事務的趙令疇於太祖後代、「伯」字行中訪求宗室子，以選入宮中養育。當時太祖「伯」字行的後代已達一千六百四十五人之多，趙令疇花了近一年時間精挑細選，終於選出了十個七歲以下資質不俗的孩子，將他們的詳細資料呈報給趙構看。趙構閱後御筆一勾，挑了兩個

生辰與自己薨逝的親生子元懿太子趙旉最爲接近的兩個孩子，命趙令疇帶他們入宮，由自己親自挑選。

紹興二年五月，這兩個六歲左右的孩童被帶至皇帝趙構面前。

兩個小孩一胖一瘦。胖者白白胖胖，體形健碩，長相頗喜人，也十分懂事，趙令疇讓他們向趙構叩頭請安，他按規矩行完禮後，又自己另多叩了三個，也沒人教他，他便自己開口，學著大人們那樣，大聲呼道：「皇帝陛下萬歲萬歲萬萬歲！」引得趙構解頤而笑，當下對他印象更好了三分。

而那瘦小孩行禮之後就默默立於一邊，神色淡定地看著胖小孩三呼萬歲，既不照此學樣也不見他流露任何局促惶恐不安之色，只是安靜地注視，像是在看完全與己無關的表演。

趙構再細看兩人相貌，覺得胖小孩耳大體健，頗有福相，而瘦小孩雖眉目清秀，但似稍顯文弱。於是決定留下胖者，令人取出白銀三百兩賜給瘦小孩，並分一部分命他親手捧著，讓人將他送回家。

瘦小孩依禮謝恩，然後接過給他的白銀，雙手捧著，慢慢走出殿門。

這時柔福正自外間緩步走來，尚未走近便看見了這個孩子。他身形尚小，捧著這麼多銀子未免力不從心，但因這銀子是趙構親口命人遞到他手上的，所以在他走出趙構視野之前，護送他的內侍也未便幫他拿。而他也一直默默捧著，繼續步履蹣跚地緩緩行走。

在跨越殿外大門的門檻時，他終於被這突兀的障礙物弄得失去了平衡，足下一絆，便摔倒在地，手中銀子也滾落四散。

內侍忙過來扶他，他卻迅速將手臂從內侍的掌握中掙脫出來，堅持自己爬起，站起的一瞬，一抹倔強的神色自他清亮的眼睛中一閃而過。

柔福走到也在目送那小孩的趙構身邊，說：「你不覺得這孩子很像你麼？」

趙構沒有答她此問，只盯著那個此刻挺身而立，以一種天然的高貴姿態靜靜俯視著彎身爲他拾銀子的內侍的瘦小孩，命一旁的內侍道：「把他帶回來。」

六　趙瑗

那孩子重又被引入殿。柔福彎腰抱起跟在她身後跑進來的寵物貓玉獅兒，一面輕撫貓背一面對那孩子微笑：「你叫什麼？」

那孩子抬頭盯著她看了看，簡潔地答：「伯琮。」

一旁的趙令譮忙躬身補充解釋說：「伯琮公子是藝祖皇帝幼子秦王德芳的六世孫，爲慶國公令譮之子子偁的夫人張氏所出，建炎元年十月戊寅生於秀州。」

柔福淡掃趙令譮一眼，道：「我只想知道他的名字，又沒有問你他是誰生的。」

趙令譮十分尷尬，只得垂首道了句：「是臣多言了。」

柔福沒理他，依然朝伯琮微笑：「好孩子。」

趙構招手命伯琮與剛才留下的胖孩子一齊走到他御座前，讓他們叉手並立，然後再度審視他們，目光在他們身上交替移動，默不作聲地細細觀察。

這時柔福懷中的貓忽然「喵」地叫了一聲，自她手臂間掙脫出來，一跳而下，一溜煙地跑到了伯琮足下。

那玉獅兒才幾月大，身形小巧玲瓏，通體雪白，毛長而光滑，兩隻眼睛一藍一黃煞是漂亮，是趙構見柔福最近心情不好，特意命人尋來給她的。此刻玉獅兒引首嗅了嗅伯琮的前襟，見他一動不動，沒任何反應，便大著膽子伸出一爪踏上了他足上的錦鞋緞面。伯琮只輕輕將那腳向後縮了一縮，低首默默看著不住在他足下蹭來蹭去的玉獅兒，神色仍然從容淡定，既不厭惡更不害怕。

玉獅兒在伯琮身邊玩耍了一會兒，見伯琮也不多睬它，便撒著歡要跑回柔福身邊，不料剛跑經胖小孩面前時，那小孩忽地飛起一腳朝它踢去，玉獅兒一聲慘叫，飛墜到御案下方，渾身痙攣不止。

柔福一驚，忙過去將貓抱起。而趙構當即怫然不悅，拍案斥那胖小孩道：「此貓不過是偶經你面前，又不曾礙著你什麼，你爲何要踢它？輕狂至此，怎能擔當社稷重任！」然後轉目視趙令嚋，道：「把銀子給他，讓他回家。」

胖小孩很快被趙令嚋帶走。伯琮靜靜目睹這一切，滿含稚氣的小臉上還是不露絲毫喜憂，看趙構的眼神中也無恐懼之色，但有一縷隱約的戒備。

柔福把貓交給侍女，命她們找人醫治，然後走到伯琮身邊，撫撫他的頭髮臉龐，和顏悅色地對他說：「伯琮眞是個好孩子。姑姑該送你什麼見面禮呢？……你想要什麼？」

伯琮搖搖頭，說：「我想回家，我想見我媽媽。」

柔福笑了笑，轉首對趙構說：「九哥，你準備讓誰做他的媽媽？」

趙構召侍立的內侍過來，道：「請張婕妤、吳才人速往潘賢妃閣，稍候片刻，朕帶伯琮過去。」

趙構與柔福又在殿中略問了問伯琮的情況，然後趙構牽著伯琮前往潘賢妃閣，柔福亦隨他們一同前往。

潘賢妃、張婕妤與嬰茀三人正環坐於閣中廳內聊天，見趙構進來立即起身見禮，禮畢眾人各自落座，趙構便讓伯琮立於廳中，一指眾妃嬪，對他說：「伯琮，你看看她們誰比較像你媽媽？」

伯琮逐一看她們。潘賢妃見伯琮年紀與自己死去的孩子相彷，不免又觸及喪子隱痛，與伯琮目光相撞時愈發不樂，立即掉頭向隅，蹙眉不理他。張婕妤與吳才人倒是都微笑著，表情一樣地和善。伯琮環視了一周，最後目光落在柔福身上，旋即逕直走到她身邊，停下來，默默看她，卻不說話。

柔福輕聲歎息，拉他過來擁入懷中，無限感慨地說：「傻孩子，我只能做你姑姑，不能做你媽媽的。再過些日子，我就要離開這裡了。」

的確，她的婚期日益臨近。這話聽得趙構一陣黯然，其餘人一時也不好接話，片刻的靜默成了必然的結果。

須臾，忽聽張婕妤輕笑出聲：「伯琮……你是叫伯琮吧？來，來我這邊！」她伸出手，招伯琮過去。

嬰茀隨即也微笑道：「這孩子長得眞是靈秀……過來，讓我仔細瞧瞧。」

伯琮轉首看她們，甚是遲疑。柔福溫言對他說：「今後這裡就是伯琮的家了。去，到你喜歡的娘子身邊去，請她做你的媽媽。」

伯琮低頭想了想，然後轉身又反覆看了看喚他過去的二位妃嬪，最後朝張婕妤走了過去。

嬰茀目光一暗，略有些失望，但也只是一瞬而已，很快展顏對張婕妤笑說：「恭喜張姐姐喜得貴子。」

張婕妤把伯琮抱起讓他坐於自己膝上，笑道：「我倒是眞的很喜歡這孩子，但還不知官家是否放心把他交給我撫養。」

趙構聞言道：「他既選了你，以後你自然就是他的母親了。」

張婕妤立即笑顏逐開地欠身謝恩。

由此伯琮便認了張婕妤爲母，隨她居於宮中。趙構雖未正式下詔收他爲皇子，但世人皆知伯琮實際已成他養子，若他以後仍無親生子，伯琮將很可能是未來的儲君。

宋朝自眞宗以後，皇子與宗室子的命名方式便有了區別，皇子名爲單字，宗室子名爲雙字。張婕妤收養伯琮不久，便請趙構爲伯琮賜個單字名。當時趙構在書齋練字，嬛茀侍立在側。聽了張婕妤的請求後，趙構略一沉吟，道：「瑗。就叫瑗罷。」（注）

瑗？嬛茀與張婕妤均有一愣：聽音像是柔福的名字「瑗瑗」的「瑗」。

張婕妤輕聲問：「不知官家說的是哪個字……」

趙構揮毫在紙上寫下一「瑗」字，邊寫邊淡淡道：「瑗，就是指玉璧的那個『瑗』。伯琮以後就叫趙瑗了。」

七　荼蘼

柔福在出降前那些所餘不多的日子裡依然異常沉靜，很少再與潘賢妃等妃嬪爭執什麼，面對嬛茀的頻頻探訪保持著她一貫愛理不理的態度，與趙構之間的交往以禮爲限，再不逾越，但令宮中人訝異的是她竟很喜愛張婕妤收養的趙瑗。

趙瑗是個相當內向的孩子，清亮的眸子中總泊著超越年齡的冷靜，雖認了張婕妤為母，但對她恭敬有餘，卻並不十分親近。而恭敬也是他對趙構及其餘妃嬪抱有的基本態度，在他們面前，他都表現得懂事而順從，一舉一動沉穩得全不像一個六歲的孩子，人們也發現，他並不像同齡的孩子一樣特別依賴誰，包括他的養母張婕妤，大人們通常用來逗小孩玩的手段也不適用於他，當大家面帶慈愛的笑容遞玩具給他之時，他亦會安靜地接過，然後道謝，然而很少為手中的玩物感到好奇或欣喜。

他的情緒與柔福的一樣，只對彼此例外。柔福像是對他很感興趣，常去張婕妤處找他，牽著他的小手漫步於宮中，在遠離人群的地方與他聊著能引發彼此微笑的話題。這點很令其他人不解，張婕妤曾當著眾人面笑說：「瑗這孩子像是跟長主特別有緣，對長主比對我這娘還要親近。」

柔福聽了這話，淡然說：「也許是我們有著一樣的名字。」

趙構對柔福與趙瑗之間特別的親近亦感詫異，有時會擔心柔福把趙瑗看成未來的儲君，所以刻意接近他，以圖把她自己的北伐興國論調早早灌輸給幼小的他，就像曾試圖影響自己的那樣。有一次路過御花園，見柔福正牽著趙瑗浴著星光立於荼蘼架旁，便悄然走近，想聽聽他們在聊什麼，但入耳的不過是柔福恬淡安寧的一句話：「瑗，你看荼蘼很香，你看星星很亮。」

他其實離他們很近，近得他的身體甚至可以承接他們原本迤邐於地的影子，但他們像是渾然不覺他的來臨，依然自顧賞花看星，悠長的一刻內，不曾有過回頭發現他的機會。

眼前光影陸離，觸手不及，而時光就在柔福與瑗和他的這段光影陸離的淺淺距離中淡漠地滑過，轉

注：伯琮實際是於紹興三年二月，由趙構賜名為瑗，同時除和州防禦使，不久後改貴州防禦使。

瞬間，便到了她該出降的時候。

婚禮前一天，趙構將宮內籌辦婚禮的事務交予張婕妤與嬰茀打理，自己起居行事一切如常，整整一天只被動聽著內侍呈報上來關於婚禮的細節內容，而不主動詢問柔福的情況。直到入夜，最高女官司宮令將明日柔福將要穿戴的釵冠禮服呈給他過目時，他才側首避開那片炫目的金紅，道：「告訴長主，明日需早起，今夜早些歇息。」

司宮令垂目稟道：「長主現在還在拜月祝禱，恐不會很快安歇。」

拜月祝禱？趙構訝異地問：「這也是儀式的一部分麼？」

司宮令道：「不，是長主自己要做的。」

她歸來之日那俏立於冷月下的單薄身影清晰地浮現於心，他再也按捺不住，終於揮袖起身，大步流星地朝她的絳萼閣走去。

她在自己院中設了香案，跪於明月下焚香祈禱。著一身薄薄淡紫羅衫，鬆挽的雲髻上不綴半點珠翠，鉛華洗盡，素面朝天，臉上皮膚瑩潔非常，卻不帶半點血色，有如冰玉一般的清冷之感。

她雙手合什，閉目默默祈禱。趙構走到她身邊良久，她才睜目看他，幽然一笑，緩緩站起。

「你在祈禱什麼？」趙構問。月下的她又是如此單薄柔弱，眼角眉梢全無喜色，全不像次日即將與人成親的新嫁娘。趙構看得心酸，語調不覺異常柔和。

「我為什麼要告訴你？」柔福抿唇淺笑：「據說把祈禱的話說出來就不靈了。」

趙構亦朝她微笑，道：「未必。以前嬰茀也曾拜月祈禱，她說的話我都聽見過，最後仍應驗了。」

「她祈禱的是什麼？」柔福問，但未待他回答便自己先說：「想來總是為你祈福的話了。這樣的話，如果你喜歡聽，我也可以說。」

她眉尖微挑，似有些不屑。

趙構勉強維持著剛才的笑容：「是麼？我以為你只會與九哥嘔氣的。」

柔福輕歎一聲，對他說：「我明天就要出宮居住了，臨走前一定不再與九哥嘔氣，就說幾句或許九哥會覺得開心的話罷。」隨即朝他盈盈一拜，悠悠笑著吟道：「春日宴，綠酒一杯歌一遍，再拜陳三願：一願郎君千歲，二願妾身常健，三願如同梁上燕，歲歲長相見。」

這是南唐詞人馮延巳作的〈長命女〉。此刻她吟此詞，有何深意？趙構凝視她的臉，自她的笑顏中品出一絲譏誚，一絲無奈，和一絲淺淡的幽涼。

如果她當眞如詞中女子這麼想，或許一切都會不一樣。

「這詞於你是不合適的。」他說。

「我知道。」她的眼波漾入他眸心：「我以為我說想經常見你，你會高興。」

趙構不禁退後一步，離她略遠些，同時抬目四下看看，發現柔福的侍女都在較遠處，才稍稍安心。然後低聲對她說：「當然，你以後仍可常回宮。」

她默不作聲，輕巧地笑，他卻不敢肯定她是在表達她的喜悅。

一時無言。兩廂沉默間，忽聽有蟋蟀叫聲自近處響起。柔福回首一看，微笑道：「瑗，你來了。」

趙構順著她目光望去，見小小的趙瑗立在宮院大門投下的陰影裡，用他清亮澄淨的眼睛注視著他們。

趙構向他招手，喚他過來。

瑗走到他面前，跪下叩首請安，趙構於他行動間發現他腰帶上繫著一個精巧的小金絲籠，裡面鎖著一隻蟋蟀。

他彎腰以手托著那金絲籠子，細細地看，淺笑著問瑗：「你也喜歡鬥蟋蟀？父皇像你這般大時也曾是箇中高手……這籠子很漂亮，是誰給你的？」

瑗看看柔福，答：「姑姑。」

這個金絲籠未必就是他小時送給柔福的那個，但模樣卻是相當近似。那與一段多年前的記憶有關，遠遠早於華陽花影中的相遇。久已模糊的景象重又變得分明，一個嬌怯的小姑娘，獨自擁被坐著哭泣，長髮過肩，白綢絲衣，在他離去的時候，她掙扎著不肯纏足，他送給她的金絲籠被捏得變形。

他匆匆掠了柔福一眼，很快轉首仍舊看著趙瑗，不想讓她覺出他目中過多的感慨。

「那是我送給瑗的見面禮。」柔福淡淡解釋，然後輕輕牽起瑗的手，對他說：「眞乖，這麼晚了還來看姑姑……餓不餓？來，姑姑閣中有許多點心。你想吃什麼？酥兒印、芙蓉餅、駱駝蹄、千層兒、蟹肉包兒還是糖蜜韻果圓歡喜？……」

一面說著一面將他牽入了閣中。趙構木然留於原地，看著他們漸漸遠離，竟有些鄙夷此間的自己。

於是仰首望月，細探它盈虧的痕跡，忽然發覺他一生的感情從來不曾圓滿過。

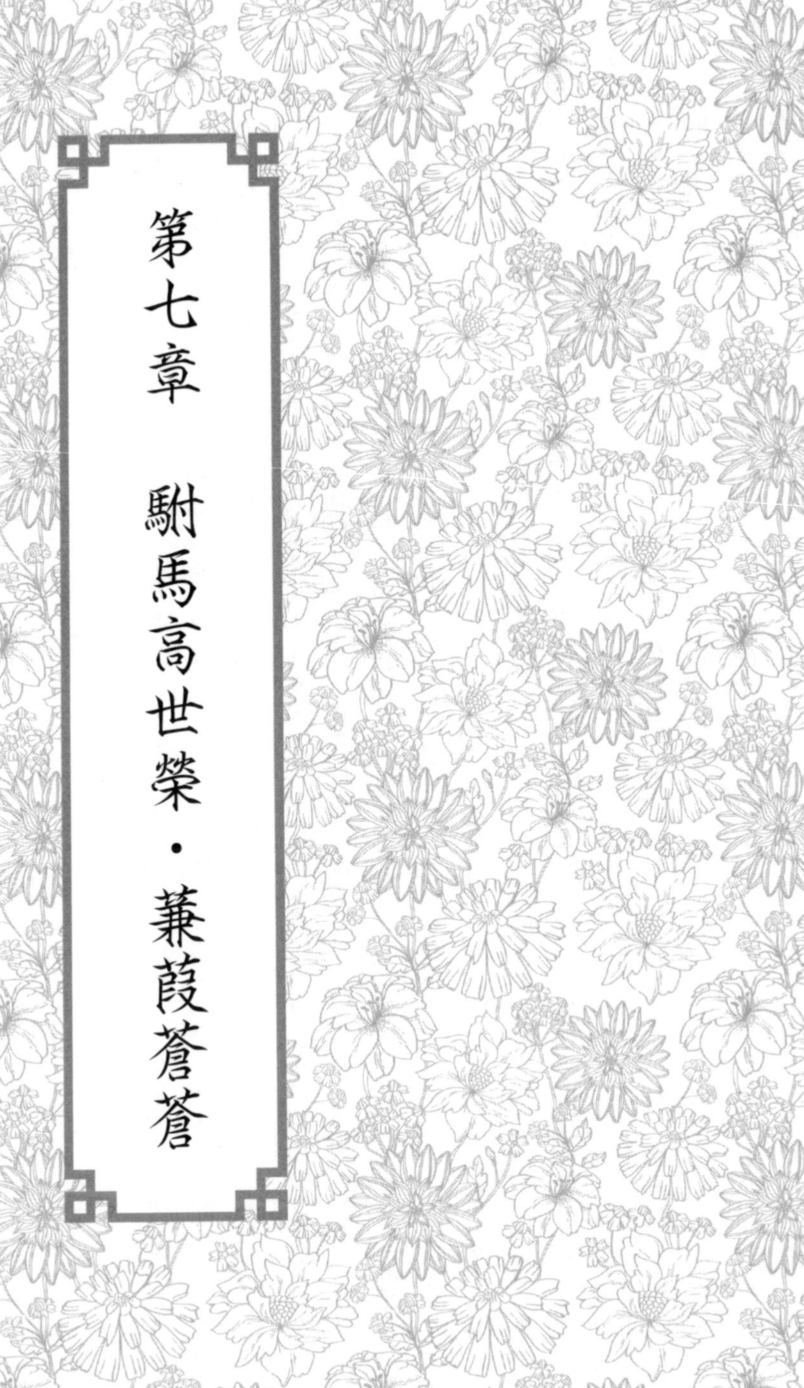

第七章　駙馬高世榮・蒹葭蒼蒼

一　下降

趙構賜一萬八千緡給柔福置妝奩。婚禮當日，爲長公主所備的眞珠玉珮、金革帶、玉龍冠、綬玉環、眞珠大衣、褙子、眞珠翠領四時衣服、疊珠嵌寶金器、各種塗金器、貼金器及陳設、裀褥、地衣等，依次陳列起來，足足擺滿了整個後殿西廊。有文臣諫言說：「自陛下登基以來，生活用度一向注重節儉，如今長公主出降妝奩排場似顯過奢。」而趙構擺手道：「南渡以來，以公主下降朝臣，這是首次。何況福國長公主是朕身邊唯一親妹，妝奩禮儀理應依熙寧年間長公主出降故事，不可過儉。」

是日，駙馬都尉高世榮著常服、繫玉帶，乘馬前來親迎。至宮門外易正式冕服，列出大雁、錢幣及玉雕馬等彩禮用物行親迎禮。而此時柔福也裝扮停當，在數名女官的扶持簇擁下入正殿向趙構辭行。

趙構枯坐於高高御座之上看著柔福款款走近。她戴著綴滿珍珠與七彩寶石的九翬四鳳冠，似不堪其重負，她微低螓首，冠上垂下的銀絲珍珠面簾亦蔽住了她的目光，讓她盛妝後的容顏變得隱約。著一身褕翟之衣，廣袖的對襟罩衫上所繡的長尾山雉栩栩如生，有展翅凌雲之勢。朱裙後裾長長地曳於身後，使步態愈加雍容柔美。

她翩然下拜，依禮說著辭別的話，他卻再次想起五年前那初著褕翟之衣的及笄少女。那時的她朝著御座上的父皇下拜，然後經過他身邊時悄聲喚他，語裡暗藏著只有他們明白的秘密，目中閃著溫暖的光。

他頷首讓柔福平身。她站直的那一瞬眼波冷淡地拂過他的臉，旋即安靜地垂目，絲毫不欲與他對視。

他很清楚她的不悅。五年前，她喜悅地邀請他目睹自己的成年儀式，將自己著褕翟之衣的身影刻入他記憶。如今，她再度如此盛裝，卻是在如此怨懟的情緒下任他把自己嫁給一個並不喜歡的人。

而他想她永遠不會明白他今日的悲哀。她的疏離，與他的絕望，盡在她臨去煙波那一轉。

禮畢，尚儀請柔福出門乘金銅裙檐子出宮前往公主宅。趙構在想是否起身親送她出門，然而見她態度決絕地轉身而去，終於頹然放棄，麻木地保持著正襟危坐的姿勢，看她逐漸自自己視野中淡出。

送親儀仗隊列護長公主檐子出皇宮正門，前往臨安城外漾沙坡坑下第一區、趙構賜予柔福與駙馬的宅邸。數十名街道司兵列隊先行，每人手執掃具、鍍金銀水桶灑水清道。其後有宮嬪數十人，皆頭插眞珠釵，身著紅羅銷金袍，乘馬呈雙列前導。後面隨行的是趙構指定的天文官，及陪嫁的內侍宮人。隨行使臣、宮人分別持四面方扇、四面圓扇、十枝引障花及提燈二十、燭籠二十。按禮本應由皇后乘九龍檐子、皇太子乘馬親送，但因中宮虛位，皇儲未立，而宮內妃嬪等級最高的潘賢妃又稱病不願爲柔福送親，所以趙構便命張婕妤帶趙瑗乘厭翟車行於柔福檐子後相送。

柔福乘的金銅裙檐子約高五尺、深八尺、寬四尺，朱紅梁脊，頂上滲金銀鑄雲鳳花朵爲簷，檐內兩壁鏤金花，裝有雕木人物神仙，四周垂白藤間花繡幔珠簾，檐子前後用紅羅銷金掌扇遮簇。

高世榮乘玉驄白馬行於柔福所乘檐子前方。他的新娘此刻離他不過咫尺之遙，他攜她而行，以她丈夫的身分接受圍觀路人豔羨的注視，不禁喜上眉梢，揚首挺身策馬，馬蹄踏於大道上，那清脆的蹄聲有樂音的韻律。

他頻頻轉首，透過那兩重紅羅銷金掌扇及行進中微微擺開的繡幔珠簾，偶爾會窺見長公主的一角裙裾。在過一座橋時，於最前面抬檐子的兩人絆了一下，引來不大不小一次顛簸，兩側宮人忙掀簾問長主可曾受驚，高世榮從她們掀開的縫隙中看見了他今日的新娘。

她慵慵地斜靠在簷中座椅上，冠下的面簾擺向一邊，露出一張黯淡的臉，寫滿莫名的倦怠，神情蕭

索，毫無神采。

她一定是累了，平日居於深宮，這段路程足以令她感到疲憊。他想，於是命眾人略微加快前行。

至公主宅後，張婕妤帶趙瑗奉旨賜御筵九盞，筵畢，即告辭回宮。柔福與高世榮繼續行共食一牲的「同牢禮」，司宮令將切下的一片羊肉送至柔福口邊，她只略微以唇一碰，甚至沒有咬出一絲牙印。司宮令請她再食，她搖頭不再理睬。司宮令頗有些為難，夾著那片羊肉不知如何是好，倒是高世榮和言道：「長主今日一定很累，想是胃口不好，吃不下葷食，就不必勉強了。先請長主進房休息，晚些再命人送些素食過去罷。」

柔福聞言當即起身，也不待女官宮人攙扶便逕直朝內走去。當著一干賓客的面高世榮自不免尷尬，不過好在他父母均不在臨安，本來要行的舅姑之禮倒可省去。於是迅速重展笑容，接受賓客敬酒祝賀。

賓客散盡後，高世榮略有些忐忑地步入新房，見柔福端坐於錦繡銷金帳幔中，自己除了九翬四鳳冠擱於一旁，剛才的疲憊之色消失無蹤，但一臉肅然，見他進來便冷冷看他，目中有的是戒備而非羞澀。

房中的幾名侍女見他進來，忙請他坐下，為他們擺好蔬果點心後便行禮告退，卻被柔福叫住，說：「我讓你們出去了麼？」

侍女們一愣，便不好再走，依舊侍立在兩側。

高世榮猜她終究是靦腆的，所以不好意思與自己獨處。他想他應該多與她聊聊天，淡化她對他的陌生感。

只是在女子面前，他並不是個善於表達的人。幾句噓寒問暖式的問候之後，躊躇了半天也不知該與她聊什麼話題為好。最後目光落到兩側的侍女身上才忽地想起一事，便笑著對柔福說：「長主，幾日前我無意中在太和樓偶遇一人，據說她是以前在汴京服侍過長主好幾年的舊宮人。我想長主興許會樂意見她，有故人作伴平日也可聊解寂寞，所以我便把她帶入了府中，長主現在要不要見見？」

「舊宮人？」柔福微微沉吟，然後抬頭看高世榮：「好，叫她進來。」

高世榮答應，當即起身，親自出門去喚她。過了一會兒重又進來，並對身後人說：「長主就在這裡，快進來罷。」

一個二十餘歲的女子深垂著頭遲疑地緩步走進。在柔福面前跪下連著三叩首，然後仍是垂首不語。而柔福已於她頓首間看清了她的面容，淺淡一笑，說：「喜兒，是你。」

「帝姬……」張喜兒瑟瑟地低頭說：「請原諒喜兒當初不辭而別……當時的情形……我實在很怕……」

柔福凝視她，說：「你知不知道因你當時逃跑，宮門監在我閣中多抓了幾人走？」

張喜兒面色蒼白，拚命叩首，說：「帝姬恕罪，是喜兒的錯……喜兒也沒想到會連累別的姐妹，如果知道會這樣就不會這樣做了……帝姬恕罪，帝姬……」

高世榮看得有點困惑，問柔福：「她當初是自己逃出宮的？」看著喜兒惶恐的樣子又覺不忍，立即改勸柔福道：「無論如何，她當初並沒想到會有何等嚴重的後果，往事已矣，長主可否原諒她？」

柔福略一笑，道：「我又沒說要問她的罪……你是怎麼遇上她的？」

高世榮道：「那日我與幾位同僚去城中太和樓飲酒，其間有人點了她花牌請她唱歌，她便抱了琵琶出來獻唱。席間同僚們聊起我將尚今上二十妹福國長公主之事，她便一下停住，問我們福國長公主是不是道君皇帝的女兒柔福帝姬，我說是，她便欣喜地說她是服侍過長公主的侍女。我聽她說話是汴京口

音，又像是習過禮儀的樣子，便問了她一些關於長公主的舊事，她答得也像是真的。所以我便設法為她脫籍，將她帶入府中，讓她繼續服侍長主。」

柔福再問喜兒：「你怎麼會到臨安做歌伎？」

喜兒答道：「我自宮裡出來後也不敢回家，流落在外，不久後聽說金軍要破城，便跟著流民逃往南方。後來聽說當今聖上決定駐蹕臨安，就來了這裡。但除了會唱幾首曲子外身無所長，當初帶的財物又早已用盡，只得進酒樓當歌伎。因我是汴京人，漸漸也唱出了點小小名氣，才得以長駐士大夫們往來的太和樓，並有幸遇見了高駙馬……若蒙帝姬既往不咎，留喜兒在身邊，喜兒感激不盡，後半生必盡全心侍候帝姬，以報帝姬之恩。若帝姬嫌棄喜兒，喜兒也不敢多留，從哪裡來仍舊到哪裡去罷。」

高世榮亦幫她說話道：「她既已脫籍，怎好再讓她回去？就留她在宅中罷，若長主不喜歡，也不必讓她近身伺候，隨便讓她做些瑣事就是了。」

「當然，我豈會趕她走？」柔福說，語氣平靜，不慍不怒：「喜兒，顧惜自己性命不是錯事，我倒很佩服你當時的勇氣。那些後來被抓走的宮人就算逃過那一劫，以後仍不免被金人掠走，只是早晚的問題罷了。所以，我不會怪你。你可以留下來，繼續做我的貼身侍女。」

喜兒大喜，再次叩頭謝恩。高世榮見狀也露出愉悅笑容，道：「長主果然豁達寬容，世榮亦替喜兒謝過長主。」

柔福微笑道：「駙馬不必如此客氣。」然後轉首命一邊的侍女：「你們請駙馬去西廂房安歇。」

高世榮與侍女均為之一愣。

柔福拉起喜兒，然後對高世榮繼續微笑：「我與喜兒多年未見，有許多話要說，今夜留她在我房中聊天，請駙馬去西廂房安歇，不知駙馬是否介意。」

高世榮只好勉強一笑，說：「自然不會介意。那長主與喜兒慢聊，世榮先走了。」

柔福頷首，再命侍女道：「送駙馬。」

二 三朝

次日晚柔福又以同樣的理由留喜兒在房中而讓高世榮去別處獨寢。高世榮仍然默默接受了她的安排，絲毫沒向她流露過任何不悅之色。倒是喜兒覺得過意不去，天明後悄悄來找他，說：「駙馬爺，不是喜兒存心拉著長主說話，使駙馬爺不便留下……」

高世榮止住她：「我知道。不關你的事。」

「其實……」喜兒遲疑著說：「這兩夜長主都是等駙馬爺一走就命奴婢出去睡……」

高世榮半晌不語，過好一會兒才淡淡一笑：「嗯，應該是這樣。」

喜兒歎歎氣看著他：「難道就這樣下去不成？你不想想法子麼？」

「我想，她還需要時間。」高世榮道：「對她來說，我仍是個陌生人。」

這天晚上，他照常去與柔福略聊了聊，然後不待她開口下逐客令便主動告辭，早早地到西廂房睡下。他認為既答應過她要尊重她的意志，便應該做到，他不會允許自己因一時急色而讓她感到自己有失君子風度，他們還有大半生的時間可以慢慢相處，一切應該會漸漸好起來的。

婚後三朝，長公主與駙馬依禮入宮謝恩。趙構見了柔福，第一句話便是：「你……好麼？」

柔福不答，只轉首看身邊的高世榮，兩剪秋水流光瀲灩地在他臉上一轉，然後含笑脈脈低頭不語。

那一瞬高世榮無比錯愕。見她含情帶笑地看自己，儼然是看心上愛人的意態，此時的柔福，與這幾日冷若冰霜拒人千里的長公主完全判若兩人；雖然暫時不明白她如此轉變的原因，但心下自是頗感欣喜，於是也回視著她，明朗地笑。

趙構看在眼裡，亦唇角上揚，呈出一絲淺笑：「那就好。」

隨後趙構宣賜禮物給柔福與高世榮，其餘入賀的宰執、宗室、侍從、女官、禁軍指揮使及駙馬家親屬均按等第推恩賞賜財物。朝臣亦上奏章表示祝賀。

一切禮畢，趙構賜宴禁中。席間頻頻舉杯與高世榮暢飲清談，並不多注目於柔福。

然而不以目光直視她從來不代表他不在看她。

這點她也很清楚。在高世榮正興致勃勃地回答趙構隨意問的一個問題時，柔福親自以箸夾了個荷包里脊給他，微笑道：「駙馬嘗嘗，宮裡的荷包里脊做得比別處的精緻。」

那荷包里脊是以豬里脊肉爲主料，配以香菇末、玉蘭片末、火腿末，再用雞蛋攤成薄皮，包餡於其中，裹成荷包狀，最後以油炸至金黃色，因形似煙袋荷包，故名爲荷包里脊，是一道宋代宮廷名菜。

見柔福親自爲自己布菜，高世榮喜不自禁，道謝後便低首咬了一口，頓覺這東西皮酥餡鮮，甘美非常，暗暗倒有些奇怪：以前並非未吃過荷包里脊，竟從未發現它會美味至此。

吃完轉首，看見柔福碗中空空，像是什麼菜都不曾動過，高世榮便關切地問：「長主胃口不好？是不舒服麼？」

柔福笑笑搖頭，道：「我想吃點煨牡蠣。」

煨牡蠣擺在離她較遠的地方，高世榮立即伸手爲她夾了一個放進碗中，再問：「可還想要點什麼？」

柔福夾起牡蠣嘗了嘗，依然微笑著說：「自然還有，等我想想再告訴你。」

張婕妤見狀笑道：「這兩小夫妻，新婚燕爾的，果然恩愛。高駙馬對長主無微不至，長主眞是嫁對人了。」

潘賢妃與吳才人均含笑附和。

柔福淡然道：「這應該多謝九哥，是九哥爲我找了個好駙馬。」

趙構仰首將手中半杯殘酒一飲而盡，水晶酒杯傾斜起伏間折射的晶亮光芒淡化了他目中逸出的一抹冷光。「瑗瑗是朕的妹妹，」他說：「朕爲她作的必然是最好的選擇。」

高世榮本來以爲今日柔福的態度表明了對他的接受與認可，但甫一回府，便發現事情並非如此。

他扶柔福下車，柔福站穩後輕輕將手臂自他手中抽出，旋即逕直朝自己臥室走去。

他想當然地跟在她身後，她覺察到，便轉過身，漠然視他的眼神寒冷如秋風：「我有些累了，想早些歇息。駙馬回房罷，不必親送。」

他愣怔著停下，目送她遠去，實在想不明白爲何她在人前私下對自己的態度會有天淵之別。剛萌芽的希望被她陡然掐滅，她給了他在沙場上都不曾領略過的強烈挫敗感。

分房而居成了他們心照不宣的決定。柔福不再找任何藉口，一到晚上就命人去西廂房爲他鋪床，自己也習慣早早地閉門休息，而高世榮亦不勉強，爲防她誤以爲自己有意糾纏，甚至晚膳後都不再去她房

中，有什麼話全在白天與她說。

平日彼此見面說話都很客氣，高世榮黯然想，這倒眞成相敬如賓了。

趙構卻像是很喜歡這個妹夫，常召他去與自己燕射田獵或聊天，並組了一支固定的擊鞠隊，命高世榮負責訓練調教，通常一教就是一整天，因此他每次回宅時通常天色已晚，且疲憊不堪，只想躺下休息，倒沒精神去想柔福的事了。

一日傍晚趙構又召高世榮入宮，說是想與他下棋。高世榮入宮後內侍告訴他說有將領自前方歸來，官家正與其議事，請駙馬稍等片刻。這一等便是幾個時辰，待趙構現身時三更已過，趙構倒似興致不減，仍與他對弈一局才放他回去。

令他大感詫異的是回到府時柔福居然還沒睡，坐在燈火通明的正廳中，看他進來，凝眸看他，說：

「你回來了。」

「嗯。」他忙點點頭，有些驚喜地問：「長主在等我？」

「不，」她若有所思地說：「我只是想看看他會留你到什麼時候。」

他失望地低頭，儘量拉出個笑容：「皇上大概是愛屋及烏，所以常召我入宮面聖，以示對長主的恩寵重視。」

「他召你你便都去麼？」柔福冷道：「他不過是召你陪他遊樂，讓你教他的馬球隊打球，算哪門子的恩寵重視？好端端的駙馬，不知道關心天下事，倒變成了個馬球教頭。」

「長主，」高世榮睁目，語中帶了一絲怒氣：「你以爲我不關心天下事麼？是今上把我的所有實權都撤去了，現下我這防禦使是全然的虛職，我根本無資格過問政事。」

柔福笑了：「當然，他當然會這麼做，我早就跟你說過。你後悔了麼？」

高世榮一聲歎息，道：「不，我至今不悔。」

「好。」柔福道：「以後我九哥再召你去幹這些事，你可以婉言拒絕，就說是我的意思，我不想看你這麼晚回家。至於政事，你不必過問，但你要懂得看、懂得聽。與同僚相處時小心一些，別與權臣或武將來往，尤其是秦檜，離他遠點。」

高世榮聞言道：「長主還不知道麼？昨日皇上已罷去秦檜尚書右僕射、同中書門下平章事兼知樞密院事之職，降爲觀文殿學士、提舉江州太平觀。」

柔福雙目一亮，略有喜色：「他終於棄用此人了！」

秦檜去年爲相以後，因欲與左僕射呂頤浩爭衡，便伺機拉攏名士以植人望，組織自己的黨羽。呂頤浩亦發現秦檜在排擠自己，遂舉薦前宰相朱勝非出任同都督，以聯手對付秦檜。趙構對秦檜植黨攬權之事亦心知肚明，對他「南人歸南，北人歸北」的論調大爲不滿，早有棄用之心，聽了呂頤浩的建議，便將朱勝非召回行在赴朝堂議事。

「殿中侍御史黃龜年前些日子曾彈劾秦檜專主和議，阻止國家恢復遠圖，並且植黨專權，傾軋朝臣。秦檜惶恐之下便上章辭位，但皇上當時沒有答應。」高世榮繼續對柔福道：「據說後來呂頤浩與參知政事權邦彥私下又向皇上進言，列出秦檜任相以來種種錯處。皇上聽後召兵部侍郎兼直學士院綦崈禮入對，告訴他秦檜所獻二策，大意是欲以河北人還金，中原人還劉豫，如此而已。又說：『秦檜當時說爲相數日便可以聳動天下，如今完全不見其效。』當下便御筆親書罷秦檜相位的聖旨大意交付綦崈禮。綦崈禮依聖意寫成詔書，次日皇上於朝堂上公佈，並稱朝廷再不復用秦檜。」

高世榮說到這裡，想了想，又道：「長主一向不喜此人麼？看來長主頗會識人，早已看出秦檜必將失勢，所以才會叮囑世榮莫與他來往。」

柔福緩緩起身，掉頭離去，留給他一句話：「不止秦檜，你若想安穩度日，所有權臣和武將就都不要交往，包括呂頤浩、朱勝非，甚至張浚……」

三　榮德

到了九月，趙構將秦檜的觀文殿學士、提舉江州太平觀之職也全部罷去，高世榮料想柔福會對這消息感興趣，便很快告訴了她。

柔福聽後問：「朝中大臣們怎麼議論此事？」

高世榮答：「都說皇上力圖中興國家，求治心切，才聽信秦檜之言，讓他主持內政。而秦檜能力有限，私心過重，不以寬大之政輔皇上仁厚之德，反而行苛政、植黨羽，大肆排擯異己。皇上雖一時誤用此人，但及時將其罷免，不失明主作風。」

柔福微微一笑，問：「而今那些秦檜培植的黨羽必定惶惶不可終日了罷？」

「是，」高世榮亦笑了：「都急著想法轉投呂頤浩門下呢……另有些看得較遠的，開始巴結朱勝非了。」

柔福頷首道：「秦檜空下來的尚書右僕射、同中書門下平章事之職呂頤浩定會建議九哥讓朱勝非補上……只怕張浚會有些麻煩。」

「長主是說呂朱二人會聯手排擠張浚？」高世榮想想，說：「未必吧？當初朱勝非在苗劉之變後自請辭職，皇上問他何人可繼任，他就推薦了呂頤浩與張浚，可見他對張浚頗為賞識。」

柔福盯著他瞧了一陣，忽然不禁地大笑開來。高世榮不解道：「長主為何發笑？」

少頃，柔福收斂了笑意，這才對他說：「沒什麼。只是一下子明白了九哥為何說他為我作了最好的選擇。」

高世榮隱隱意識到什麼，略有些羞慚地垂首：「長主是覺得我愚笨，無甚見識麼？」

柔福搖搖頭，沒就此談下去，只說：「我聽說朱勝非當初答我九哥的原話是：『以時事言，還須呂頤浩、張浚這兩人。』玄妙處盡在短短『以時事言』四字上。」

「那麼說，朱勝非辭相實是形勢所逼、迫不得已之舉，或許還受過張浚明裡私下的暗示譏刺，所以心有不甘，對張浚有抵觸怨懟之意？」高世榮再問。

「這我不能肯定。」柔福道：「苗劉之變中朱勝非與叛將虛與委蛇，有助於緩解事態、為勤王之師爭取了不少時間，可說有功。但張浚對他的確是頗有些不滿的，大概是認為他為相不力，以致引發苗劉之禍，且與叛將有諸多來往，難脫干係罷。在呈給九哥的密奏上疏中提及朱勝非，遣辭用句很值得人細細品味。」

高世榮詫異道：「長主可以隨意查閱這幾年來大臣們呈給皇上的上疏？」

「不過是偶爾聽我九哥說過一些罷了。」柔福手托茶杯，淺抿一口，輕描淡寫地說。

高世榮又問：「呂頤浩與張浚當年曾在勤王過程中通力合作，此後也未見有何衝突，若朱勝非欲排

擠張浚，呂頤浩就一定會與他聯手？」

柔福冷笑道：「此一時，彼一時。親兄弟姐妹到了關係個人私利時都常會翻臉無情，何況一朝之臣？再說，但凡女子，總不願意與貌勝於己的美女並列於人前，想來男人也一樣，較強的潛在對手，還是早些排除比較好。」

其後事實確如她預料的那樣，幾日後，趙構下旨命觀文殿學士、左宣奉大夫、提舉醴泉觀兼侍讀朱勝非守尚書右僕射、同中書門下平章事。

當時宣撫處置使張浚領軍駐於川、陝等地，行事剛正，不徇私情，一些士大夫有求於他而不達目的，便開始造謠誹謗他，稱他濫殺無辜、用人不當等等。朱勝非任相後聽到誹謗張浚的言論，便上奏趙構，頻頻論其所短，於是趙構遣顯謨閣直學士、知興元府王似爲川、陝等路宣撫處置副使，與張浚相見，和他一同治事，名爲輔助，實爲監視。張浚自然明白其中深意，不久後便上疏辭職，趙構不許，但下詔罷去張浚宣撫處置使之職，命其回臨安，依舊知樞密院事，任徽猷閣直學士知夔州，盧法源爲龍圖閣學士、川陝宣撫處置副使，前往川陝與王似同治事。

「這知樞密院事張浚看來也做不長久，一時的失勢是難免的了。但呂頤浩與朱勝非也不見得就算贏，指不定哪天又會被人踩下去……這幫人，國沒治好，靖康前的朋黨之爭倒學了個十足，都以爲自己有多高明，可惜他們遇上的主子不是父皇，是九哥。」說到此處，柔福雙目熠熠生輝，櫻唇挑出一道驕傲的弧度，但又像是忽然想起了什麼，兩睫一垂，歎了歎氣：「唉，是九哥……」

高世榮佩服她在政治上的見解，可這卻並不是他希望她擁有的優點。他其實更願意與她漫步花間、吟詩賞月，聽她輕言軟語地與自己聊些生活瑣事，而不是目光犀利地與他討論國家大事。無奈她像是根本不知道什麼是爲人妻者應有的舉止態度和性情，或者，即便知道她也不願意照此改變自己。她可以很乾脆地拒絕他提出的泛舟西湖的建議，卻不允許他在她問朝中發生之事時面露搪塞之色。

到後來，他被迫把與她討論政事視爲一大樂趣，因爲除此之外他們之間再無別的共同話題。

這年十二月某日，趙構忽然遣內侍至公主宅請柔福入宮見駕。此前每逢宮中有何節慶之事趙構都會宣她入宮，但柔福總是稱病推辭不去，自己更不會主動去，這次也不例外，她冷眼看著內侍，說：「我最近不太舒服，行不得遠路，九哥也是知道的，請你回稟九哥，說待我身體好了才能應召前往。」

內侍躬身道：「是，官家知道長主貴體違和，故特選了兩名最好的御醫一同前來，車馬宮人也都備好了，一路上臣等會小心伺候長主，絕不會出半點差池，請長主放心。這次官家宣召長主實是有大事要與長主商議，所以再三叮囑臣，要臣務必把長主請回宮。」

「什麼大事？」柔福問。

內侍壓低聲音答道：「有一從北方來的女子自稱是榮德帝姬，現已被送入宮，但官家與榮德帝姬並不熟識，一時無法辨別其眞僞，所以請長主入宮驗視。」

榮德帝姬是趙佶第二女，成年後下降左衛將軍曹晟，曹晟早亡，她獨守了幾年寡，後來在靖康之變時亦隨一眾宮眷被虜北上。現被接入宮的這個女子也稱自己是從金國逃歸，這姐姐早早出嫁，趙構早已不記得她的容貌，現今臨安宮中之人也無認識她的，問那女子一些宮中舊事，她答來倒也有些條理，不像是完全一無所知的樣子，但事關重大，趙構終究不好斷定，而榮德帝姬與柔福是姐妹，當年又一同北上，見面的機會理應不少，因此柔福顯然是現在最有可能辨別出其眞假的人。

聽完內侍解釋，柔福一笑：「這倒有點意思。好，我去。」於是命人請高世榮，二人同乘一車入宮。

柔福未見那女子之前，先聽趙構細說了一番她的相貌，然後趙構問她：「如何？像是眞的麼？」

柔福一沉吟，輕笑道：「是眞是假，我說的都作不得準，最好讓她自己說罷。」接著問嬰茀：「她見過你麼？」

嬰茀一愣：「我？我入宮時榮德帝姬已經出降，我並未見過她。」

「那麼這次呢？」柔福再問。

嬰茀說：「這次我只遠遠地看過她一眼，她肯定是沒看見我的。」

「好。」柔福隨即一牽嬰茀的手，說：「跟我一起去。」

那女子低眉斂目地獨坐在安置她的宮室中，年紀看上去確與榮德帝姬相若，亦有幾分姿色，態度溫良和順，見趙構帶著柔福等人進來，便立即起身相迎。

趙構命她平身，和言對她說：「二十妹瑗瑗來看你了，你應該還記得她罷？」

女子抬首，朝他身後看去。柔福與嬰茀並列站於趙構身後，高世榮未便走近，離他們略遠些。

女子目光先落於柔福身上，漸漸移去看嬰茀，須臾又移回柔福這邊，間或瞬目，似在思索。

柔福不等她開口便先笑了，轉首對嬰茀說：「瑗瑗，你怎麼不過去喚姐姐？是不認識了麼？」

嬰茀會意，走至女子面前，襝衽一福，輕喚：「二姐。」

那女子頓時雙目閃亮，笑容綻現，十分親切地拉著嬰茀的手說：「許久不見，瑗瑗妹妹越發美麗，與以前大不相同，姐姐都快認不出來了。」

柔福當即忍俊不禁地引團扇掩口笑了起來。女子迷惑地看她，問嬰茀：「這位娘子是……」

「二姐，」柔福揶揄她：「你認吳才人做妹妹，那我眞不知道我應該是誰了，叫人怎麼回答你好呢？我記得上次見你是在三年前罷？我的變化就如此大麼，竟站在你面前你都會認錯。」

女子刹那間面如土色，頹然跪倒在地，深垂著頭無言以對。

「賤婢。」趙構冷斥她道：「膽敢冒充金枝玉葉，你有幾顆腦袋？」

那女子嚇得全身哆嗦，淚水奔湧而出，拚命磕頭卻說不出話。

柔福笑笑地對趙構說：「嘖嘖，九哥拉長了臉好嚇人，嚇壞她了。」然後斜首看那女子，道：「你爲何要冒充榮德帝姬？講來聽聽。」

女子遲疑了半晌，終於斷續道出眞相。原來她姓易，是汴京人，嫁與一商人爲妻，家境原本不錯，但靖康之變時與家人在戰亂中失散。她孤身一人流落在北方，後來偶遇一個昔日護衛宮眷的禁兵，帶她南下，並跟她講了許多榮德帝姬的舊事。建炎四年趙構迎回柔福帝姬，並待其異常優渥，此事已廣傳於民間。易氏聽後便心動了，現下她找不到昔日親人，那禁兵亦棄她而去，要生存下去甚是艱難。她知榮德帝姬身陷金國，歸國無期，覺得自己已知道不少關於她的事，年齡又與她相彷，若自稱是她，想必也無人能看破，因此才決定孤注一擲地試試運氣。

待她說完，趙構再不看她，直接命身邊內侍：「拖下去。」

兩名內侍應聲而出拉起易氏，再躬身問：「官家欲如何處置？」

趙構語氣淡淡，隻語片言卻有如磨出利刃的冰：「著大理寺定罪杖斃，示眾。」

易氏聞言立時驚恐地哭喊起來。那是一種高世榮從未聽過的詭異聲音，猙獰如獸鳴的嚎叫和悲絕哀慟、像被撕裂得支離破碎的哭聲，全不似一個如此柔弱的女子所能發出，激烈震耳，於深重的絕望中表

達著她對死亡的抗拒和對被剝奪生命的不甘。

聽得他心生寒意，不覺轉目凝視柔福，擔心她是否能承受如此情景。

柔福卻像是毫不害怕，依然是悠悠的神情，適才的笑意甚至還縈於她唇邊尚未隱去。待內侍把易氏拖出宮門後，她回看趙構，問：「如果我也是假帝姬，你也會將我杖斃麼？」

趙構蹙眉道：「我不作無意義的假設。」

柔福朝他走近，莞爾一笑：「你是不希望我是假的還是不想說你會殺我？」

「你現在還活著，所以你必定是眞帝姬。這個答案滿意麼？」趙構似笑非笑地說，但旋即轉移了話題：「你似乎瘦了許多。」

「嗯，」柔福頷首：「因爲我不開心。」

「生九哥的氣？」

「你說呢？」

「現在氣消了？」

「沒。」

「我看見你笑了。」

「我生氣的時候也會笑。」

「呵呵，不說這些了。我帶你去看瑗。」

「好啊好啊，他最近怎樣？」

「我在親自教他念書。所讀之書他都過目不忘，領悟力也是極好的。」

「他現在在哪裡？」

「在我殿中寫字。」

「那帶我去。」

「好，我帶你去。」

他們繼續聊著，很自然地一起出門朝趙構的福寧殿走去，全沒想起身後的高世榮。高世榮尷尬地留於原地，不知是否該跟他們同往。

細細品味兩人的對話，訝異地發現趙構竟然完全放下皇帝的架子，對柔福以「我」自稱，而柔福對他亦直稱「你」，淡如花香的親密流動於他們尋常對答間，那是他從未企及的感覺。

怔忡間有人走到他身邊，喚他：「高駙馬。」

四　紅梅

高世榮回首一看，見是嬰茀，忙點頭致意。

「長主與官家去看瑗了，駙馬怎麼不同去？」嬰茀問。

高世榮澀澀一笑，沒有作答。

嬰茀微笑道：「駙馬與長主是夫妻，出門應該形影不離才對。一會兒若長主想起駙馬，四尋不見，緊張之下興許會埋怨駙馬呢。」

她幾時爲我緊張過？高世榮黯然想。低歎一聲，道：「長主並未讓我隨她前去，我若去了，說不定她會不高興。」

嬰茀搖頭道：「駙馬多慮了。長主顯然很重視你，已把你視作身邊最重要的人，請你與她一同入宮，既是表明她喜歡與你多相處，一刻也不忍分離，也是爲了告訴宮中人，她從此與你共進退，一生相繫，終生相依。剛才未出言相請，也許是一時忘記，也有可能是認爲你隨她去是理所當然的事，故而無須再說。」

「是麼？」高世榮不敢作如此樂觀的設想：「許是世榮過於愚鈍，對下降一事長主一直……似有怨意。」

嬰茀依然含笑說：「駙馬不必妄自菲薄。女子的心事是很難猜的，有時故意冷對丈夫，不過是爲得到他更多的愛憐。再說，長主個性較強，新婚女子也難免害羞，即便深愛駙馬，也萬萬不會溢於言表，多半倒會與駙馬保持距離，顯得不十分親近。但若駙馬因此誤會而遠離長主，那可就當眞違了長主本意，會惹她生氣了。」

高世榮聽得半信半疑，但想起嬰茀以前是服侍過柔福的侍女，與柔福相處日久，必然是相當瞭解她的，她說的話想必有理，於是心底那縷晦暗許久的希望被她的話點亮不少，誠懇地請教她：「那我應該怎麼做呢？」

嬰茀道：「說起具體應做什麼就很瑣碎了。無非是多接近她，設法討她歡心，多留意她喜歡的東西，然後不時找來送給她，也不必總選貴重的，只要做得別致精巧新穎，胭脂水粉、絲巾香囊之類的小物件也是好的。我記得長主小時候總想跑出宮去玩，駙馬不妨常抽空帶她離家遊玩，蕩舟遊湖或登山踏青都不錯……」

聽到這裡高世榮插言道：「這點我亦曾想到，可長主如今似對遊玩之事毫無興趣，終日自鎖於宅內，連自己房門都不常出，更遑論與我一同出遊。」

「那怎麼會？」嬰茀笑道：「大概是長主最近心情不好。她未出降前整天牽著瑗四處漫步，宮中每一角落都被他們遊遍了……對了，長主很喜歡小孩，若與駙馬早得貴子，有子萬事足，性情必然會重又開朗起來，所有問題也都會迎刃而解。」

自己何嘗不想如此？只是以現在與柔福之間的狀態，如何能有孩子？此話高世榮無法說出，惟有呈出一絲苦笑。

嬰茀見狀略略朝他走近一步，聲音比剛才低了一些，卻仍然柔和而清晰：「駙馬眞是謙謙君子。在長主面前表現溫文爾雅是沒錯，但一味恭謹守禮似顯太過。駙馬身爲長主夫君，萬事都畢恭畢敬不符常理，而且也未必是長主眞正希望的。」

這眞是個聰穎明慧的女子，僅從他與柔福的神情舉止就猜出了他們之間的問題。高世榮詫異而感慨地看著嬰茀，頓時明白何以趙構在眾妃中特別看重她。再念及柔福，不免又有些感傷。他原本躊躇滿志的人生已被與長公主的婚姻裁得殘缺不堪，卻換不來一個有嬰茀一半溫婉柔順與善解人意的妻子。當然，他不會言悔，但無法抑止自己爲此深感遺憾。

紹興三年正月初七午後，高世榮自外歸來，進門時習慣性地問前來迎接的家奴長主在做什麼，家奴答說在後苑梅堂賞梅。那日雪後天霽，滿園梅花均已綻放，尤以梅堂中各類佳品爲盛，遠遠地便可聞見

其清雅芬芳。高世榮亦有了些興致，當即邁步穿過中堂迴廊，朝後苑梅堂走去。

梅堂院中所植的泰半是紅梅，均屬福州紅、潭州紅、邵武紅、柔枝、千葉等名品。深深淺淺的紅色花朵或疏或密地簇於梅枝上，姿態千妍，映著一地淨雪，紅紅白白地異常瑰麗，有風吹過花瓣便似片片彩帛飄飄而下，拂面生香，落在雪上，像積了一層的胭脂。

高世榮舉目望去，不見柔福在院中，環視一周，發現她躺於梅堂廳中正對花圃的貴妃榻上。門上的錦簾綃幕半垂，她斜拉了一層有雪狐鑲邊的紅緞錦被搭在身上，朝著門外側臥而眠，睡意正酣。

走進去，侍候在周圍的喜兒等侍女向他行禮請安，他以指點唇示意她們壓低聲音，以免驚醒了她。

他和笑看柔福睡中的嬌憨神情，輕聲問喜兒：「長主賞花賞倦了麼？」

喜兒答說：「長主先是漫步院中賞花，後來乏了，便命人把貴妃榻搬到廳中門邊，斜倚其上繼續看。覺得有些冷，又讓人取了半壺內庫流香酒，獨自飲了三杯，漸有點醉意，就睡著了。我們本想送長主回房休息，但一碰她她就迷迷糊糊地直說不許。駙馬看是任長主繼續在這裡睡好呢還是送她回房好？」

高世榮彎身幫柔福掖了掖錦被，溫柔地凝視著她答喜兒的話：「她既喜歡這裡，就讓她在這裡睡吧。」

喜兒以袖掩唇吃吃地笑：「那好。駙馬在這裡陪長主吧，我們退到偏廳去，若駙馬需要點什麼，再命我們過來。」

高世榮點點頭，於是喜兒等人行禮告退離開。

他記憶中柔福的膚色呈蒼白色時居多，而此時許是因飲酒的緣故，她如玉雙頰上透出幾許紅暈，似曉霞將散，眉眼旁的顏色爲淡淡荔紅，像著了唐人仕女圖中的「檀暈」妝，兩眉橫煙，不須再亮出她顧盼生輝的明眸，此刻已是嫵媚之極。

寒心未肯隨春態，酒暈無端上玉肌。蘇軾這句詠梅詩悄然浮上心間，卻覺得此詩本就應賦給此時的柔福，若用來形容那一片開得喧囂的紅梅，倒是浪費了。

有風吹進，依然間有零落的花瓣，有一片輕輕飄落在她的櫻唇邊。

這景象令高世榮想起壽陽公主梅花妝的典故。南朝宋武帝劉裕的女兒壽陽公主人日閒臥於含章殿，庭中梅花正盛，有一朵飄落而下附在她額上，五片花瓣伸展平伏，形狀美麗，人拂抹不去，三日之後才隨水洗掉。宮中女子見後覺得美麗，遂紛紛效仿，都在額間作梅花狀圖案妝飾，命名為「落梅妝」或「梅花妝」。

柔福唇邊的花瓣有小巧的形態和嬌豔的顏色，唇際原不是個合適的位置，可襯在她臉上就連這點不妥也被輕易化去。花瓣下她的肌膚和唇色顯得魅惑莫名，若是被別的女子見了，也許也會效仿著在唇邊點貼花鈿罷。

高世榮一壁想著，一壁不禁地俯首下去，輕柔地以雙唇自她臉上銜起了那片花瓣。

她肌膚之味尤勝於梅花清香，馨香而溫暖，檀口中逸出的那縷淡淡酒香有奇異的醉人力量，令他一時心神恍惚。忽然想起，之前他似乎從來沒有觸及過她的任何肌膚，就連他以手扶她時，她都會小心翼翼地引袖掩好原本裸露的手。

他輕嚼含在口中的那片花瓣，滲出的花汁味道隱約苦澀。

他的目光復又凝於她唇上。飽滿的櫻唇弧線精巧，美如花瓣，並無施朱，但天然殷紅，應該也有溫暖的溫度。無可救藥地為此沉淪。他再度低首，緩緩朝她唇上吻去。

她忽地睜開雙目，在他觸到她之前。

他一驚，所有動作就此停止，那時他與她的臉相距不過半尺。

她不驚訝，更不害羞，只冷冷盯著他，剎那間高世榮覺得空氣似乎不再流動，像冬日止水一般，被她的眼神凝成了冰。

高世榮站直退後，局促不安，想向她解釋點什麼，但甫一開口所有言辭便縮回喉間，結果終是無言。而柔福表情神色未變，甚至懶得起身坐正，仍以慵然的姿態躺著，只用凌厲的眼神毫不留情地割裂他曾以爲可以拉近他們距離的某種聯繫。

感覺寒冷，才想起現在其實仍是冬季。他終於承受不住，疾步離去。卻又無比憤恨自己今日的怯懦，竟在屬於自己妻子的美色面前如此顏面無存地落荒而逃。

五　粉黛

此後許久，高世榮都儘量躲避著柔福，不主動接近她，但柔福依然常命侍女來請駙馬過去，讓他把最近的政事告訴她，面對著他神色也鎮定自若，像是全然忘了那日梅堂之事。漸漸高世榮倒也能像以往那樣語調自然地與她交談，只是舉止更加恭謹，連她的衣角都不再碰一下。

一日高世榮與幾位好友相聚品茶聊天，其間眾人聞見一位校書郎身帶女子脂粉香，於是不免就此取笑於他，但那校書郎卻並不窘迫，只不緊不慢地笑著自袖中取出一粉青小瓷盒，道：「最近聽說坊間有售以趙飛燕所用古方秘製的『露華百英粉』，粉質淨白幼細，且雜以名香，芳香馥郁，一旦著面數日不散。我一時興起，便去買了一盒欲帶回給拙荊勻面。」

眾人接過一看，都覺粉質確實與眾不同，尤其那撲鼻異香，非尋常妝粉可比，就連那盛粉的粉青瓷盒也製得特別精緻光潤，小小的盒身上繪有筆觸婉約鮮活的飛燕「歸風送遠」舞圖。圖中立於男舞者掌上的趙飛燕裙袂飄飄，身姿輕盈婀娜，有即將御風而去之勢，觀者無不讚歎。

人問：「價值幾何？」

校書郎緩搖羽扇，施施然答：「與金等價。」

眾人嘖嘖稱奇，都道校書郎捨得花重金爲夫人購妝粉，可見伉儷情深。

高世榮聽在耳裡，便想起了吳才人勸他留意買禮物贈柔福的話：「只要做得別致精巧新穎，胭脂水粉、絲巾香囊之類的小物件也是好的。」於是問校書郎：「這粉何處有售？」

校書郎笑了：「高駙馬必是也準備買一盒贈與你家那位長公主罷？如今皇上只剩這一位妹妹，一向十分看重，既下降給了駙馬，駙馬自然是百般珍愛的了，妝粉這種小東西也時時留意爲長主尋覓，這駙馬當得果然上心。」

旁人也一併插言湊趣：「不錯不錯！駙馬當日擊鞠賽後當眾求婚，早已在朝廷內外傳爲佳話，現在夙願得償，當然會與長主你儂我儂，情深意重了！」

此後的話題盡數轉爲以高世榮與柔福爲主題的玩笑，聽得高世榮面紅耳赤，也就不好再問下去。但一直對那盒與金等價的露華百英粉念念不忘，別過朋友後當即策馬直奔諸市，一間間店鋪逐一詢問，直至天色黑盡才終於找到販售之處。喜不自禁，立即重金購下，並在商人的推薦下另購了同樣價值不菲的

一瓶大食國薔薇水和一盒西域「回回青」石黛。

滿心喜悅地攜之回家，一進門便直接去找柔福。柔福倒沒睡下，坐在房中與侍女閒聊，見他跑得氣喘吁吁地趕來見她頗感詫異，因他很久未在夜間踏入她房中，且又這般著急。

他取出買的妝品給她，一一解釋了品名，只說聽聞這些東西質優於凡品，所以爲長公主購下，但把求購的情形略過不提。

柔福瞟了那被喜兒接過擱在桌上的妝品一眼，淺品一口散發著香草味的香薷飲，才淡淡道：「心急火燎地跑來，就是爲了告訴我你買了這樣的東西？」

彷若一捲冰浪迎面擊來，激冷之下，高世榮無言以對。

「那露華百英粉的製法古書上從未有詳細記載，而今商家胡亂加些香料，就附會著說是趙飛燕所用之物，你竟也相信？」柔福以二指拾起那盒露華百英粉，略聞了聞便蹙眉拋開：「好刺鼻的麝香味。想是配製妝粉的人聽說趙飛燕愛用麝香，便加足了分量，卻不知趙氏一味濫用麝香，最終導致不育。這樣的東西，豈是能用的？」

再看了看站在一旁默然不語的高世榮，柔福從容說道：「我從來不用加了過多香料的水粉，那有損肌膚。平日用的粉，都是九哥命昔日汴京宮中的老宮人特意爲我配製的。選料做法都與尋常坊間所售的粉不同。是以新上市的白米輔以一定量的微紫陳米，揀淨雜質後，分別以大小不同的磨子細細研磨，磨後再以細紗篩子篩，然後再磨，反覆五六次，待粉磨至極細後再將兩種細粉按比例摻和，具體多少要據我當時膚質膚色來定，一絲錯不得的。鉛粉用量極少，僅以使米粉鬆散、不黏結、能著面爲度，要防鉛毒影響膚質。至於香料，幾乎不加。製出的粉色澤微黃，很是細軟，我一向用慣了，若改用坊間妝粉，必有不適之感。」

言罷拈起那精緻琉璃瓶所盛的薔薇水，瓶塞也不拔，尚未引近鼻端就已擱下，似笑非笑地問高世榮：「你說，這是薔薇水？」

高世榮有些忐忑地點點頭，解釋道：「據說，這是大食人採薔薇花上露水製成的，香氣最是純淨馥郁……」

「以訛傳訛罷了。」柔福打斷他，道：「花上露水再香也有限，豈能做香料？製大食薔薇水要先採清晨帶露初綻的薔薇，選取形狀色澤純正一致的花瓣，其餘的一概棄去，再用白金爲甑，將薔薇花瓣蒸氣成水，屢採屢蒸，積而爲香，故馨烈非常，長香不敗。眞正的大食國薔薇水雖盛在琉璃罐中，罐口以蠟密封，但香仍可透徹而出，數十步外猶可聞見。若灑於人衣袂上，經十數日尚有餘香。近年宋人仿效大食造香，無奈國中薔薇非大食良種，色味相去甚遠，便有奸商胡亂取中土薔薇，雜以素馨茉莉製之，」目示桌上琉璃瓶，斷言其品質：「你買回來這瓶便屬此類，其香亦足襲人鼻觀，但與大食國眞薔薇水相較，猶如奴婢之於閨秀。」

高世榮面色青紅不定，尷尬之下一時無言以對。聽她說完薔薇水，目光不禁落在剩下的畫眉石黛上，知她少不得又要對這石黛加以貶損。果然柔福冷眼看著那「回回青」說：「回回青出自海外，一般沒見過什麼世面的村姑俗婦見其價格昂貴便以爲是多好的東西，其實若論畫眉效果，比起波斯螺子黛可差遠了。以前汴京宮中女子多用螺子黛，但這種青黛每顆値十金，南渡之後九哥覺得宮人用此畫眉太過奢侈，便不許再用，所以現在我們只得用自製的畫眉集香丸。若論製法倒也不算複雜，只是要費些工時：以眞麻油燈一盞，多著燈芯，搓緊後點燃，其上覆一個小小碗碟，讓燃燈所生的青煙凝結於碟底，

集多了便掃下，反覆數十次直到量足。然後用少許龍腦調入一點油中，傾入煙內，和勻，待凝結後就可用了。製出的畫眉墨細膩純淨，馨香宜人，畫出的黛色相當漂亮，遠非用柳枝、杉木燒製的炭墨煙煤可比。雖仍比螺子黛略差些，但也可以將就著用，石黛顆粒太粗，我是不大敢用的。」

明裡看似在解釋她尋常所用粉黛香水的製法，實是近乎不留情面的奚落，聽得高世榮心灰意冷。本想儘量以淺笑來化解是時的尷尬，卻終究無能為力。強自壓下湧上的一口氣，任它鬱結在心中，一咬唇，道：「是世榮唐突，擅自為長主買來這些粗糙妝品。既然長主用不上，那就扔了吧。」

「那倒也不必，始終是駙馬費心買來的，扔了可惜。」柔福微微一笑，轉首看看喜兒，再問高世榮：「若我把這些粉黛香水賞給喜兒，駙馬介意否？」

高世榮漠然道：「長主看著辦。」隨即掉頭摔簾而出。

柔福收斂笑意，對喜兒道：「還不拿去？是你的了。」

喜兒遲疑地看著妝品，訥訥地說：「長主……駙馬其實對你很好，買這些東西都是為了讓你開心，你就算不喜歡，也不必……不必如此……」

「我若收下他這些東西，他又該想入非非了。」柔福淡然道：「有些時候，不能對人太好。我後悔當初對他那一笑，引他飛蛾撲火般地闖進來。否則，現在我與他都會自在許多。」

六　秋千

弄巧成拙的粉黛事件令高世榮再不敢輕舉妄動，在柔福面前日趨消沉而被動，除了日常的噓寒問暖外，亦不隨便做什麼意在討她歡心的事。而柔福像是相當滿意他們之間的這種狀況，日間請他過來聊聊時事，晚上各自就寢，互不干犯，在人前倒也知道顧及駙馬的面子，每每裝作與他十分恩愛的樣子，偶爾還會爲他向趙構討些封賞，因此外人談及時都道這是段美滿良緣。

「駙馬爺，長主的生辰又快到了，今年你可得準備個別致一些的禮物。」紹興四年某日黃昏時分，喜兒如此提醒高世榮。

「又」快到了？是，算算時日，的確又快到了。一年前他在宅中爲她慶賀生辰，贈她名貴的珠寶，她卻不屑一顧。回想他當時那喜宴後慘澹的心情，依然清晰如故，一切像是昨日剛發生的一般。

他們成婚已經近兩年了。近兩年的時光消逝無痕，他放棄了曾經擁有的戰場，卻在感情上一敗塗地，渾渾噩噩的生活甚至磨平了他目中原有的銳氣，而讓他學會凝望著她遠處的身影頹然歎息。

面對喜兒，他淺淺苦笑：「再別致的禮物，由我手中送出，她都不會喜歡。」

「不是呀，若是用心選擇，必會找到長主中意的東西。」喜兒歎道：「唉，你這麼快就放棄了麼？這才多久呢？你們還有大半輩子要過。長主以前是個很和善的人，對任何人都十分友善，現在是跟以前有些不一樣，但只要駙馬持之以恆地關心照顧她，她應該總有被感動的一天罷？這次長主生辰，你要把握好這個機會，我想到了一個禮物，並不貴重，但可以保證是長主喜歡的。」

高世榮默然良久，問：「那是什麼禮物？」

喜兒一笑：「秋千。記得長主以前在汴京宮中最愛這個，後來隨道君皇帝退居龍德宮，也還常常偷跑出來，去艮嶽櫻花樹下盪秋千。現在我們公主宅裡什麼都有，惟獨沒有秋千架，駙馬不如爲長主在後

苑立一個，待長主生辰那天帶她去看，長主必定會很喜歡。」

他採納了喜兒的建議。私下命人造了一個秋千架，在柔福生辰前一天夜裡悄悄運進公主宅，連夜立好在後苑中。第二天柔福到後苑散步時看見秋千，果然雙眸一亮，走至秋千旁，以手輕撫那據喜兒的描述、按艮嶽宮中的式樣製出的精緻坐墊和雙索，若有所思地細細看著。

「長主，這是駙馬精心爲你挑選的禮物。」喜兒忙走近她身邊解釋說。

「是麼？」柔福轉首看了看高世榮，道：「駙馬費心了。」

雖然她臉上沒有明顯的喜色，但至少沒有像以前那樣冷言相向，語調甚至可以說溫和。高世榮暗自一喜，慶幸這次的禮物選得適當。

那一天她像是心情不錯，命人就在後苑設宴，席間頻頻與高世榮對飲，卻又不勝酒力，不久後便飛霞撲面，閉目以手支額，最後仍是支撐不住，便索性伏案而寐，嬌慵無限。

「長主醉了，你們扶她回房休息吧。」高世榮見狀吩咐兩旁侍女。

侍女答應，過來攙扶，但柔福卻揚手推開，不要她們扶。於是喜兒輕輕朝高世榮努努嘴，示意他自己過來相扶。

短暫的猶豫後高世榮終於下了決心，起身去扶柔福，發現她此刻渾身無力，柔若無骨，幾乎不能站立，於是乾脆伸出雙臂將她整個人橫抱而起，邁步朝她臥室方向走去。

她並未因此受驚，其間只迷濛地半睜星眸看了他一眼，旋即安寧地合上，還將臉埋在他懷中，乖乖地依偎著他任他抱著走。

放她在床上睡下，一時不捨得走，便坐於她床頭，欣賞她的睡態。此時的她多麼可愛，眼簾輕合，蔽住了平日冷漠的目光，她美麗的面容頓時顯得柔和，並且不會拒絕他的接近。

「長主……」他不禁地輕喚出聲。

她無任何反應，依然一脈沉睡模樣。

沒有了咄咄逼人的長主架子，眼前沉睡著的溫婉柔順小女子才更像是他夢想中的妻。忽然想起以前一直是叫她「長主」，而從未喚過她的名字，其實他很想改變他們夫妻間客氣的稱呼，只是每次尚未來得及嘗試，便都在她盛氣凌人的注視下退卻。

此刻的情形給了他自然的機會與勇氣，他滿心愛憐地以手去撫她的額髮，她的臉頰，柔聲喚她：「瑗瑗……」

並未期盼得到她的答應，然而她居然應聲，依然閉著雙目，迷糊地「嗯」了一聲。

不免驚喜，很想擁她入懷，卻又怕把她驚醒，從而自己也被迫清醒。他在心底歎息，卻無法阻止自己的目光和手指繼續在她臉上戀戀流連。

漸漸地感到灼熱，像是有火從指尖蔓延到了心裡。呼吸趨於急促，他的手遲疑地沿她臉龐滑下，撫過她細長美好的脖頸，終於探入她衣中。

似感到癢癢，她格格地笑醒，一邊啓目一邊喚：「九哥……」

四目相撞，兩廂都是愕然。

他在想，如果他沒有聽錯的話，剛才她喚的是……九哥？

一點疑惑，如滴落在生宣上的墨，逐漸擴散滲染在心間。他有些茫然，思緒一時混亂，暫時來不及爲他適才的行爲感到羞慚。

他以爲她會尷尬，她會憤怒，然而她沒有。她只是從容坐起，起初的醉意瞬間煙消，側首看他，神態幾乎可說是悠然閒適。

「剛才是你抱我進來的？」她問。

他點點頭。

「我讓你這麼做了麼？」

「瑗瑗，我……」他想解釋一二，卻被她冰冷堅硬的一句話打斷：「誰允許你直呼我名字？」

他再次被她刺痛，而這次他不準備退縮：「我以爲，駙馬喚長主的名字並不逾禮。」

「你沒有資格。」她面上不帶過多表情，但清晰地吐出的這話卻字字含有分明的輕慢。

他終於憤怒：「我們是夫妻，我怎會沒有資格？」

她冷笑：「我九哥與潘賢妃張婕妤吳才人也可說是夫妻，她們敢直呼他的名字麼？」

「那不一樣，皇帝與妃嬪間有尊卑之分。」

「怎麼不一樣？你還眞以爲我們是平等的？」

他一愣，怒極反笑：「是，長主是天潢貴胄，世榮不過是一介草民，能躋身於公主宅做一名家臣已是榮幸之極，居然還敢奢望與長主平等相待，當眞無自知之明！」

她不理他，起身下床牽著裙子朝後苑疾步走去。他隨之而出，不明白她想幹什麼。

走到後苑，面對正在收拾酒宴殘局的奴婢，她伸手一指秋千架，說：「即刻給我拆了。」

奴婢們面面相覷，一時不敢動，隨即都把詢問試探的目光投向高世榮。

高世榮幾步走至柔福面前，緊鎖兩眉振臂道：「這秋千好歹也是你喜愛之物，你就算不高興，也不必拿它來出氣！」

「誰說我喜歡？」她仰首直視他，毫不妥協地針對：「半年前的鞋子，瑗現在都已不能再穿，何況是多年前的舊物？此一時，彼一時，你還當我是十四五歲只知盪秋千的小姑娘？你每次做討好我的事都有企圖，我既不準備讓你達到目的，你的好意自然也就不便接受。」隨即掃視一旁看得瞠目結舌的奴婢們，道：「還愣著幹什麼？還不快拆！」

眾人答應一聲，聚攏過去開始七手八腳地拆秋千架。

她竟以爲我爲她做這些事都是「有企圖」？高世榮連發怒的力量都被她的話消磨殆盡，和著悲哀黯然癱坐在石階上，心神俱傷。

柔福淡掃他一眼，也徐徐坐定在喜兒爲她搬來的椅子中，一言不發地看家奴拆秋千架。

少頃，有內侍自宮中來，呈上一個長方形錦盒，說：「這是官家賜給福國長公主的生辰賀禮。」

柔福問他：「是什麼？」

內侍答：「是一幅字。」

「又是晉人眞跡？」

「不，是官家自己寫的。」

「寫的是什麼？」

「草書〈洛神賦〉。」

她悄無聲息地笑了，笑得近乎不著痕跡，稍縱即逝地短促，卻盡入一側的高世榮眼底。

她謝過內侍，命喜兒將錦盒送入書房，然後也移步去書房，其間路過呆坐在石階上的高世榮身邊，

便垂目問：「駙馬要同去品賞麼？」

他憤恨地轉首避開她：「長主慢慢欣賞，恕世榮不能作陪。」

她一揚眉，遺他一個意味深長的微笑，才緩步走開。

其實並不認爲酒能消愁，但他找不到更好的發洩方式，於是獨自閉門在房中，一杯杯飲盡能找到的所有酒。有人推門進來，走至他身邊。他依稀辨出，映入眼簾的是一截翠袖皓腕，奪去他面前的酒壺，不由分說。

「還給我。」不耐煩地，他命道。

女子輕歎：「你何苦如此折磨自己。」

他鎖眉撫額：「我但求一醉，不想卻是這般難……」

女子搖搖頭，將杯中酒一飲而盡，倒了一杯茶，默默遞給他。

他接過，看杯中液體，微微漾動著的茶水明淨安寧，他的悲傷卻霎時滿溢，喃喃道：「她既然從來不準備接受我，當初為何要答應嫁給我？」

女子只是沉默。

他慘澹一笑：「她從來沒把我當成丈夫，我充其量只是她的家臣，和她打聽朝堂之事的工具。」

但聽女子一聲長歎，問：「那你當初爲什麼一定要娶她？」

他眼神一暗，變得茫然：「我也不知道……第一次看見她時，她削瘦憔悴，頭髮蓬亂，衣裙蒙垢，可不知爲何，當她驕傲地立於我面前，我就是覺得她全身纖塵不染、高貴無匹……告別她去永州的那天，她穿了紅色的衣裳站在同樣豔紅的流霞下，脆弱而華麗的身影，像迎風微顫的虞美人……那一簇紅色的豔光，讓我覺得很溫暖，忍不住便想接近……她似乎很喜歡穿紅衣，她穿紅衣也真是好看，總給我溫暖的錯覺。但其實，她是塊冰，或者至少對我而言，她就是一塊永遠融化不了的冰。」

女子勸道：「想必是她經歷過許多磨難，所以現在性情大變……不只是對你，她對其他人也都是冷冷的，很少見她笑。」

「她會笑。」高世榮忽地起身，抓起茶杯猛擲於地：「她會對某人笑！生氣的時候也會對他笑！她也有喜歡的東西，宮裡的粉黛，草書的〈洛神賦〉！」

他赤紅的目中激射出獵獵怒火，女子一驚，當即站起退後兩步以避。

他呆了呆，沒再發怒語，轉瞬間卻又是一波悲從心起，眼角微光一閃，他苦笑：「難怪，難怪她看不上我……我拿什麼跟那人比？出身、地位、才華，還是清玩閒趣？也許我在她眼中，不過是一個一無是處的愚笨武夫。」

「不……」女子連連擺首，輕輕靠近他。她的面容在他醉眼中顯得模糊，他只可感知她雙目中浮有一層瑩瑩淚光。

「你是位不輸於任何人的好男兒……你可知，有一人很……喜歡你……」她的聲音越來越低，末幾字幾不可聞。

他嗤笑：「誰？」

她沒有回答，只走到他身後，雙手環住他腰，憂傷地將臉貼在他背上，然後，他感到，一滴溫熱的液體透過背上的兩層衣，烙上他皮膚。

他有些明白，有些吃驚：「你，你……」

女子越發摟緊他，開始啜泣。

他解開她的手，拉她轉至面前。在今夜幽浮的燭光下，這熟悉的女子有奇異的、陌生的俏麗。她楚楚可憐地哭得梨花雨重，這景象忽然令他心折。

他擁抱了她，她亦順勢偎入他懷中，小鳥依人。

一切顯得順理成章。他先是去吻她臉上的淚痕，然後雙唇滑落在她唇上，她仰承回應，在桌上一支紅燭焰滅煙升時，他抱她入帳。

良久後，他們躺在帳內曖昧光影中開始清醒地對視，彼此都頗感赧然。

「喜兒，世榮唐突……」他尷尬地先開口。

張喜兒以手掩住他口，輕聲道：「能獲駙馬爺眷顧，是喜兒的福分。」

高世榮歎道：「今日如此……終是委屈了你。」

喜兒搖頭道：「我不在乎。我因生活所迫，曾淪為歌伎，幸得駙馬爺為我脫籍贖身，帶回宅中好好安置。駙馬爺平日對我十分友善，從不把我當下人看待。我感念駙馬爺恩德，可惜無以為報，只能默默祈福，祝願駙馬爺與長主恩愛度日、永結同心。可是長主對駙馬……時常冷語相向，我在一旁看著，每每覺得心如刀割。所以想方設法地為駙馬出主意，想使長主開心，因為長主開心，駙馬也會開心，駙馬開心，我也便會感到開心……」

「唉，」高世榮輕撫她臉：「原諒我一向愚鈍，竟未看出你這般情意。」

喜兒頓時淚流滿面：「我本想把這秘密深埋於心，永不告訴別人，但今日見駙馬如此消沉，妄自菲薄到這般地步，這才忍不住說了出來。在我心中，你是完美無缺的。現在我說出來了，又得駙馬垂憐，心事已了，雖死亦無憾，不管你怎麼看我，輕狂也好，下賤也罷，我都不在乎。」

高世榮心有所動，但彼時心緒複雜，也說不出什麼關情之話，惟給她拭淚，安慰她道：「你放心，如今我既已知你心意，日後自會善待你。你要什麼，我都會給你。」

喜兒泣道：「喜兒自知身分低微，不敢奢求名分，只願以後能長伴駙馬左右……」

言語間，忽聽有柔福的侍女來到門外，輕聲喚喜兒，說長主在找她。喜兒大驚，支身準備起床，卻被聞言怒火再熾的高世榮止住，忿然道：「管她呢！」於是喜兒重又柔順地躺下。

次日高世榮甫一睜目便看見喜兒站在床前，早已梳洗完畢，臉泛紅暈地含羞低頭，向他請安，服侍他起身。他穿好朝服，準備入宮面聖，她直送他到大門口，並依門而立，久久地目送他。高世榮偶然掀開轎子窗簾轉頭回望，只見門邊的喜兒臉上的嫣紅尚未褪去，眼含秋水，目光鎖定在他的轎上，輕咬著一方絲巾，乍喜還羞。

心有一動。那是他憧憬已久的情景：有個女人將心縈繫在他身上，從他出門的那一刻起，就期盼著他的歸來。

雖然，這個女人並非他深愛的那個——想起他所謂的正妻，他的心又隱隱作痛——但，她愛他，能給他希望從幸福的婚姻中所能得到的一切，他勸自己爲此滿足，這畢竟是他充滿陰霾的生活中好不容易出現的一束光亮。

回來後，他會給她一個名分。他想，縱然柔福，甚至趙構會爲此不悅，他也必定會這麼做。

七　玉碎

傍晚歸家，先回房中換衣，兩名侍女上前服侍，他隨口問她們：「喜兒現在在何處？」

侍女對望一眼，神情忽然顯得慌張，先後低下了頭，須臾，才有一人輕聲說：「自然是在長主那裡。」

高世榮注意到她們的臉有些泛紅，猜自己昨夜與喜兒的事她們必已心知，當下也略有些不自在，便也沉默，任她們爲自己換上家常衣袍，再朝柔福那邊走去。與往日不同，今日平地多了些期待。

柔福還是常見的樣子，在房中慵然坐著，不著胭脂的時候，血色與喜色均不上蓮臉。

見他進來，柔福抬目看看，然後客氣地請他坐。想起自己的越軌，高世榮倒覺對她多少有歉意，全然拋開昨日與她爭執的不快回憶，和言與她聊天，只是在她看他的時候，每每不敢與她對視，目光躲閃。

她像是並未覺察到他有異於往常，仍斷續問他朝中事，他也一句句作答，務求使她聽得明白。這期間亦未忘記掃視她身邊侍女，很快發現喜兒不在其中。在回答完她所有的問題，她暫時沉默的間隙，他終於問：「喜兒……今日怎麼不在長主身邊服侍？」

她清眸一轉，淡定視他。他不禁垂首，掩飾性地咳嗽一聲。

「她今日不太舒服，正在她房中休息。」柔福說。

他未接著談喜兒，立時把話題岔開，又有一搭沒一搭地與她聊了一會兒，才告辭離開。

匆匆趕去喜兒所居之處，見房門虛掩，便推門進去，愉悅地喚：「喜兒！」

她伏臥在床上，側首向內，一床錦被嚴實地蓋住了全身，只遺一頭黑亮、但此刻顯得蓬亂的頭髮於被外。他忙過去在她床頭坐下，再次喚她。她徐徐轉頭，透過絲縷散髮，他看見一張青腫得近乎可怖的臉。

他驚訝地睜大雙目，伸手拂開她臉上的頭髮，難以置信地觸摸她唇角的血痕：「你怎麼了？出了什麼事？」

「駙馬爺……」喜兒流下兩行淚，虛弱地說：「我終於……等到你回來了……」

隨著她剛才艱難的轉側，一點裸露的肩自被中露出，上面有分明的新鮮傷痕。

高世榮心一涼，呆坐了片刻，才去掀她的被子。動作遲緩，手在輕顫。

被下的她全身赤裸，觸目驚心的杖擊傷痕從雙肩一直蔓延到兩股，皮開肉綻，體無完膚。掀開的被子裡也滿布斑斑血印，想是她一動不動地伏在床上時間已久，部分傷口已與被子黏結在一起，被他拉開便又被再次扯破，不住地滲出血來。一件白色單衣捲成一團扔在床角，上面也滿是血跡，他抓來一看，發現背部已殘破不堪，想來是她受刑時所穿的。

阡陌縱橫的血色傷痕、青紫的斑塊、染血的破衣，他忽然一陣暈眩。

然後他起身，紅著眼說：「我去請郎中。」

「不。」喜兒勉力伸出一隻手拉住他：「我不成了……你陪陪我，不要走。」

他只得又坐下，握著她的手切齒道：「她眞狠！」

喜兒淒涼笑：「她怎麼會變得這樣……她不是當年汴京宮中的柔福帝姬……」

這句話說到後來氣息越發微弱，微微喘著氣，眼睛逐漸合上，像是再沒力量睜開。

高世榮忙安慰道：「別說這麼多話，先歇一會兒，我馬上讓人去請郎中來爲你治傷。」說罷衝外面

連喊幾聲「來人」，不料竟無人答應。

「不必。」喜兒輕歎：「你抱抱我就好……世榮……我可以這麼喚你麼？……世榮，抱抱我好麼？」

高世榮鼻中一酸，目中變得潮濕，匆忙點頭，隨即輕輕摟她起來，怕弄痛她的傷口，便讓她伏在自己膝上。

喜兒安心地伏在他懷中，微笑：「嗯，這樣眞好。」然後閉目而眠。

高世榮輕撫她頭髮，怔忡地枯坐著，腦中所思與眼前所見都變得模糊，惟餘一片蒼茫。少頃，再次輕喚喜兒，不聞她應聲，他猛地一把摟起她，兩滴淚就此滴落。

衝進柔福房中，他對她冷道：「喜兒死了。」

柔福淡漠地頷首：「好，知道了。」

「你讓人打死了她。」

「不錯。」她並不否認：「她兩次背叛了我，我原諒她一次，並不等於我會永遠容忍她的錯誤。」

「這不是她的錯，她只是順從了我。」

她笑了：「所以，是你害死了她。」

「我可以把你的狠毒理解爲出自你的妒忌麼？」

「不，沒有感情，就談不上妒忌。我打死她，是因爲你是我的駙馬，你答應過要永遠尊重我，忠於我。我不允許你有別的女人，這點如果你以前沒有理解，那以後最好記住。」說這句話的時候她正坐在妝台前，臨鏡閒雅地將髮上一支釵拔下，有條不紊地放在首飾盒中。

高世榮幾步搶過去一把扯她起來，對她怒目而視：「你既從不把我當你的丈夫，又憑什麼要求我對你忠貞？你討厭我接近你，好，我放棄，但是我親近別的女人又與你何干？我只是把你不屑一顧的感情分了一些給喜兒，你竟因此殺了她。我無法想像，你竟是這樣的惡婦！」

柔福亦怒了，倔強地迎擊他銳利的目光：「憑什麼？憑我的長公主身分，憑你對我作出的承諾！你們男人都是些慣於偷腥的貓，三妻四妾，偷香竊玉，做起來得心應手，彷彿天經地義，女人的感受在你們看來根本微不足道。如果我只是一名普通女子，也許就無能力管住自己的丈夫，幸而我是公主，長公主，我可以用我所有的皇家權力來要求我的丈夫對我忠貞。你既當了駙馬，就是屬於我的人，哪怕我無意理你，你也不許做對不起我的事。當今律令規定，女人如果紅杏出牆，就是死罪。既爲女子定下如此苛刻的規矩，爲何用在男子身上就不行？何況在下降以前，我明白地問過你，你答應了，對我作出了承諾，隨後也享有了我答應帶給你的地位與財富。現在違背諾言的是你，犯錯的是你，你倒有臉來質問我！」

高世榮狠狠拉她近身，只覺五臟六腑都將炸裂：「犯錯的是我，那你何不乾脆殺了我，爲什麼要殺那個無辜的弱女子？」

「因爲殺她比殺你更能讓你感到愧疚和痛苦！」她咬唇道：「而且她無辜麼？我不覺得。背叛是一種不可饒恕的罪行。」

高世榮怒極，揚手欲打她。一旁的侍女們見狀忙圍過來，拉的拉，攔的攔，勸的勸。

「都給我住手，一邊去！」柔福命道。侍女們在她凌厲的目光下漸漸鬆手，各自退開。

然後柔福傲然抬頭，挑釁地緊盯高世榮，柔潤如常的雙唇彎出一絲冷笑。

明明既恨且怨，那高揚的一掌不知爲何卻遲遲無法揮下。兩人針鋒相對地怒視許久，高世榮的手終

於擊落在她妝臺的首飾盒上，那木質的盒子應聲碎裂，一些珠狀飾物從中逸出，滾落在地，滴滴答答地彈跳。

他推開她，掉頭出去。她倚著妝台站穩，在他身後說：「你不可再碰別的女人，否則，你碰一個我殺一個。」

高世榮剛走到門邊，聞言駐足，回首：「你敢?!」

她說：「你可以試試，看我敢不敢。」語調淡淡。

高世榮搖頭，一字字對她說：「我可以忍受你的冷漠、你的尖刻，但是你爲什麼要撕碎你留給我的最後一點好印象，向我展示你的冷酷和殘忍？」

八　凝光

路過梅堂，看見那滿院梅花樹，再度怒氣上湧。高世榮回房抽出佩劍，折轉，揚手挽出道道劍影刃光，花樹葉散枝斷，依次萎落一地。

當日夭夭紅梅早已凋盡，驚惶地亂舞而下的是零碎的枝葉，墜於他臉上，有時尖銳，令他刺痛。

再不見一朵梅花，看著滿地暗淡的殘枝，他卻還是覺得這院中有豔紅的色調，令他聯想起許多與紅色有關的東西：流霞下的虞美人、竹簾下的曳地羅裙、新婚那日她所穿的褕翟之衣、紅梅開時她微醉的容顏……最後是喜兒身上斑駁的傷痕。

之前他從未想過，她的華麗豔紅會與血色有關。

依舊揮劍怒斬，直到不剩一株花樹，直到筋疲力竭，才拋劍於地，倚著廊柱微微喘息。

「把這些殘枝收拾乾淨。」他聽見有聲音響起，清泠的感覺。一看，是柔福在吩咐周圍的家奴。

她不知在這裡站著看了多久，見他在看她，便微微一揚首：「就把喜兒埋在這院中。」她是在命令家奴，但目光的落點是他的眸心。

他陰沉著臉疾步離開。快速的步伐攪動了空氣，走過她身邊，隨之而起的風吹開了她鬢邊的散髮，和如漣漪般輕柔漾開的一絲微笑。

是夜，高世榮命以往服侍他的侍女采箐侍寢。他早知采箐亦傾心於自己，但與柔福成婚時便決心一生不納妾，不願讓她無名分地跟著自己，所以一直未與她有何瓜葛。而今日惱怒之極，便什麼都懶得再顧，在采箐服侍他洗漱後即命她留在房中。

與欲望無太多關係，只是難平的鬱氣需要消散的理由。

次日出外歸來，首先回房找采箐

不見。

奔至梅堂前，果然發現院中又多一處動土的痕跡。

呆立半晌，他憤然出門，轎也不乘，策身上馬，復朝皇宮疾馳而去。

見了趙構，他不下拜，不請安，逕直說出他的要求：「臣出身低微，生性愚鈍，行事莽撞，不配與福國長公主爲偶。請陛下開恩，削去臣駙馬都尉稱號官爵，爲福國長公主另擇良婿。」

趙構頗覺詫異。再看高世榮，一身塵灰，面額泛紅，鎖眉瞪目，行動舉止全失了禮數，顯然是盛怒

之下匆匆趕來。轉念一想，心知他必是受了柔福的氣，遂淺笑勸道：「這駙馬都尉又不是普通官職，豈是說削就削的？朕那妹妹脾氣是大了些，偶爾會耍耍性子，但罪不當休罷？她讓駙馬受了什麼委屈，駙馬盡可告訴朕，稍後朕自會責罰她。」

怒火點亮眸光，高世榮緊盯著趙構，強忍了半天，才嘿地一笑：「臣豈敢休長公主，而今但求陛下替長公主休了臣。」

趙構蹙眉道：「這是什麼話！她到底做錯了什麼，讓你如此不堪忍受？」

高世榮道：「長主沒錯，是臣錯了，令家中兩名侍女無辜受累，平白丟了性命。為免繼續貽害他人，臣請陛下將臣逐離長主身側。」

趙構再細問因由，高世榮卻倔強側首不肯再說。於是趙構當即下令，召福國長公主入宮。

柔福既至，趙構讓她去嬰茀閣中，隨後自己趕去，與嬰茀追問半天，柔福才道：「我殺了他兩個婢妾。」

趙構頓時了然，對她道：「你既不喜歡他，就讓他納幾個妾又有何妨？」

柔福側目看他：「你怎知我不喜歡他？」

趙構啞然失笑，搖頭道：「我們不爭這個。」

嬰茀柔聲勸道：「長主，其實男人三妻四妾算不得什麼，若長主實在看不慣，把那兩名婢妾趕出公主宅，或配給人便是，她們也沒犯什麼大錯，就這樣殺了她們，傷了駙馬心，夫妻間就不好相處了。」

「要怎樣的錯才是大錯？」柔福冷道：「我對她們不可謂不好，她們卻慣於搶我的男人。」

這話聽得嬰茀頗不自在，不禁轉頭看了看趙構，見趙構此刻也移目看她，目光相觸，旋即各自移開。

趙構讓嬰茀好生勸慰柔福，再命柔福帶入宮的兩名侍女隨自己前往偏殿，然後問她們：「朕看高駙馬一向溫良和善，也並非輕狂好色之徒，爲何如今會一反常態，連納兩名婢妾？」

侍女都深深垂首，推說不知。

趙構再問：「可是長主驕橫無禮，失愛於駙馬？」

一名侍女細思良久，才答：「駙馬一直深愛長主，長主平日對他不甚友善他也不怎麼介意。是長主不喜歡駙馬，下降至今，他們始終分房而居……」

「什麼？」趙構凝眸看她：「你剛才說什麼？」

那侍女複述一遍：「長主下降至今，一直與駙馬分房而居。」

一抹笑意隱於心間，而面上仍只是淡淡的神情，趙構頷首說：「朕明白了，你們回去罷。」

重回到高世榮所在的殿中，趙構對他說：「朕已知詳情。此事確是瑗瑗不對，朕會命她思過，以後不許她再犯同樣的過錯，否則，朕必將嚴懲。你們只要彼此體諒些，又怎會相處不下去？以後無論是休妻還是休夫的話都不可再提。」

高世榮擺首，拱手欲再辯：「陛下……」

趙構臉一沉：「一個男人，既有膽向朕索要他想要的，就要有同樣的勇氣承擔此後的一切後果。」

高世榮一愣，終於放棄，冷笑：「陛下良言臣記住了。」

趙構神色稍霽，又和言勸他：「駙馬納妾並不爲過，長主錯殺了你的婢妾，朕賠給你便是，切莫因一兩個女人就與長主傷了和氣。」隨即環視兩側的貼身侍女，點了其中最具姿色者的名：「凝光，你隨

高駙馬回去，以後務必盡心服侍駙馬。」

那名叫凝光的侍女聞言大驚，立時站出跪下垂淚道：「官家，奴婢入宮已久，若要出宮實難割捨。況且奴婢粗陋笨拙，恐有負官家厚望，服侍不好駙馬。請官家恩准奴婢留在宮中吧！」

高世榮見她分明是不願意入公主宅爲妾，自己也並無此念，便也出言推辭。但趙構一擺手，道：「朕說過的話不可收回。」便命凝光回房收拾行裝隨駙馬出宮。

凝光知趙構主意已定，此事無法挽回，無奈起身，一邊抹淚一邊緩緩出殿。

九　夜曲

晚膳後趙構命凝光乘車隨高世榮與柔福回去。凝光抱著一個小小行囊，愁眉深鎖，一派不勝悲苦模樣。趙構見狀對她說：「朕知你捨不得宮中姐妹，這沒關係，以後福國長公主入宮時你盡可隨她一同來。」隨即微笑著轉向柔福：「瑗瑗，以後你回宮把她也一併帶上。」

柔福看看他，目光再悠悠曳到凝光臉上，似笑非笑，不置可否。

凝光不寒而慄，低垂下頭，輕輕咬住發顫的下唇，退後一兩步。

侍她們走後趙構召來管宮廷與宗室事務的宗正官，命他去查一下被柔福打死的兩名侍女家中的情況。少頃，宗正官回來，稟道：「那兩位侍女一名張喜兒，一名陳采箐。張喜兒是開封人，原本就是當年服侍福國長公主的侍女。她父母早亡，入宮以前由她姑姑撫養，靖康之變時她逃出宮去，但又與姑姑失散，後來流落到臨安當了歌伎，高駙馬遇見後爲她贖身，帶入公主宅中讓她再服侍福國長公主。陳采箐是臨安人，是高駙馬尚長主前在臨安買下的，父親打漁爲生，家境貧寒，有兩個兄弟三個妹妹。」

趙構問：「如此說來，張喜兒如今在臨安無親無故？」

宗正官稱是。趙構便命道：「賜一千緡錢給陳采箐的父親，就說她是得急病死的。另外通知內侍省與各宮押班及公主宅管事，禁止所有內侍侍女談論長主杖殺這兩名侍女之事，違者嚴懲。」

隨即又回到嬰茀閣中，張婕妤也在，正坐著與嬰茀聊得開心。二妃見趙構進來，馬上站起行禮迎接。趙構親自伸手一扶，讓她們平身，然後左右一打量她們，微笑道：「兩位愛妃身上衣裳顏色似乎暗了，一會兒各自去領十匹綾絹罷。」

張婕妤聞言詫異道：「臣妾今日穿的是新衣……怎麼顏色看上去很舊麼？」

而一旁的嬰茀已再度下拜：「謝官家賞賜。官家如此厚愛，臣妾姐妹感激之極。」

張婕妤立即回過神來，忙也下拜謝恩。

趙構笑笑，在廳中坐下，命人召來教坊樂伎奏樂唱曲。樂伎問趙構想聽什麼，趙構隨口答說：「奏〈漁父詞〉。」

樂音響起，趙構怡然自得地聽著，不時隨其旋律淺酌低唱：「輕破浪，細迎風。睡起篷窗日正中……」

見他愉悅之情溢於言表，張婕妤含笑輕聲問：「官家今日似心情大好，可是逢上了什麼喜事？」

趙構尚未作答，嬰茀便先開口道：「想是又接到剿平流寇之類的捷報了。如今天下漸趨國泰民安，官家焉能不喜？」

趙構但笑不答，只轉首問張婕妤：「瑗現在在做什麼？」

張婕妤說：「在臣妾閣中讀《論語》。」

趙構點頭道：「這孩子眞是聰穎好學……非但文才出眾，在騎射上也頗有天賦。昨日朕教他射箭，他小小年紀，卻已能穿楊。」

張婕妤目露喜色，道：「是官家教導有方。」

趙構想想，又對她說：「孩子大了，花銷也會增多，如今的月俸夠麼？朕明日命人給你增加些。」

張婕妤聞言當即站起一福謝恩。

此後張婕妤又與趙構及嬰茀聊了一會兒才告辭回宮。嬰茀親自出門相送，久久扶門望著張婕妤遠去的身影，不覺輕歎出聲。

趙構便問她：「爲何歎氣？可有什麼不如意之事？」

嬰茀悵然回首，回趙構身邊坐下，強笑道：「沒什麼。張姐姐有子萬事足，自從有了瑗後，她終日神采奕奕、笑口常開，整個人看上去年輕了許多。與其相較，臣妾自覺形容憔悴暗淡，故而歎息。」

「養個孩子其實很麻煩。」趙構淡然說：「要付出很多心力，也是件極累人的事。」

嬰茀頷首：「官家說的是。臣妾只是年紀漸長，獨居深宮時常感孤獨無依，所以很羨慕張姐姐，有個孩子陪伴在身邊，可以不時說話解悶。即便教養孩子很辛苦，但也累得其所，有點事做，便再不會覺得長日難耐……」

趙構沉吟片刻，問：「你眞的很想要個孩子？」

「那是自然。」嬰茀答說，隨即又微笑搖頭：「但也只是想想而已。可惜臣妾無福，當日瑗不肯選臣妾為母……」

「無妨，」趙構略一笑：「朕可以再命人選宗室子入宮交與你養育。」

嬰茀大喜，鄭重下拜叩首謝趙構恩典。趙構以手牽她起來，兩人相視一笑。

凝光隨高世榮回府後，高世榮命她做自己的貼身侍女，主理采箐以前做的事。柔福冷眼看著，也不說什麼，只有意無意地漫視凝光。凝光在她面前從不敢抬頭，永遠低眉順目地深深頷首，若非必要，儘量不讓自己出現在柔福的視野中。

如此平淡地過了兩日，其間高世榮也沒讓凝光侍寢。到了第三日夜裡，凝光像以前一樣服侍高世榮盥洗更衣後，便忙不迭地退到門邊，輕聲問：「駙馬爺還需要奴婢做什麼嗎？」

高世榮在床沿坐下，道：「沒什麼，你去歇息罷。」

凝光如獲大赦，馬上轉身欲出門。不料這時高世榮發現枕頭上似有一點污垢，想讓她換一個，便叫住了她：「等一等。」

凝光徐徐回頭，膽戰心驚地顫聲問：「駙馬爺？……」

高世榮見她嚇成那樣，不禁啼笑皆非，故意不立刻說讓她留下的原因，只道：「你過來。」

凝光見他此時僅著一身內衣，坐在床沿略含笑意地盯著自己，不禁暗暗叫苦，緊撚衣角躊躇半晌就是不過去。

高世榮不耐煩地再催，凝光終於忍受不住，屈膝跪倒在地，兩滴淚珠應聲而落：「駙馬爺，你饒了奴婢吧……長主不會放過奴婢的……」

一提柔福高世榮怒氣再度蔓生，知凝光是怕柔福報復才擔心自己讓她侍寢，當下又有了賭氣挑釁之心，聲音變得冷硬：「過來！」

凝光珠淚漣漣，拚命擺首跪在原地不肯移動。高世榮也不再跟她多說，逕直走來一把拉起她就往床上拖。凝光頓時大哭出聲，不住懇求：「駙馬爺，不要啊……饒了奴婢吧……」

高世榮不理，黑著臉繼續拖她。凝光掙扎終是無效，眼見就要被他拉上床了，忽然驚聲尖叫起來：「救命呀！長主救命呀！長主快來救救奴婢吧……」

十　白露

高世榮全沒料到她居然會求救於柔福，聞聲一愣，當下手便鬆開了。凝光立即敏捷地爬起，快速衝到門邊開門而出，提著裙子飛也似地朝柔福的居處奔去，一路上仍驚惶地連聲高喊：「長主！長主！……」

隨後高世榮亦沒想太多，下意識地出門追她。凝光見他果然追來，更爲驚恐，尖叫著加快了步伐。終於跑到柔福門外，馬上伸雙手拚命拍門，泣道：「長主開門，救救奴婢……」

門依然緊閉，而高世榮已瞬間追至。凝光瑟縮著轉身滑坐下來，一點點儘量向後挨去，搖著頭哀求地看著高世榮，眼淚汪汪：「駙馬爺，求求你饒了奴婢吧……」

高世榮伸手正欲拉她起來，凝光身後的門忽然敞開，凝光先是往後一倒，但臉上卻迅速閃過一抹喜色，翻身站起跑到廳內端坐著的柔福面前，跪下叩頭：「長主……」

柔福挑眉一掠高世榮，悠然道：「駙馬爺怎不進來坐坐？」

高世榮默默走進，冷冷掃了凝光一眼，不發一言。

「凝光，」柔福輕搖著一柄素絹團扇，問她：「怎麼你惹駙馬生氣了，深更半夜的被他追著打？」

凝光遲疑地搖頭，垂首不敢說話。

柔福淡然打量高世榮，再對凝光說：「凝光，你服侍駙馬爺想必不盡心，連身衣裳都準備不好，害他一件外衣都找不到穿便跑了出來。晚來風急，要是著涼了怎麼辦？」

經她一說，一旁的幾名侍女也都注意到高世榮僅著了一身貼身單衣，見此情景當然明白發生了什麼事，又是好笑又有些害羞，便都引袖遮面悄然而笑。

凝光聞言跪行挨近柔福，拉著她裙角懇求：「是，奴婢笨拙又粗心，無能力服侍好駙馬，請長主把奴婢調過來服侍長主吧，只要能在長主身邊做事，奴婢什麼粗活重活都願意幹！」

「那怎麼行？」柔福仍有條不紊地搖著團扇道：「你是官家特意賜給駙馬的人，我可做不了這個主。」

凝光哭著繼續苦苦哀求，柔福才又啓口對她說：「那你問問駙馬，看他是否同意你的請求。」

凝光有些猶豫，但終究還是跪著轉身面朝高世榮，磕了一個頭，甫一開口便被高世榮擺手制止：「不必說了，以後你就留在長主身邊罷。」

凝光驚喜地連連拜謝。柔福星眸微閉，以扇掩口輕輕打了個呵欠，說：「好了，我要歇息了，你們都出去罷。」

「長主，」高世榮上前一步：「有些話我想跟你說。」

柔福側首問：「什麼？說罷。」

高世榮冷眼一掃廳中侍女，命道：「你們都退下。」

侍女一時不敢動，都抬目以觀柔福。柔福目中波光淡漠地拂過面色陰沉的高世榮，微一瞬目，對侍女們說：「退下。」

侍女退出廳中，輕輕掩上了門。柔福好整以暇地側身轉向桌邊，放下團扇，一手支頤，一手拈著一細細銀簪，閒閒撥弄紅燭上的燭花，說：「你看見了，我什麼也沒做，是她自己不服侍你的。」

「如果可以，我希望可以少恨你一點。」事到如今，吐出那個「恨」字，高世榮仍感疼痛。

燭芯光焰在她的挑撥下忽明忽暗。她神態安寧，只有眸中映入的兩簇火花在舞。如水晃動的燭光下，她容顏柔美，勝於日間所見。

「你的愛或恨於我來說都不重要。」她輕啓朱唇：「我只要你承諾過的東西。」

「我的承諾只給我的妻。」

她微微仰首垂目視他：「你是尙長公主，不是娶普通的妻。把婚約當成交易豈不更好？可惜你始終不懂。」

他猛地過去拉她起來，以一臂緊緊箍住她的腰，迫視她雙目：「我一直很想跟你說，我厭惡你輕慢的眼神和高人一等的態度。有沒有辦法，可以碾碎你可恨的驕傲？」

「放開你的髒手。」柔福冷道：「出去。」

高世榮緩緩擺首，說：「我還一直很想跟你說，我是你的丈夫，不是你的家奴。如果你經常忘記，或許，我應該提醒你。」

「你想幹什麼？」柔福問。

他不答，簡潔俐落地引臂將她抱起，不顧她的掙扎邁步走入臥室，鬆手一拋，把她甩在了床上。

「你找死！」柔福在床上支身坐起，盯著他咬唇道。

「你是不是準備明日入宮向你九哥哭訴？」他靠近她，在她耳邊低聲說：「還有一句話是我想跟你說的：有權親近你的人是我，請不要在不適當的時候喚你九哥。」

他開始撕扯她的衣服，她慍怒地猛烈抵擋反抗，無奈力有不逮，很快被他摁倒在床上，釵橫鬢亂、衣衫不整，雪膚隱現。

他俯身吻她的唇，她決然側首躲過，目中迸閃出一道厭惡而憤恨的幽光。

「污穢！」他聽到她切齒地說，隨即見她胸下一湧，一口清水便不禁地自口中噴出。

這突來的變故令他悯然放手，柔福便轉身扶著床沿嘔吐起來。他跪坐在她身邊，一時不知所措。

良久，柔福才好不容易止住。以袖拭了拭唇角，看他，冰冷一笑：「這就是你想要的？跟金賊流寇有什麼區別？好，我不再反抗，但我鄙視你，高世榮。」

言罷她躺下，閉目，神情安寧如初。純然的靜止，再沒有起伏的情緒痕跡，不惱怒，亦不悲傷。

怔忡許久，高世榮黯然起身，拉被子蓋住了她的身軀，立在床邊說：「若時光倒流，我不會選擇遇見你。」

心神皆疲，而他堅持等待，想等她應以片言。可她終於沒有，高世榮覺得失望，才想起婚後的她永遠拒絕給他希望。嗤笑自己的不明智，這才緩步回房。

次日高世榮即向趙構上疏，請求他調自己長駐永州。趙構先是不許，而高世榮再三請求，趙構相勸無效，最後終於批准。

啓程那天，高世榮特意起了個大早，以免去面對是否要向柔福告別的問題。而在收拾停當，準備出門上馬之時，他仍不禁地回首望向柔福的居處。令他訝異的是，他竟然看見柔福輕移蓮步，自門中徐行而出，走到廊柱旁，朝他這邊看來。

她尚未梳洗穩妥，只著了一襲白色生絹衣裙，秀髮長長地披於腦後，幾欲委地。垂於兩頤的幾縷髮絲和她的睫毛都染上了初生霞光的顏色，微紅的淺金。似不慣這突然的光亮，在他的凝視下，她半閉雙目，慵然斜首靠著廊柱，眼波飄浮。

然而拂去霞光的掩飾，他知道她的膚色仍是一貫的蒼白，和著身上白衣，和始終淡漠的神色，感覺清粹冷冽如秋日白露。

艱難地收回目光，他迅速上馬啓程。揮鞭策馬，馬奮力揚蹄，跑得輕快。

身下名馬的每一次奔騰，都會在他與她之間多劃開一丈有餘的距離。他默然想。陡然意識到，原來他每次見到她時，都會在心裡不自覺地衡量與她之間的距離，有時他以爲自己已經無比接近她，彷彿觸手可及，可是卻一探即碎，宛如水中幻影。

蒹葭蒼蒼，白露爲霜，所謂伊人，在水一方。溯洄從之，道阻且長，溯游從之，宛在水中央。

離她越來越遠，終至不見。高世榮勒馬止步，仰首望天，一聲悲嘯響徹天際，兩行淚水蜿蜒入心。

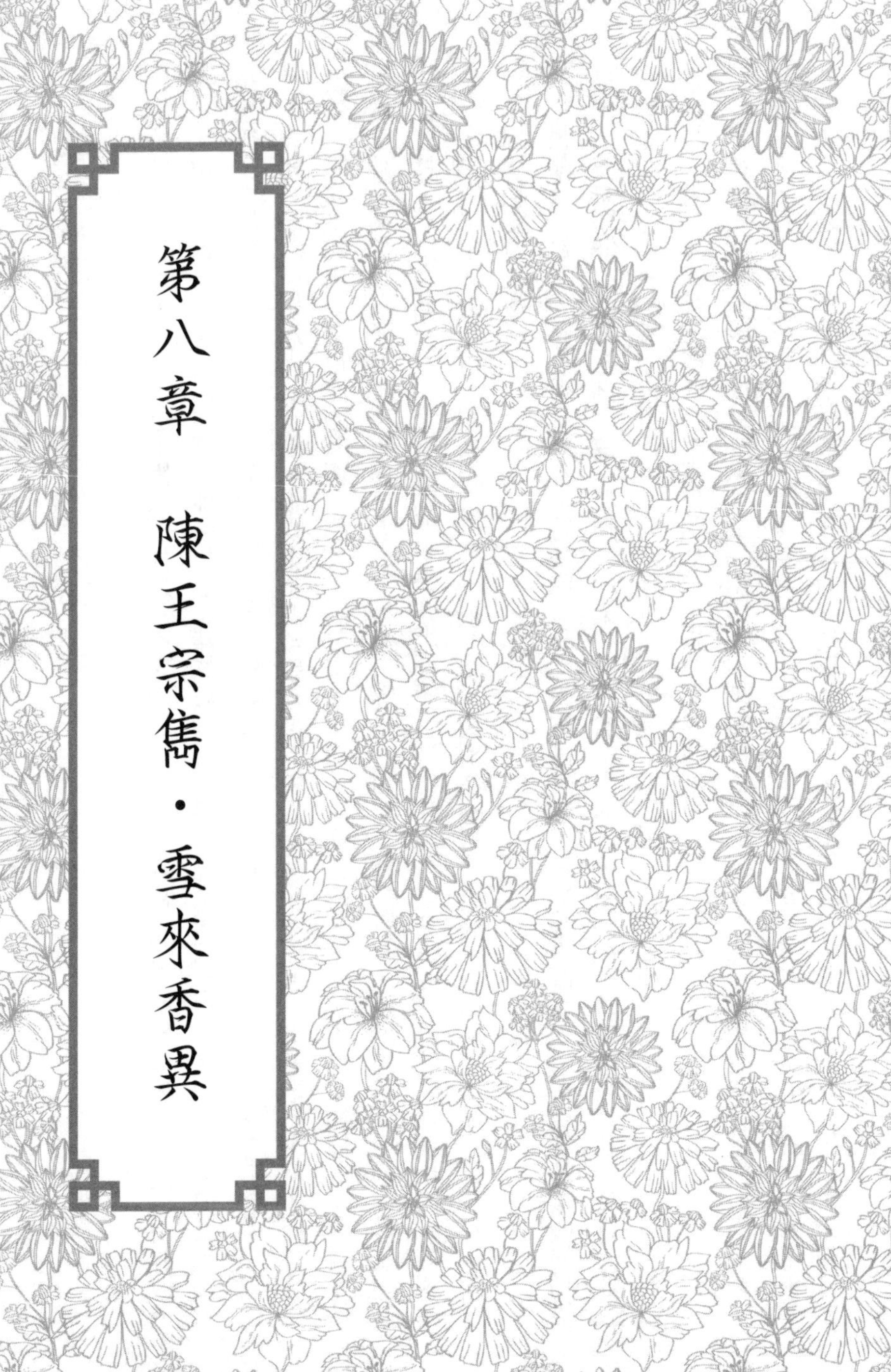

第八章　陳王宗雋・雪來香異

一　儲君

紹興四年五月，趙構復選太祖六世孫趙子彥六歲的兒子伯玖入宮，交予吳婴茀撫養，隨後爲其改名爲璩。趙璩長相比趙瑗更爲漂亮，性情也比趙瑗活潑開朗，婴茀完全視同己出，愛如珍寶。但柔福卻對趙璩無多大好感，平常入宮也仍舊只去看趙瑗，提起趙璩她很少稱其名字，而是說「婴茀的孩子」。

左相呂頤浩任相以來雖一直主張對金及僞齊用兵，但用人喜用親友舊部，有意培植黨羽，而且肚量較狹，堅決不起用人望很高的李綱，頗失民心，遭人詬病，趙構亦越來越對其不滿。紹興三年九月，侍御史辛炳上疏彈劾呂頤浩不恭不忠，敗壞法度。呂頤浩一氣之下稱病辭官，而殿中侍御史常同接著對其窮追猛打，列出「循蔡京、王黼故轍，重立茶鹽法，專爲謀利」，「不於荊、淮立進取規模，惟務偷安」，「所引用非貪鄙俗士即其親舊」等十項罪狀，趙構便順勢將呂頤浩罷爲鎭南軍節度、開府儀同三司、提舉臨安府洞霄宮。

呂頤浩一倒，朱勝非孤掌難鳴。紹興四年秋江南霪雨連綿，趙構詔求直言，侍御史魏矼趁機向趙構劾奏，說朱勝非「蒙蔽主聰，致干天譴」，朱勝非遂自請去職。紹興四年九月趙構將朱勝非免官。隨後趙構重用政績卓著的參知政事趙鼎，先任其爲知樞密院事、都督川、陝、荊、襄諸軍事，不久後又進爲左通議大夫、守尚書左僕射、同中書門下平章事兼知樞密院事。

張浚被召回臨安後一度被免職，謫福州居住。趙鼎較爲賞識張浚才能，任相後奏請趙構復用張浚。趙構准奏，召張浚爲資政殿學士。張浚奉旨入朝，趙構與其議談當前國策戰事，張浚許多見解頗合趙構心意，於是趙構立即手詔爲張浚辯誣，復命其知樞密院事，視師江上。紹興五年二月，趙構再命尚書右僕射、同中書門下平章事趙鼎守左僕射，知樞密院事張浚守右僕射，並同中書門下平章事兼知樞密院事、都督諸路軍馬。由此趙鼎與張浚二相並立，共同主政。

紹興五年，金天會十三年一月九日，金太宗完顏晟病逝於京師明德宮，諳班勃極烈（皇儲）完顏亶即皇帝位於靈柩前。

完顏亶並非完顏晟的子孫。當時金國的皇位繼承制為兄終弟及，故而太祖完顏旻（阿骨打）死後是由其四弟完顏晟繼位，即金太宗。完顏晟登基後立其同母弟完顏杲為諳班勃極烈，但完顏杲於天會八年薨。完顏晟有子，在皇弟薨後有立自己兒子為儲之意，無奈左副元帥宗翰（粘沒喝）、右副元帥宗輔和左監軍完顏希尹極力勸阻，稱在沒有兄弟可繼位元的情況下，應立長兄的嫡子或嫡孫才符合兄終弟及的慣例。完顏晟最後只得放棄立自己兒子的念頭，於天會十年詔命太祖嫡孫完顏亶為諳班勃極烈。

金國皇位更替之事亦引發了南朝大臣們對儲君的關注。張浚率先奏請趙構早定主意，確立正式儲君。趙構不明確回覆，只隱約其辭地說：「朕已收養藝祖後代二人，年長者今年九歲，朕即將為其擇良師命其就學。」隨後命趙鼎在宮中新建一所書院，命名為「資善堂」，以供趙瑗讀書之用，並親自選定了兩名經學深醇、名德老成的著名學士，宗正少卿范沖和起居郎朱震負責教導趙瑗。紹興五年五月，趙構封趙瑗為建國公。此舉贏得朝臣盛讚，趙鼎等人借機進言委婉勸說趙構立趙瑗為儲，但趙構始終未表態。

紹興六年春某日，柔福入宮見駕，趙構帶她去書齋看趙瑗的習作，柔福見十歲的趙瑗已能寫一手好字，且論及詩書文章已有自己的見解，不免欣喜，當下多加褒獎。趙構聞之也頗愉快，含笑道：「瑗不僅勤勉好學，德行也極佳。平日恭敬持重，處事謹慎，豁達大度，又不像璩那樣終日調皮遊戲，年紀雖小，還眞有些國公氣度。」

「這建國公九哥自然封得對。」柔福對趙構微笑說：「九哥爲宗廟社稷大慮，進封瑗爲建國公，上承天意，下應民心，實是空前盛德之舉。」

得她讚揚，趙構很是舒心，又道：「我如今年屆三十，可惜無親生子。沿襲仁宗皇帝養子舊例，讓瑗建節封國公，也符我本意。這事做起來其實容易，但以往歷代皇帝卻多以爲難，現在我做了，倒無端贏得你們這許多褒獎。」

柔福順勢說下去：「將養子視同親生子一般看待並非所有人都能做到，自古帝王均以此類事爲難，而九哥行之卻很容易，足以說明九哥心襟胸懷之寬廣遠勝那些君主。立儲之事關係重大，而九哥卻能看透，不存私心，瑗瑗十分佩服，並爲大宋深感慶幸。」

趙構聽她提及立儲，適才的愉悅瞬間消失，知她一反常態地恭維自己意在勸自己立趙瑗爲太子，當即隱去了笑容，淡然道：「怎麼，九哥很老了麼？已到了必須立儲的時候？」

「哪裡，」柔福見他不快，亦知巧笑溫言化解：「瑗瑗只是覺得，九哥正値春秋鼎盛、年富力強之時，而能爲宗廟社稷作如此長遠考慮，由是可知九哥必將爲神靈扶持，子孫千億。」

「你的話聽上去跟趙鼎、張浚說的很像呢。」趙構合上趙瑗的習作，看著柔福說：「藝祖皇帝開創大宋大業，竭盡勤苦，殊爲不易。我選取其子孫養於宮中，想來可以仰慰藝祖在天之靈。至於別的，暫時不必考慮。」

柔福凝眉欲再勸，趙構卻先展顏笑道：「瑗瑗，九哥很久沒聽你調箏了，現在爲九哥奏一曲可好？」

柔福明白他這是故意岔開話題，避而不談立儲之事，也知道他的脾氣，亦不敢再多說，答應了一聲，命人將箏取來，然後坐下開始彈奏。

樂音依然悠揚婉轉，但趙構聽得漫不經心，一頁頁翻閱趙瑗寫的字，卻未必在看，神色悒鬱。

少頃，有內侍進來呈上自金國探來的急報，打開一看，是金國皇帝新近任命一批官員的名單，爲首之人是新任東京留守，名字一看便知是金國宗室中人，只是略顯陌生，趙構目光便停留在那名字上，一邊思索一邊不禁輕念出聲：「完顏宗雋……」

一聲短促的紊亂樂音劃破了原本從容的箏曲樂章，像是錯誤的指法挑動了不相干的弦，那聲音響得尖銳而突兀，聽上去有如金戈之音。

趙構訝異地看過去，見柔福抬首朝他淡淡一笑，隨即又似專心致志地繼續彈奏，然而她目透的神思與她所奏的曲調此後都變得有些恍惚。

「瑗瑗，你在金國的時候聽說過完顏宗雋這人麼？」曲終之後，他像是不經意地問她。

「沒有。」她答，迅速而堅決。

他亦不再追問。

待她離去後，他立即查找到了關於此人的詳細記錄：完顏宗雋，本名訛魯觀。金太祖第八子，欽憲皇后所出，爲完顏宗望同母弟……

二　張浚

張浚長於軍事，獲趙構重新起用後再次掌握軍權，為相以來先致力於剿滅流寇、鎮壓國內農民起義，到紹興六年初，國內形勢基本穩定，不再有足以威脅朝廷的武裝力量，於是張浚上奏趙構，認為安內目的已達到，以後可轉而攘外，對金大舉出兵，收復失地。

趙構同意張浚意見，張浚遂按計劃調兵遣將，紹興六年一月，命韓世忠出淮東進攻京東東路，岳飛出襄陽直取中原。二月，韓世忠進圍淮陽軍，金軍與偽齊軍聯手對抗，韓世忠軍隊被迫撤回，但七八月間岳飛領兵揮師北上直搗伊洛，逼近重鎮西京洛陽，形勢大好。消息傳來朝野振奮，君臣同慶，張浚順勢請趙構於秋冬季移蹕建康，撫慰三軍鼓舞士氣，以求取得更大勝利，上疏道：「東南形勢，莫重建康，實為中興根本，且使人主居此，則北望中原，常懷憤惕，不敢自暇自逸。而臨安僻居一隅，內則易生安肆，外則不足以召遠近，繫中原之心。」

趙構此時頗信任張浚，有意接納他的建議，但隨後得牒報稱劉豫有南窺入侵之意，左相趙鼎力求穩健，主張聖駕暫不宜移往建康，進幸平江較為妥當。趙構再與群臣共議後決定進幸平江。

趙構此番巡幸仍欲按以前慣例，留宮眷於臨安，身邊只帶嬰茀同行，而柔福得知後立即入宮，請求他帶自己同去。趙構搖頭道：「進幸平江並非遊幸，兩軍交戰，形勢難料，要有何變故，平江絕非安全之地，你還是留在臨安為好。」

柔福卻始終堅持：「正因為這樣我才要跟在九哥身邊。張浚那話說得對，『臨安僻居一隅，易生安肆』，我久居其中，自感漸趨懈怠，安於現狀，終日在府中賞花調香，幾乎忘了國恥家恨，偶爾照照鏡子，都覺得這偷安的面目甚是可憎。而今九哥英明睿智，用人得當，前方捷報頻傳，九哥又不顧自身安危，決定進幸平江鼓舞士氣，如此膽識氣魄，令瑗瑗自慚不已，故而斗膽，請九哥帶我同去。能日日伴於九哥身側，看九哥從容運籌帷幄決勝千里，來日親征北伐一雪國恥，是瑗瑗平生夙願，請九哥務必成全。若眞遇上什麼危險，那也只當是命有此劫，瑗瑗雖死無憾。」說罷，又挨近趙構，神態依依地輕拉他衣袖，低聲說：「而且……若我不在你身邊，便會終日惦記著你。」

趙構聽她前面之言雖明說她自己，卻隱有譏諷之意，多少有些不快，但聽到後來，知她很欣賞對金用兵之舉，確是想留在他身邊看他與金對抗。那最後一句，他不敢相信她是發自肺腑，但聽後仍覺心中一暖，頗爲受用。又見她秋水盈盈，滿含期待地脈脈看自己，終於一笑，答應了她的請求。

九月，趙構帶著嬰茀與柔福乘御舟進幸平江。啓程那日柔福久久立於船頭旌旗之下，看御舟乘風破浪，笑得純淨而明朗。趙構見水上風大，怕她著涼，便勸她早些進艙，她卻搖頭，喜悅地握住趙構的手，說：「九哥，我們一定會贏的。」

她的手冰涼徹骨，然而雙頤卻嫣紅如霞。

趙構到平江一月後劉豫即調動三十萬大軍分三路進攻淮西，趙鼎見僞齊軍來勢洶洶，擔心宋軍無力抵擋，便請趙構回蹕臨安，並勸他手詔張浚，命其放棄淮西之地以保長江。而張浚得知此次僞齊南侵並無金軍後援，對抗下去未必會得勢，便力勸趙構留於平江，不可輕易回蹕以動搖軍心。

接到張浚上疏後，趙構坐於平江行宮中沉吟不決。柔福每日相伴於側，趙構雖從不主動與她談政事，但這許多變故她也都默默看在眼裡，見趙構在是否回蹕的問題上頗感猶豫，終於忍不住開口勸道：「九哥，我們來平江才多久？如果現在就回去，所謂的撫三軍以鼓士氣不就成了天下人一大笑柄？大敵當前，皇帝一味向後退，必大失軍心，甚至將士藉口效仿，以惜命爲由退而不守，事態便越發不可收拾了。」

她說得十分直接，趙構卻也並無怒意，只淡然道：「能屈能伸，會審時度勢以進退才是合適的處世之道。瑗瑗你個性極強，像一枝缺乏韌性的翠竹，遇風易折，若是男子，早死千百回了。」

柔福略一淺笑，說：「玉碎與瓦全，我捨瓦全而取玉碎。」

趙構亦朝她笑了：「有時候，我不得不佩服你的激烈，雖然那並不是我欣賞的特質。」

隨即重新展開張浚的上疏，提筆以批：「准卿奏，留平江。」

其後形勢果如張浚所料，劉豫的出兵並未得到金軍支援，在張浚指揮調遣下，其攻勢最終被主管殿前司公事楊沂中的藕塘之捷與岳飛的馳援化解。僞齊軍班師北撤，倒引來金主遣使問劉豫之罪，並開始有廢劉豫之意。

經淮西之戰一事，無論趙構還是朝臣，都對張浚多有讚譽，趙構甚至公開表示：「卻敵之功，盡出右相之功。」而趙鼎則大失人望，惶懼之下請辭相位，但趙構暫時未答應。

在淮西之戰過程中，大將劉光世竟一度捨廬州而退兵。張浚得知後大怒，當即遣人連夜馳往劉光世軍營，對其旗下將士宣佈：「若有一人敢渡江退避，即斬以徇！」並一直監督劉光世返回廬州。擊退僞齊兵後，張浚請求乘勝直取河南地，以擒劉豫父子，並向趙構進言說劉光世驕惰不戰，不可爲大將，請將其罷免。

趙構便問他：「卿可與趙鼎議過此事？」

張浚說：「還沒有。」隨後找到趙鼎與他商量擒滅劉豫及罷用劉光世之事，但趙鼎並不贊同，說：「不可。劉豫倚金人爲重，但不知擒滅劉豫，得了河南地，就可使金人不內侵了麼？劉光世出身將門世家，士卒多出其門下，若無故罷之，恐失人心，惹來非議。」

張浚聞後頗為不悅。趙鼎施政行事一向以固本為先，不喜冒進，繼續稱國內兵力未到完全可與敵抗衡的時候，目前還是以自守為宜。見趙鼎主張與自己格格不入，張浚便有了排擠趙鼎之心。

在張浚示意下，左司諫陳公輔很快進言奏劾趙鼎。趙鼎早知當下事態不利於己，遂屢次向趙構辭官求去。趙構亦知他是受張浚排擠才辭官，雖未極力挽留，但卻愀然不樂地對趙鼎說：「卿不必遠行，只留在紹興，朕他日有用卿處。」

紹興六年十二月壬寅，尚書左僕射、同中書門下平章事兼知樞密院事、都督諸路軍馬兼監修國史趙鼎罷，充觀文殿大學士、兩浙東路安撫制置大使，兼知紹興府。

紹興七年春正月癸亥朔，趙構接受張浚建議，在平江下詔移蹕建康，準備二月啟行。此後不久任翰林學士陳與義為參知政事，資政殿學士沈與求同知樞密院事。張浚改兼樞密使，並引薦秦檜入朝為樞密使。

一日晚張浚入宮面聖，趙構問起各將所領軍隊的近況，張浚蹙眉歎息，說：「而今諸將雖禦敵有功，但多少都有些恃功而驕，未必總聽朝廷號令，且有把官兵變為私兵之勢。」

趙構追問詳細情況，張浚遂道：「陛下復國於危難之中，初年外受金人威脅，內有流寇、亂民興兵之禍，官兵數目有限，因此陛下默許諸將在平內亂時將國內流寇潰兵整編入伍，也是不得已之舉。現在這樣的雜軍漸漸集中到幾位大將麾下，控制多年，那些兵卒越來越不像官兵，只聽自己將領號令，倒更像是諸將的私兵。平日眾軍相稱必稱某姓某家之兵，張俊的叫張家軍，劉光世的叫劉家軍，岳飛的叫岳家軍，其餘楊沂中、韓世忠、吳玠、吳璘等人的軍隊亦莫不如是，長此以往，必將不利於朝廷調遣指揮。」

趙構頷首：「這些朕亦有耳聞。此外，朕還聽說，諸將以充實軍費為名，擅自以軍隊經商，侵奪國家財利。」

張浚道：「正是。陛下即位以來一向重視安撫嘉獎有功之將，常賜他們高官厚祿及土地財物，諸將中楊沂中、吳玠、吳璘及岳飛都官拜兩鎭節度使，張俊、劉光世、韓世忠甚至加至三鎭，諸將權勢漸增，行事也日趨囂張，不僅經商與國爭利，甚至有人還縱容麾下兵卒搶劫平民百姓，有損宋軍聲譽。國家中興固然需要武將建功，但一味扶持而不加以抑制，任其勢力坐大卻非朝廷之福，也有悖以文御武的祖宗遺訓。」

趙構細思片刻，再問他：「依卿之見，該當如何？」

張浚一拱手，道：「陛下，臣以爲已到謀收內外兵柄的時候了。」

趙構淡看張浚，目光寧和，不露喜憂：「卿是丞相，又掌軍權，有此事可自行處理。」

張浚心領神會，躬身道：「謝陛下。」

與張浚議完事，趙構回到寢殿，卻見嬰茀面前跪著兩名侍女，嬰茀正在命內侍將她們各掌嘴二十。

趙構問緣故，嬰茀歎道：「臣妾管教不嚴，宮中侍女又隨意說話，影響福國長公主清譽。」

趙構怫然問：「她們又說什麼？」

嬰茀說：「長主適才爲官家煲了些蓮子湯，親自送去給官家，也許是見官家正在與張相公議事，便在門外等了等。但這些婢女當眞可惡，看見後居然私下議論，說長主一直在門外凝神細聽，專注如此，必是因張相公的緣故……」

趙構早已聽得面色陰沉，再問：「關張浚何事？」

嬰茀答：「這兩個無知婢女又能說出什麼好話來？無非是說張相公治國有方，人才又好，所以長主見是他與官家議事，便聽得格外仔細……都是一些混話。官家終日憂國憂民，長主耳濡目染，關心一點國家大事也很自然，卻無端受這些賤人非議，臣妾當然應爲長主責罰她們，掌嘴二十，應該不爲過罷？」

趙構轉目凝視她，冷道：「掌嘴二十？輕了。杖責三十。」

三 飄雨

由此可知，柔福一直在門外偷聽他與張浚的談話。趙構大感不快，卻也並未因此責罵於她，甚至在她面前毫不提及此事。這樣的事幾日後再度發生。當日趙構白天接見了出使金國歸來的問安使何蘚與范寧，當晚便召秦檜入宮議事。兩人商議片刻後，趙構偶然側首間發現門外有一熟悉的女子身影短促一晃，隨即隱於壁間，當即便朗聲命令殿內內侍：「開門，請福國長公主進來。」

門一開，柔福亦不躲避，施施然走進，漠然一瞥秦檜，再向趙構行禮。

倒是秦檜有些尷尬，垂首不敢看她。趙構揮手命他告退，秦檜遂迅速離開。

出了門，想起適才柔福那冰冷的眼神，秦檜心中頗不自在。低著頭走路，行到院中，才發現天已開始下雨，雖不甚大，但天寒地凍的，雨水一層層掩落於臉上身上，卻也陰冷刺骨。

正以袖遮首疾步走著，忽聽見身後有人喊：「秦大人留步。」

停下回望，見是一宮女持傘朝他跑來。跑至面前屈膝一福，對他說：「秦大人，吳才人吩咐奴婢爲大人撐傘，送大人上馬車。」

「吳才人？」秦檜先有一愣，隨即忙滿面堆笑地說：「如此有勞姑娘。請姑娘回頭替我謝過吳才人。」

宮女微笑答應，然後一路爲他撐傘，直送至三四重門之外的馬車上。

「九哥，你爲何又重用此人？」待秦檜一走，柔福馬上開口問趙構。

趙構不答，但說：「我尚未問你連續偷聽政事之罪，你倒有理先來問我。」

柔福並不驚慌，還展眉笑了笑：「九哥既然都知道，那我就索性直說了。這兩年張浚張都督指揮得當，安內攘外卓有成效，宋金戰局大體穩定，可他被劉光世一氣，卻一時糊塗起來，不乘勝追擊，繼續大舉北伐，倒先與九哥討論收諸將兵權的事。當然，對武將一味扶持而不抑制有違祖訓，易生後患，但杯酒釋兵權也不急於一時，在尚未恢復中原、滅金雪恥的時候考慮此事十分不妥。你們都知諸將幾乎都已將官兵變爲私兵，以某家某姓冠名，麾下士卒只認各自首領，若突然撤去他們將軍的兵權，讓一個不相干的人來接管他們，這些士卒會安心聽命麼？朝廷指派的新將能服眾麼？另外，且不論被削兵權的將領會否反抗，唇亡齒寒，其餘諸將見此情形難道會看不出九哥的目的麼？屆時他們一個個都故意與朝廷作對，猛地撂擔子不幹，讓朝廷調動不起兵卒與金作戰，那又如何是好？」

趙構也不與她爭辯，只淡說一句：「張浚行事一向很有分寸。」

「好，既然九哥如此信任他，那我暫不就此多說什麼。」柔福點頭，又道：「再說秦檜，他的政見最能與九哥相合之處莫過於『議和』二字吧？今日問安使剛從金國回來你就召秦檜入宮議事，議的肯定是與金言和的事了。想必九哥是要把這兩年對金作戰所獲的優勢當作資本去與金人談判，可是但凡由大宋主動提出議和，那些蠻夷金賊必會漫天要價，到時和議達成，簽下的不過又是一卷屈辱條約。就目前兩軍狀況，大宋打下去未必會輸，但九哥若小勝即安，忙於求和，恐會讓金人恥笑，並借機大肆敲詐了。因此要議和不是不可以，但一定要在我們繼續追擊，打得金人不得不自己開口求和的時候再議……」

「瑗瑗，」趙構拋開手中的一份奏摺打斷她：「你知道麼？父皇駕崩了。」

柔福一怔：「父皇？……什麼時候的事？」

趙構說：「前年六月。金人一直秘而不宣，直到何蘚范寧出使才探知。」

柔福沉默良久，最後隱露一縷淺笑，略顯淒惻，卻不很悲傷：「也好，終於解脫了。」

趙構沒有忽略她臉上的所有微妙變化，說：「我以為你會哭。」

「我為父皇流的淚在金國就已流盡了。」柔福平靜地說，再抬目看他：「你呢？你怎麼也沒流淚？」不待趙構回答她先自微笑開來：「哦，九哥的眼淚是要留到行卒哭之祭的時候罷？」

「放肆！」趙構臉一沉：「朕對你的寬容與忍耐不是沒有限度的。」

柔福一咬唇，傲然側首轉向一邊不看他，但繼續開口對他說：「父皇駕崩，所以九哥急於達成和議，以迎回父皇梓宮？」

趙構長歎一聲，道：「父皇北狩多年，身為兒臣，始終未能在他有生之年迎他歸國，已是十分不孝，而今父皇龍馭殯天，九哥怎可繼續任由他梓宮留於金國，不得魂返故里？父皇的噩耗也讓我越發牽掛在金國的母后。母后年事漸高，北方苦寒粗陋之地，豈是可以安居的？想必她這些年亦受了不少苦，不早日設法接她回鑾，九哥寢食難安。」

柔福微微冷笑：「父皇在世時的確曾日盼夜盼地等九哥接他回來，但等了這麼些年，想必耐心也等

出來了，就算龍馭殯天，也會在地下慢慢等，不著急。九哥什麼時候徹底打敗金人，讓他們乖乖地主動送父皇梓宮回來，那才叫風光，父皇在天有靈，必也會覺得有面子。至於太后娘娘……你怎知她在金國過得不好？」

趙構聞言當即驚起，幾步走來捉住柔福手臂：「你知道我娘的事？她在金國怎樣？」

「我不知！」柔福猛然掙脫他的掌握：「我說過我什麼都不知道！我是猜的。她對所有人都很溫和，又是九哥的母親，金人應該不會爲難她。」

趙構黯然緩步回去重又坐下，一陣緘默。

「九哥，」柔福挨近他，輕輕跪下，將雙手置於他膝上，仰首殷殷地看他：「暫時不要跟金人議和好不好？等我們再多打幾場勝仗，不要讓他們看出我們急於求和。」

趙構看著她，漸露微笑：「你以爲是九哥一廂情願地想議和？其實金國好幾位權臣也在盼著這事達成。」

「是麼？」柔福凝眉問：「都有誰？」

「撻懶、金太宗長子完顏宗磐……」趙構緊盯柔福雙眸：「或許，還有完顏宗雋。」

不出所料，他注意到最後那名字引起了她瞳孔的瞬間收縮。

她很快低首，沒再說話。

「完顏宗雋是個值得注意的人物。雖然他現在不在朝中，出任東京留守居於遼陽府，但我想他離一攬大權掌握朝政的那天並不很遠。」趙構繼續說：「金太宗完顏晟死後，繼位的完顏亶不過是個十幾歲的少年，朝中大權一度完全掌握在於立儲問題上有功、又合併了燕京與雲中兩處樞密院的權臣完顏宗翰手中，完顏亶對他多有忌憚。但是，這小孩很快找到了一個聰明的辦法，借改革官制的機會，以相位易兵柄，任宗翰爲太保、領三省事，把他從中原調回朝廷，同時任太宗長子宗磐爲太師，皇叔宗幹爲太傅，與宗翰同領三省事，並把宗翰的心腹都調入朝中，以便控制。如此一來，宗翰不僅兵權全喪，連政權也被嚴重分散。如果我沒預料錯，現在撻懶和宗磐大概正在策劃著對宗翰的最後打擊。」

「這些……」柔福繼續低首，輕聲問：「跟完顏宗雋有什麼關係？」

趙構道：「我感興趣的是，以完顏亶那涉世未深的小孩頭腦，怎麼能想出這麼聰明的辦法解除宗翰兵權，並設計讓撻懶與宗磐來對付他。」

柔福默然無語。趙構隱約一笑，說：「剛開始，我以爲是教完顏亶習漢文、學漢禮儀及文化制度的啓蒙先生，漢儒韓昉教他的。後來一想，覺得未必如此。韓昉雖有學識，但過於迂腐，據說終日教予完顏亶的不過是仁政愛民等尋常論調，改革官制以解兵權就算他能想到，但挑撥起撻懶宗磐與宗翰的矛盾，讓他們鷸蚌相爭，完顏亶漁翁得利，這種精明有效而又帶一絲陰刻的招術，卻不是一介腐儒所能想出的了。」

握了握柔福的雙手，發覺異常冰涼，便輕輕拉過，合於自己兩掌中，趙構接著說下去：「我在金國亦有不少探子，這幾月他們傳回的消息有一點較有意思：完顏亶與他的八皇叔完顏宗雋書信往來甚密，宗雋不時會寄一些漢人的書給他，例如《貞觀政要》，而每次完顏亶作出重大決定之前，必是先收到了宗雋從東京傳來的信……」

柔福忽地站起，問：「你跟我說這些幹什麼？」

趙構淺笑道：「你不是對男人做的事很感興趣麼？那我就講一些金國的政事給你聽。」

「我不太舒服，先回去了。」說完，柔福轉身離去。

目送她遠去後，趙構自一疊文件中抽出數張信箋，盯著上面密佈的「宗雋」之名看了許久，然後徐徐攥於掌中，狠狠揉成一團。

四　風雲

次日趙構在朝堂上宣佈了道君皇帝駕崩的消息，未待說完便慟哭失聲、哀不自勝。群臣紛紛出言勸慰，而趙構神色始終戚鬱。張浚見狀遂邁步出列，奏道：「天子孝義之表現，不與士庶相同，凡事應以宗廟社稷爲重。如今道君皇帝梓宮未返，天下塗炭，臣願陛下揮涕而起，拼將一怒化作中興雄心，恢復中原，以安天下之民。」

趙構這才略微止住，鬱鬱頷首，命張浚草詔將此消息告諭天下。張浚又請命讓諸大將率三軍發哀服喪，趙構讚許地看他，當即答應。

此後趙構一面準備移蹕建康，一面與張浚密議削奪諸將兵權的事，其間對張浚信任無比，賜諸將的詔書，往往命張浚擬進，閱後即發，未嘗易一字。紹興七年二月，趙構與張浚商議後任命岳飛爲湖北京西宣撫使，並將一道寫著「聽飛號令，如朕親臨」的御劄交予岳飛，讓他帶去頒發給劉光世的部將，借岳飛的聲望穩定劉光世統領的淮西軍之軍心，並消除岳飛及其餘諸將對朝廷要罷他們兵權的疑忌。

岳飛起初以爲這是將淮西軍並給他統領，自是喜不自禁，很快向張浚提出再要部分兵卒，讓他統兵十萬大舉北伐的請求。此言一出，張浚與趙構均大不悅，趙構回應道，淮甸之兵乃駐蹕行在的保障，不可輕移，若淮甸失守，朝廷何以存身？

紹興七年三月，劉光世被罷去兵權，淮西軍也未移交給岳飛，而改作直屬於張浚主持的都督府，由兵部尙書兼都督府參謀軍事呂祉以撫慰諸軍爲名前往節制，並升劉光世的部將王德爲都統制，流寇出身的另一部將酈瓊爲副都統制。

此前張浚曾與岳飛商議過淮西軍的統領問題，張浚逐一問岳飛誰來接管最爲合適，先說：「淮西軍一向敬服王德，如今我想讓他做都統制，再命呂祉爲督府參議前去領導，你看怎樣？」

岳飛搖頭道：「王德與酈瓊素有積隙，一旦王德地位高過酈瓊，勢必引發兩人爭鬥。呂尙書雖有才，但畢竟是書生，不長於軍事，恐不足以服眾。」

張浚便又問他：「張俊如何？」

岳飛更是一向看不起張俊，立時否定：「他性情暴戾，有勇無謀，而且酈瓊本來就不服他。」

張浚再道：「那麼楊沂中應該可以了。」

岳飛還是不同意，說：「沂中視王德等同於己，豈能馭之！」

聽得張浚頗爲惱怒，怫然冷道：「我早就知道非太尉你不可！」

岳飛的脾氣也隨之而起，反駁說：「都督認眞地徵求我意見，我不敢不直陳愚見，豈是爲多得兵馬！」即日便上疏乞解兵柄上廬山爲母守墓，趙構不許，岳飛卻不管，讓本軍事務官張憲攝軍事，自己撂下挑子逕直上廬山了。

岳飛走後張浚即命兵部侍郎張宗元權湖北、京西宣撫判官，前往鄂州監岳飛軍。無奈岳家軍並不服

他管，兵卒日日沮喪歎息：「張侍郎已來，岳將軍大概不會回來了！」既懷念岳飛，對張宗元便越發抵觸，士氣低落，漸漸不大聽號令。

趙構對岳飛擅自上山守喪已是十分不滿，聽到這些事更是極度震怒。張浚入見，建議趙構就此罷去岳飛兵權，讓張宗元正式取而代之。趙構負手低首在殿內大步疾行，良久，停在張浚面前，兩眉深鎖面色冷峻：「不，現在時機未到。」

隨即重新落座於御案邊，親自提筆寫下手詔：「許卿以恢復之事。」命張浚遣人傳給岳飛，促他早日下山統軍。

張浚展開一看，見他寫詔書之時分明滿面怒色，但寫下的字仍沉著渾厚、寬穩疏朗，灑脫清逸中不透半點惡劣情緒，當下佩服之餘亦暗暗心驚。

張浚讓參議官李若虛與統制官王貴帶著詔書前往江州，敦請岳飛歸來管軍。二人在東林寺見到岳飛，傳達了趙構旨意，岳飛才受詔趕赴行在。

至行在建康後，岳飛具表待罪，趙構卻似毫不惱怒，心平氣和地加以撫慰勸導。岳飛啓程回去統軍那日，趙構親自出宮送他，溫言對他說：「卿前日奏陳稍顯輕率，但朕並未因此發怒。若眞怒了，必會怪罪責罰於卿。正如藝祖所說的那樣，『犯吾法者，惟有劍耳』。現在朕復令卿統軍，任卿以恢復中原之事，可知朕確無怒卿之意。」

岳飛聽了此話，遂放下心來，再度表明忠君愛國之心，才辭別趙構回歸軍營。

岳飛以前對酈瓊與王德關係的分析沒錯，王德升爲都統制後酈瓊每每與其作對，終日聯合部將在呂祉面前誣告控訴王德，呂祉忍無可忍，於是密奏張浚，乞罷酈瓊兵權。張浚得知後遂決定召回酈瓊，奪其兵權，並處其死罪。不料消息走漏，酈瓊先於八月發動兵變，殺死呂祉，率四萬多淮西軍投降了僞齊帝劉豫。

此次叛變震驚朝野，張浚立時成了眾矢之的，朝臣們都認爲是他在淮西軍問題上處理不當才導致今日之禍。趙構亦被此事弄得焦頭爛額，對張浚雖未加指責，但很快手詔命令：「觀文殿大學士、兩浙東路安撫制置大使兼知紹興府趙鼎充萬壽觀使兼侍讀，疾速赴行在。」

是日，張浚入宮見駕。進到殿中亦不多言，在趙構面前跪下，伸手於頂徐徐取下烏紗，端端正正地擱於身前，俯首再拜，一舉一動恭敬而嚴肅。

趙構知是他主動請辭，又見他形容憔悴，原本清雋的臉上似一夜之間滋生了許多皺紋，不免感慨，歎道：「卿何有此舉？朕並未怪罪於你。」

張浚直身道：「酈瓊叛變，臣自知難辭其咎。若非臣當日率性而爲，用人失當，亦不會有淮西之變。臣才識有限，幸蒙陛下不棄，屢加重用，臣即便肝腦塗地，也難報陛下知遇之恩。而今犯下大過，已於國於君造成莫大損失，豈敢再強守相位，使陛下英名因臣受損？請陛下將臣免職以息眾怒，但若將來再有變故，陛下覺可復用臣，臣當即日就道，不敢以老病辭。」

既聽他如此說，趙構亦不再託辭挽留。沉吟片刻，問他：「依卿看來，何人可以代卿任相？」

張浚垂目，沉默無語不作答。

趙構便點名問：「秦檜如何？」

張浚當即否決：「近來與秦檜共事，臣始知其暗。」秦檜雖是由他引薦入朝任樞密使，但共事以來已看出秦檜不欲抗金，意在求和，故此堅決不同意讓他接任丞相。

趙構再問：「然則用趙鼎？」

張浚仍不覺趙鼎是合適人選，可也並未出言反對，於是趙構命他擬詔召趙鼎入見。

張浚很快擬好詔書，雙手奉上，然後跪下鄭重再拜，起身，緩緩後退至門邊，這才轉身，長歎一聲，撣撣衣袍上本不存在的浮塵，邁步出去。秦檜這一年來對張浚十分諂媚，還道張浚必會向皇帝推薦自己爲相，早候在外面，見張浚退出，忙碎步趨近，小心翼翼地觀察張浚表情，輕聲詢問張浚入見情況。

張浚卻並不理睬他。外間的陽光驟然灑在身上，微覺刺目，張浚輕閉雙眼，再徐徐睜開，然後一拂衣袖，昂首前行，自始至終未轉目以顧秦檜。不久後趙構遣人發佈張浚適才所擬文字，秦檜這才明白他把任相的機會留給了趙鼎，頓時一臉錯愕，悻悻而出。

紹興七年九月，在乙太傅身分率百官爲趙佶及鄭皇后上徽宗皇帝、顯肅皇后諡冊於几筵殿後，特進、守尚書右僕射、同中書門下平章事兼樞密使、都督諸路軍馬、臨修國史張浚罷爲觀文殿大學士、提舉江州太平觀。

隨後趙構再度起用趙鼎爲相，並命徽猷閣待制王倫、右朝請郎高公繪赴金京師會寧府向金表示議和意向。

其間趙構陸續接到金國密探傳來的密報：

六月，在宗磐等人的要求下，金主完顏亶將宗翰的重要心腹、原西京留守，尚書左丞高慶裔等人以貪贓罪下獄處死，連坐甚眾。臨刑前高慶裔對前來哭別的宗翰說：「我公早聽我言，事豈至於今日？我死後，公要善自保重。」

七月辛巳，金太保、領三省事、晉國王宗翰薨，年五十八，死因未明。完顏亶下有詔書，數其罪狀，稱宗翰：「持吾重權，陰懷異議。國人皆曰可殺，朕躬匪敢私徇。」

七月丙戌，夜，金京師地震。

同日，完顏亶封皇叔宗雋爲王。

十一月，金以元帥左監軍完顏昌（撻懶）爲左副元帥，封魯國王；宗弼（兀朮）爲右副元帥，封瀋王。

當月丙午，金人廢劉豫爲蜀王。

……

紹興七年十二月癸未，王倫與高公繪使金歸來，回稟趙構說完顏亶要求宋納幣稱臣，作爲議和交換條件，金將歸還徽宗帝后梓宮及送回趙構母后韋氏，並歸還河南諸州。

趙構聽說金人許還梓宮、皇太后，及河南諸州，不禁微露喜色。略一思索，再問王倫：「此番議事可還順利？你們一說金主便答應了麼？」

王倫答說：「金國朝中分爲兩派，宗磐、撻懶力主與大宋議和，但宗弼、宗幹與左丞相完顏希尹並不同意。金主一時猶豫難決。後東京留守宗雋回京師述職，金主親自出城相迎。次日，金主即通知臣等，金已決意與大宋議和，除還梓宮、送回皇太后外，還可歸還河南諸州，隨後很快下旨廢掉了劉豫。」

「宗雋？」趙構以指輕叩御案，沉吟著問：「他是個怎樣的人？」

王倫道：「宗雋精通漢語漢文，才識過人，任東京留守以來政績出眾。他在金太祖諸子中年紀較

輕，但如今在金國已頗有名望，金主對他相當看重。」

五　紅葉

探知金國亦有議和意向後，趙構進王倫爲徽猷閣直學士、提舉醴泉觀，充大金國奉迎梓宮使，高公繪爲右朝奉大夫，充副使，命二人再往金國商議和約細節。次後一年內，宋金雙方多次遣使往來，逐條討論議和事宜。而趙構也於紹興八年二月離開建康，還蹕臨安。

趙構意在與金言和，心知朝中大臣反對者眾，欲加強主和派勢力，便想以一向主和的秦檜爲相，爲此徵求了趙鼎的意見。秦檜自趙鼎復相後對其多方巴結討好，趙鼎此時對秦檜亦有了幾分好感，何況他也並非反對議和，而是主張有原則、不屈膝地與金言和，故此也沒反對趙構任秦檜爲相，只說：「用誰爲相，全由陛下決定。」有了他這話，趙構遂命樞密使秦檜守尚書右僕射、同中書門下平章事，兼樞密使。

在趙構宣佈議和決定之前，趙鼎曾建議說：「很多士大夫均認爲中原有可復之勢，若因議和而放棄進兵機會，恐日後不免會引來非議，說朝廷白白丟失此機會。陛下還是先召諸大將入朝詢問他們的意見爲宜。」

趙構則道：「不需考慮這些。今日梓宮、太后及淵聖皇帝都留金未還，不和則無可還之理。」

參知政事陳與義也道：「用兵則須殺人。若因和議得遂我所欲，豈不賢於用兵？萬一和議無可成之望，那時再用兵也不遲。」

趙構深以爲然，聞言頷首。趙鼎見狀也緘口不再辯。

議和決定一經宣佈果然激起陣陣反對之聲，大臣們上朝時在朝堂上慷慨陳辭激烈辯論，下朝後奮筆疾書繼續寫上疏勸諫皇帝。那時落職後被貶爲秘書少監，分司西京，居住於永州的張浚更是異常憤慨，連上五十疏以示反對。趙構召韓世忠、張俊、岳飛等幾位大將入朝問其意見，也只有張俊表示同意議和，岳飛極爲堅決地反對，道：「夷狄不可信，和議不可恃，相臣謀國不臧，恐貽後人譏。」

面對一片反對聲，趙構每每鬱然解釋：「太后春秋已高，朕朝夕思念，欲早相見，故而不憚屈己以冀和議之成。然有備無患，縱使和議已成，亦不可弛兵備。」

參知政事劉大中政見與趙鼎一致，不願爲議和而對金人卑躬屈膝放棄戰守，因此常勸趙構說：「和與戰守自不相妨，若專事和而忘戰守，則是中敵人之計了。」

趙鼎雖同意議和，但在具體條約上絕不肯多讓步。紹興八年七月王倫再次赴金和談之前，趙鼎向他說明和談底線是歲幣不超過銀絹各二十五萬兩匹，宋金以黃河故道（原北流）爲界，且宋不向金稱臣受冊封。

金不同意這些條件，和議便遲遲未成，秦檜見趙構求和心切，便伺機排擠趙鼎與劉大中，先薦自己心腹蕭振爲侍御史，令其以不孝的罪名奏劾劉大中，趙構便將劉大中免職。趙鼎自然看出他們醉翁之意不在酒，對同僚說：「蕭振意不在大中，不過是借大中開手罷了。」蕭振聽了此話後也不否認，亦對旁人道：「趙丞相可謂有自知之明，不待論劾，便自己考慮隱退之事了，豈非一智士麼？」

未過多久，殿中侍御史張戒彈劾給事中勾濤。勾濤上疏自辯，稱張戒之所以奏劾他，皆因由趙鼎主

使，並誹謗趙鼎內結台諫，外連諸將，意不可測。趙鼎一怒之下遂引疾求罷，趙構也不挽留，紹興八年十月，將趙鼎罷爲檢校少傅、奉國節度使、兩浙東路安撫制置大使兼知紹興府。

啓程之日秦檜率僚屬餞行，趙鼎與樞密副使王庶略聊了幾句，見秦檜卻不發一言，惟一揖而去。

趙鼎去後秦檜欲向趙構要獨相之權，道：「臣僚畏首畏尾，不足與議大事，若陛下果欲講和，臣乞陛下專與臣議其事，勿許群臣預聞。」

趙構便道：「朕獨將大事委卿如何？」

秦檜假意推辭：「臣恐不便，望陛下三思！」

過了三日，秦檜再問趙構意見，趙構仍表示全意信任他。秦檜依舊請他深思三日再作決定。三日後，秦檜再問，趙構仍不變初衷，秦檜這才取出奏箚，內書：「乞決和議，不許群臣干預」。趙構許可，決定獨相秦檜。此後秦檜大肆提拔親信、彈劾主戰大臣，很快將激烈反對議和的大臣一一罷去，更加積極地與金議和。

金國政壇這時也風雲迭變。宗翰死後，與撻懶宗磐政見相左的左丞相希尹也於紹興八年（金天眷元年）秋七月罷相，同年十月，金主以東京留守宗雋爲尚書左丞相兼侍中，徙封陳王。

關於宗雋的消息總是很快便能傳到臨安，這是趙構刻意對在金國的密探所作的要求。接到這個最新消息時，趙構知道柔福正在宮中花園內與趙瑗信步遊玩，當即便去後苑尋她。他喜歡細探她在聽到宗雋名字時的微妙表情，宗雋的消息於他有如一柄利刃，有足以割裂她嚴密守護的往日隱秘的鋒利。

柔福坐在一片菊花花圃邊的大石上，手持數朵晚開的白色檀心木香菊，淺笑嫣然地看著紅楓樹下的趙瑗引臂壓枝爲她選折色澤美好的楓葉。

趙瑗如今十三歲，卻已長得秀頎挺拔，與柔福一般高，穿一身素白襴衫，從容閒適地站在紅葉烈烈的楓樹下，竟有難以言喻的華麗感。他仰首細看每一枝紅葉，選中了合意的，便以手壓下，轉目看柔福，喚她以詢問：「姑姑？」若見柔福點頭，就把那枝折下。

看見趙構，他們有短暫的默然，隨即相繼過來見禮。趙構輕輕摘去落在趙瑗頭頂的兩片碎葉，和言對他說：「還沒去資善堂麼？范先生等你許久了。」

其實那時並未到念書的時辰，但趙瑗也不爭辯，答應了一聲，轉身默默把手中的紅葉交給柔福，便啓步趕往資善堂。

柔福捧著菊花紅葉，盈盈笑著舉至趙構面前：「是不是很香？」

「金主完顏亶任完顏宗雋爲尙書左丞相兼侍中，徙封陳王。」趙構逕直對她說。

「九哥今日的漆紗襆頭眞漂亮，不如簪朵菊花？」柔福似全未聽進他的話，低首在所捧花中一朵朵細細挑選。

「宗翰死後，宗磐日趨驕縱跋扈，常與宗幹爭鬥，甚至曾在完顏亶面前對宗幹拔刀相向，完顏亶因此頒佈了一條禁親王以下佩刀入宮的禁令。宗磐是金太宗長子，曾與完顏亶爭奪過諳班勃極烈之位，完顏亶雖利用他除去了宗翰，但其後深感其豪猾難馭，急於尋找一個強有力的人來與宗幹一起牽制他。」

柔福挑出一朵木香菊，附在趙構的襆頭上看了看，搖頭：「不好。此花太過清美，不類九哥。」

趙構不理她此言，繼續說：「於是，完顏亶召其八皇叔宗雋回京，封王拜相，意欲讓他與他的異母兄弟宗幹聯手，制約囂張的宗磐。」

「哎，還是楓葉好。」柔福取一枝楓葉，細細摘下幾片色澤豔麗形狀完美的，簇在一處插在趙構襆

頭邊。殷紅的楓葉襯著趙構純黑的襆頭漆紗和白皙的膚色，雅致清豔，看得她微微而笑：「就這樣，今日不許摘了。」

趙構負手而立，任她給自己簪花添葉，依然凝視她淡淡說下去：「但大出完顏亶意料的是，宗雋在拜相後第二天即赴宗磐府，與宗磐及撻懶豪飲歡宴，通宵達旦。隨後幾天，朝堂之上議事如有分歧，宗雋均支持堂兄宗磐而反對他的異母兄宗幹。」

「怎麼會？」柔福終於驚訝地輕呼出聲：「他與宗磐一直不相容的！」

趙構唇角微挑，一抹冷淡幽長的笑意隱約浮現。

柔福自知失言，垂首輕聲道：「我想起了，以前在金國聽說過一些關於這人的事。」

「是啊，連你都聽說過他與宗磐不相容，難怪完顏亶會想讓他來牽制宗磐。」趙構道：「不過此人掌權對大宋來說倒未必不好。今年七月，撻懶入朝，建議金以廢齊舊地與宋，金主命群臣議此事，當時宗雋便極力贊同，使完顏亶下定決心，終於同意把廢齊舊地還給大宋。我想，他大概也很希望與大宋議和修好。」

「他？」柔福咬唇冷笑：「他會這麼好心白白地把地還給我們？夷狄不可信，和議不可恃！」

「哦？你似乎很瞭解他？」趙構淺笑問：「你在金國還聽人說起過關於他的其他事麼？背景、經歷，他對大宋的看法，或者，人品、秉性、相貌？」

「沒有！」柔福目光越過他的肩投向紅如焰火的楓樹：「不相干的人，我爲何要打聽他的事？」

趙構注意到她說這些話時右手一直在不自覺地狠狠拉扯著木香菊，細白的花瓣飄散而下，在她同色羅裙下薄薄鋪了一層。

六　花瓶

不理文臣武將的非議，與金議和之事在趙構與秦檜策劃下繼續進行。面對不絕於耳的反對聲，趙構只解釋說：「多年來，朕深痛二聖蒙塵，母后未歸。不惜屈己，屢次卑辭遣使赴金，皆因紀念父母長兄至親，願早日迎回之故。朕即位以來，雖悉意於經營，卻終未得其要領，常念陵寢在遠，梓宮未還，傷宗族之流離，哀軍民之重困。而今父皇駕崩，金人既有送歸梓宮，與宋講好之意，朕自當度宜而應。」

紹興八年十二月，金主遣尚書右司侍郎張通古與明威將軍、簽書宣徽院事蕭哲爲江南詔諭使，許歸河南、陝西地予宋，讓他們與此前出使至金的王倫一同前往臨安。從「江南詔諭使」幾字即可看出，金不稱南朝爲「宋」，只視作「江南」，此行亦不當作平等兩國間的互通國書，而是上國對藩屬國的「詔諭」，且要求沿途宋各州縣守臣須出城拜謁金使。一時民憤四起，一些有氣節的州縣守臣不願出拜，便索性辭官歸田。

這事在南朝掀起一陣軒然大波，無論書院酒樓還是瓦子勾欄均傳得沸沸揚揚，聞者莫不搖頭歎息。自然很快也傳到了居於臨安城外公主宅的柔福耳中。

當即聞訊而起，乘車入宮。待見到趙構時，只一道銳利的眼波便已讓他瞬間明白了她的來意。

「瑗瑗來得正好，九哥有禮物給你。」趙構微笑對她說。

她迫近他，仰首直視他眸心：「你準備接受金人『詔諭』，接受其封冊，向他們奉表稱臣？」

他淡定地側首，雙目不著痕跡地避過她的探視，目光滑落到書架上的一個花瓶上，輕輕拿起：「這是我讓修內司官窯特製的，你看看喜不喜歡。」

這花瓶形狀小巧端莊，外塗天青釉，釉質溫潤如玉，胎薄如紙。底足露胎呈黑色，器口灰黑泛紫，正是官窯瓷器的標準特點「紫口鐵足」。瓶身似有些畫花凹雕，依稀是幅雅致畫面，但柔福並無心思細看，僅掃一眼，也不接過，便又再道：「金使此行要求沿途各州縣守臣出城拜謁，想必到了臨安，也會要求九哥出拜相迎罷，屆時你也會向金人下拜麼？」

趙構仍不作答，將花瓶遞給她，說：「給你了。看上面的畫花。」

柔福勉強接在手中，垂目一看，見瓶身上的凹雕圖案是一個在櫻花樹下盪秋千的小小少女，因胎釉極薄，其花紋透著光線纖毫畢顯。瓶身玲瓏，但那畫花筆觸卻生動細緻，連少女眉目都刻畫得栩栩如生，嬌憨可愛，竟眞與柔福有幾分相似。

「我畫了幅小樣給官窯的工匠，命他依樣畫花。這工匠果然手藝不凡，雕出的圖案幾乎未損神韻。」趙構含笑對柔福道。

柔福冷冷一笑，一揚手，花瓶於空中劃出一道青色弧線，隨即墜於一丈開外的壁根，一聲脆響，迸裂四碎。

「九哥，玩物非我所需。你若有心，便給我完整的大宋江山。若不能如願，那至少爲我保住宋人的尊嚴。這個要求很苛刻麼？竟不能得到你的回應？」

趙構此時看她的眼神，有她從未感受過的嚴冬寒意，像深海冰川上折射出的幽藍的光。他一揮袖，指著那一地破碎的瓷片，說：「去，把碎片全拾起來，設法讓花瓶復原如初。在做好此事之前，我不會原諒你，你亦不必再進宮。」

柔福默立片刻，忽地頷首，吐出一個字：「好。」然後緩步走去，彎身蹲下，背對趙構一片片地拾那些碎瓷片。

心底怒意徐徐消散，趙構漠然看著柔福，一臉蕭索。她不知道不擅丹青的他爲了畫那幅小樣花了多少心思與精力，百忙之中幾易其稿，又以何等嚴苛的態度監督官窯工匠雕畫燒製這個花瓶，結果精心準備的禮物成了她洩憤的犧牲品，在毀滅它之前，她甚至懶於細看。

少頃，她拾起了所有碎片，依然保持著背對他的姿勢，似始終未發覺這其實是不敬的行爲。「九哥，拾完了，我可以走了麼？」她淡淡問。

他未回答。而此時她身陡然一顫，卻又瞬間靜止，隨即站起，也不再轉身告退，便自己朝外走去。雙手低斂於懷，捧著那堆瓷片，她的步履有些飄浮，彷彿走得很是艱難。這情景令趙構覺得怪異，疑惑地目送她走了數步，忽然發現，她所行經過的地面上，有一滴滴銜接成行的紅色液體。

「瑗瑗！」他失聲疾呼，幾步搶過將她扳轉身來，低頭一看，見她左腕上已劃出一道頗深的裂痕，是平滑整齊的切口，此時正汩汩地湧出血來。

她剛才背對著他，用拾起的瓷片切脈欲自盡。

他猛地打落她依然捧在手中的瓷片，一手摟住她，一手握腕揑攏她的傷口，怒吼：「來人！」

門邊內侍回頭一看亦嚇得不輕，立即分頭去尋包裹傷口的淨布和御醫。

他坐下來，將她緊緊地抱於懷中。那血一直流，從他手指縫隙穿過，沿著兩人手腕染紅了素白的衣裳。他焦慮而悲傷地以唇貼上她的傷口，不想看見那刺目的紅繼續蔓延，但立時有腥熱的液體溢滿口舌之間，讓他驚懼莫名。

「九哥……」懷中的柔福開始哭，伸出右手撫上他的臉：「九哥，你知道金人是怎樣說你的麼？我

不要你變得像他們所說的那樣……」

趙構匆忙點頭：「我明白。你先不要說，等傷好了九哥再聽你講。」

柔福和淚淒然淺笑：「怕是待我傷一好，你也不會再聽了……九哥，與其看你對金人卑躬屈膝，我寧願先死。」

趙構再度摟緊她，讓她的頰貼在自己胸前，說：「我從未說要拜迎金人，也不會接受他們封冊、奉表稱臣。之前不與你爭辯，是不喜歡你談論政事，和你咄咄逼人的態度。」

柔福輕歎：「但你始終是要納幣求和的吧？」

「我們現在不談這些……」趙構抬首厲聲轉問趕來的內侍：「御醫呢？」

內侍慌忙答：「即刻就到。」並奉上找來的白布。

趙構一手奪過，親自爲柔福包紮。柔福臉色蒼白如紙，虛弱地勉強睜目看他，再次歎息：「九哥，那個花瓶我大概修補不好了……九哥，你也打碎了我的一樣東西，和花瓶一樣，怕是無法修補了……」

趙構一怔，旋即倉促微笑：「沒關係，我們可以造新的。」

「是麼？還會有新的？」柔福幽涼一笑，依在他懷中再無力開口，漸漸暈去。

七　陳王

秦檜見金使以「詔諭江南」爲名，猜書中必有要趙構受封冊之語，知趙構難以接受，一面與金人計議，請他們改江南爲宋，詔諭爲國信，一面也婉言暗示趙構，勸其作好準備。但趙構一聽便斷然拒絕，說：「朕受祖宗二百年基業，爲臣民推戴，已逾十年，豈肯受金人封冊！且待畫疆之後，兩國各自守境，互不干涉國事，惟正旦、生辰遣使之外，平時亦不許往來，朕計已定。」

十二月丙子，金詔諭使、尚書右司侍郎張通古與明威將軍、簽書宣徽院事蕭哲抵達臨安，稱先許歸河南地，其餘事宜以後再議。趙構命人請他們下榻於左僕射府，一時滿城譁然，臣民議論紛紛，趙構便下詔說：「大金遣使前來，止爲盡割陝西、河南故地，與我講和，許還梓宮、母、兄、親族，餘無需索。慮士民不知，妄有扇惑，尚書省榜諭。」

金使張通古要求趙構親自出面受書，並向金使下拜行禮，趙構自不肯答應，秦檜等人勸之無效，便爲趙構找了個藉口，稱皇帝正在爲徽宗守喪，難行吉禮，改命秦檜代其受書。經趙構同意後，王倫連夜趕去與金使商議，以危言相勸，張通古見堅持下去也未必能達到目的，遂也頷首許可。

張通古還要求百官備禮以迎，於是秦檜命三省、樞密院吏朝服乘馬導從至使館，代趙構行禮接受了國書，然後悄然將國書納入禁中，其中內容並未宣佈。

受國書之後，趙構賜宴禁中，接見張通古與蕭哲。二人帶了數名侍從前來，見趙構只直身施禮而不下拜，趙構面露不悅之色，秦檜忙讓人引他們入座，並笑道：「今日只聊兩地風物，莫談國事。」

金使點頭以應，趙構見狀亦舉杯祝酒，宋金諸臣盡飲一杯後氣氛才略顯緩和。

席間趙構默默觀察金使及其隨從，張通古與蕭哲的模樣以前聽王倫講過，一儒雅一粗獷，與想像中差別不大，而張通古身邊所坐之人倒很快引起了他的注意。

那人約三十多歲，高大剛健，鼻高而挺，雙目微陷，從側面看輪廓明晰清朗，皮膚呈淺褐色，是陽

光浴過的色調。他並未如其餘金人那般剃頂辮髮垂肩，而是束頭於頂，戴著類似宋式的漆紗襆頭，身穿緋色盤領橫襴衫，足著烏皮靴。趙構知道金改革官制後亦吸取了宋的冠服制度，大臣公服五品以上服紫，六品七品服緋，八品九品服綠，此人著緋衣，按理說應爲六品或七品官員，品級低下，張通古卻讓他坐在自己身邊，殊爲怪異。

遂越發留心細看。但見他一舉一動皆比別的金人斯文從容，握杯舉箸間神態始終疏閒自若，顯然受過良好的禮儀教化，且不凡氣度非其所著服色所能掩蓋，處於眾金人中宛如鶴立雞群。

如此視他良久，那人似有感應，遂側身朝趙構看來，四目相觸，他亦不迴避，依然直視趙構，微微一笑，略微欠身以致意，隨後以手舉杯，似欲祝酒。不料此時張通古亦舉杯轉身，像是要與那人對飲，未知那人已側轉身來，剎那間兩廂手臂突然一撞，兩只酒杯便撞落在地。

那人毫不驚慌，仍是從容坐著，倒是張通古匆忙彎腰去拾酒杯，先把那人的酒杯拾起來擱在桌上，並低聲向他說了句女眞話，似是道歉。

趙構轉目一看他們身後的侍女，侍女會意，立即上前爲他們換了新的酒杯。張通古便轉身向趙構道謝，趙構一笑，問：「未知張侍郎身旁這位先生所司何職？」

張通古道：「他是我此次所帶的通事，雖官級僅七品，但難得學識過人，精通漢文，與我甚爲投契，故此帶他一同赴宴。」

通事即翻譯。趙構聞言閒閒再問：「張侍郎精於漢學，博古通今，還有必要帶通事貼身隨行麼？」

張通古一時語塞，他身旁的「通事」倒微笑開口替他解釋道：「出使在外，與人議事一字一句都須多加斟酌，帶一兩名通事是必要的。」

趙構頷首，又對張通古道：「這位元通事適才所說之話語音頗準，幾與漢人無異，可見果有才華學識。而今朕亦對女眞話頗感興趣，晚宴之後，張侍郎可否讓通事留下，朕有幾個問題需請教他，稍後朕自會命人送他回使館。」

一聽此言，張通古微露難色，不禁轉首以視那通事，目光頗有詢問之意。而通事也不私下暗示，坦然以漢話對張通古說：「既然江南主親自出言相邀，我們自然恭敬不如從命。」

張通古遂明確答應了趙構的要求。

宴罷後，趙構命人將通事帶到後苑偏殿怡眞閣，自己回寢殿福寧殿換了常服再過去。怡眞閣正對後苑梅園，園中所植的梅花臘梅有綠萼、千葉、玉蕊、檀心等名品，花朵多爲淨白、淡黃、微綠等素淡的顏色，此時也陸續開了。天際一彎缺月，簷下幾列宮燈，園中閣內疏影橫斜、暗香浮動，通事負手站於窗前望著月影梅花，若有所思。

趙構入閣，通事轉身以迎，卻未見禮。趙構走至御座前，一時也未落座，兩人之間有約一丈餘的距離。便這樣站立著，兩廂都沉默，目光相擊，都不退讓。

須臾，有侍女奉茶進來，見兩人都未坐下，不知是否該依舊布茶，呆立在門邊，神色甚爲踟躕。

趙構這才側目一看通事身邊的椅子，淡淡道：「請坐，陳王閣下。」

「『九哥』不愧爲『九哥』。」通事朗然一笑：「不錯，我是大金陳王完顏宗雋。」

昔日汴京皇族宗室宮眷常稱趙構爲「九哥」，趙構亦聞他們被虜北上後在金國提起自己仍常用這詞，但此刻心知宗雋借用之意不盡於此，聽來倍感刺耳。

然而右側唇角仍微微向上一牽，趙構吐出兩字：「久仰。」

宗雋笑容意味深長，應道：「彼此。」

八　尋花

相繼坐下。宗雋先問：「大宋皇帝陛下是何時看出本王身分的？」

趙構沒忽略「大宋皇帝陛下」這一稱呼，也能覺出宗雋隱約強調的語氣，而之前，他與那兩名正式的金使一樣，只稱他爲「江南主」。

於是微有一笑，道：「張侍郎爲閣下拾酒杯之時，其後閣下所說的話證實了朕的猜想。能得張侍郎如此恭敬相待的必是身分遠高於他的達官顯貴，而縱觀大金朝廷，除了閣下，又有哪位青年權貴能這般精通漢語？」

宗雋讚道：「好眼力。皇帝陛下對本朝情況果然瞭若指掌。」

托起侍女奉上的茶，幾縷融有強烈熱度的霧煙嫋嫋升起，趙構透過輕霧淡看杯中碧色，對宗雋道：「承讓。若閣下眞有意掩飾身分，也不會讓朕這麼快看出。」

宗雋展眉一笑：「若陛下未能看出，那我此番南下也就失去了意義。但我明白我必會不虛此行。」

「閣下微服隨行，是奉大金皇帝之命麼？」趙構問：「大金皇帝對兩位使臣猶不放心，故讓閣下同行督導？」

「事實是，」宗雋輕描淡寫地說：「我對他們不放心，而大金皇帝也感到有必要派我同行督導。」

「如此說來，張通古接受改議內容亦是出自閣下授意？」

「都是些不損大局的小事，我讓他們不必斤斤計較。」頓了頓，宗雋又說：「就像對你的稱呼，何必拘泥於『江南主』與『大宋皇帝陛下』之分？承不承認，你都是南朝皇帝。」

趙構呈出一絲淡定微笑：「陳王閣下果然豁達明智。想來你南下目的也不僅限於督導金使，可有需朕略盡綿薄之處麼？」

宗雋亦漫不經心地淺笑：「於私，是另有兩個小小目的。一是尋花，一是訪人。」

「哦？」趙構略一揚眉：「尋花？」

「是。」宗雋舉目朝窗外望去，淡視月下花影，道：「臘梅。」

趙構遂問他：「閣下欲尋何種臘梅？」

「此事說來話長。」宗雋一笑：「我任東京留守時，有一屬下名爲烏里台，看中了其部將蘇卓府裡園中自南朝移來的十二株玉蕊檀心臘梅，半要半搶地弄到了自己手中。蘇卓敢怒不敢言，暫時忍下這口氣，一時未與烏里台有何衝突。豈料不久後烏里台患急病身亡，臨終前把大半家產和那些臘梅都分給了正室所生的幼子查哈，而長子穆伊所得極其有限。那時穆伊見搶來的臘梅無人懂得培植，已日漸枯萎，勸查哈把花還給蘇卓，說：『你既養不活這花，何不將花還給蘇卓，他得了花必會因此感激你，日後再養好了，興許還會主動剪枝贈給你插瓶，如此一來有花同賞，你們各自都有好處，何樂而不爲？』」

趙構聽得頗爲專注，此刻頷首道：「這穆伊極有見識，卻不知他弟弟會否聽他建議。」

宗雋搖搖頭，繼續說：「查哈不同意，堅持說臘梅是父親傳給他的，就是他的財產，不會還給蘇卓，穆伊也不得過問。語氣冷硬，穆伊便與他爭執幾句，隨後搬出府中，獨居於城外，平時兩兄弟亦

不再往來。某日查哈出城打獵，偶經穆伊所居小屋，見那居室異常簡陋，便揚聲取笑，穆伊聽見頓時大怒，遂拔刀相向，兩人打了起來。而這時，蘇卓正巧帶著一批隨從路過此地……」

趙構了然微笑：「想必蘇卓亦聽說過穆伊建議還花的話，所以此時必會出手助穆伊。」

「不錯。」宗雋含笑道：「蘇卓本就頗有功夫，何況又有侍從隨行，當即出手將查哈拿下，並在穆伊默許下，一刀結果了查哈。」

「就這樣殺了他？」趙構問：「查哈的家人會服麼？」

宗雋道：「當然不服。他們告到了我那裡。」

趙構笑問：「那留守大人是怎麼判決的呢？」

「我喜歡聰明的人。」宗雋忽地大笑，道：「比起浮躁輕狂的查哈，我更欣賞有頭腦的穆伊。再說，蘇卓懂得幫助對他友善的穆伊，此舉亦得我心。所以我說是查哈挑釁在先，蘇卓是助穆伊自衛，兩人都無錯，並讓穆伊接管了查哈的財產。」

趙構拍案喝彩：「此案閣下處理得甚妙，佩服佩服！此後那臘梅穆伊必還給了蘇卓罷？」

宗雋點頭，說：「那是自然。不過很可惜，臘梅那時已全然枯萎，救不活了。遼陽府中也再無同樣的品種，因此穆伊託我日後幫他在南朝尋幾株一樣的臘梅還給蘇卓，我答應了他。」

「這容易。」趙構引袖一指園內臘梅：「玉蕊檀心朕這園子裡多的是，閣下盡可隨意挑選。」

宗雋淺笑道謝。趙構擺手道：「區區幾株臘梅何足掛齒。倒是閣下說服大金皇帝將河南地還與大宋之恩，朕一時無以為報，」此刻凝視宗雋的目光忽然有奇異的專注：「若日後有蘇卓相助穆伊那樣的機會……」

宗雋亦留意看他，悠悠道：「若事如人願，陛下可得的，又豈止河南地而已。」

趙構欣然起身，負手踱至宗雋面前，微笑道：「難得你我一見如故，談得如此投機，不如就此為兩國結下友好盟約，立書為誓，若大事得成，必永世修好，互敬互助？」

宗雋也站起，神色和悅，卻未答應：「我如今並非一國之君，不便為國立約。」

趙構道：「遲早的事，其實並無區別。」

「未必一定要立書為證，君子一言，駟馬難追。」宗雋淡淡一笑，舉起右掌，道：「我們擊掌盟誓如何？」

凝眸沉吟，卻也不過短短一瞬，趙構頷首道了聲「好」，抬手與他相擊，「啪」地一聲極為響亮，隨即兩人相視展顏而笑。

九　解珮

趙構再命侍女取來御酒，與宗雋坐下對飲，其間婉言再探金國朝局，宗雋卻未再多說什麼，只道：「待需幫助時，宗雋自會告訴陛下。」趙構便也不好就此細問，須臾轉移了話題：「適才閣下說此次南下還欲訪人？」

「不錯。我有意拜訪兩人，」宗雋道，一笑：「其中一人如今已見到了。」

趙構知他指的是誰，微微抬頷，示意侍女為宗雋斟滿杯中酒，心照不宣地迎上他的目光，氣定神閒

地等他說下去。

「金人口中的『康王』和宋宗室常提起的『九哥』是大金兩朝皇帝最大的敵手。不過，若非一位故人對『九哥』異乎尋常的關注，我對你的印象也許僅停留於幾位見過你的兄弟的簡單描述上，也不會有要與你結交的想法。」待酒斟滿，宗雋也不急於舉杯，以一手閒握杯身慢慢轉動，目光仍落於趙構臉上，似還在細細觀察：「在我與她相處的那段日子裡，常會聽她提起兩人，第一個便是你，慷慨請行出使金營傲視敵酋的康王，復國於危難擔當起大宋中興大任的『九哥』。」

他目蘊的淡淡笑意有細微的繁複，一系列的修飾辭句並未讓趙構覺得有受褒獎之感。趙構暫時不去細品他言辭與表情中的玄機，平靜地問他：「這位故人是宋宗室子？」

「不錯。」宗雋答說：「她常在我面前誇你的英武剛勇、高尚氣節、冷靜睿智，和文明之邦天潢貴胄的優越氣度。年輕有爲的康王出任天下兵馬大元帥的輝煌經歷是她終日炫耀的資本，已即位稱帝的九哥揮師北伐一雪靖康恥是她永世不滅的夢想。」

眸光隨他的話語逐漸暗淡，一絲帶著雪意的梅香壓過濃郁的御酒氣息詭異地襲來，心便這樣涼了一下，趙構索然問：「她是誰？」

依然握酒在手，宗雋有意無意地略向後一靠，目光散漫，神態悠然：「她便是我此次想見的第二個人，柔福帝姬……或者，現在應該叫……福國長公主？」

「閣下跟舍妹很熟麼？」趙構冷冷問：「她是你什麼人？」

宗雋朝他舉杯，淺笑：「故人。」

趙構沒舉杯以應，漠然側首望向窗外：「舍妹微恙在身，恐不便見客。」

「手腕上的傷，養至今日應該已大好了。」言罷宗雋自己飲盡杯中酒，再看趙構：「聽說她自受傷之日起一直住在宮裡，你命御醫日夜守候觀察治療，她現在已基本痊癒。」

趙構略一笑：「你知道的事頗不少，消息十分靈通。」

宗雋哈哈笑道：「哪裡哪裡！我從東京送部書給大金皇帝你都如此關心，而今我自己前來臨安見故人，連她患病情況都不清楚，豈非太失禮？」

趙構直身而坐，凝眸看他半晌，忽地再露笑容，提壺為宗雋再斟一杯，然後雙手舉杯致意。宗雋亦心領神會地依樣舉杯，兩人相對飲盡。

放下酒杯，趙構緩緩開口：「舍妹南歸後似將金國舊事全然遺忘，只怕並無與你敘舊的心情。」

「無妨，但將我來訪之事告訴她。」宗雋微笑說：「也許這正是治她失憶症的藥引。」

「她未必願意想起以前的事。」

「她不願想起，難道你就不想知道麼？」

趙構抬目：「此話怎講？」

「我是說，」宗雋道：「若你讓我見她一面，我大概會告訴你一些你想知道的事。」

旁邊燭臺上的一支蠟燭此時燃盡，光焰湮滅，一縷青煙如游絲般弱弱浮起。一名侍女忙過來換上新燭，待她點亮燭火，趙構向她命道：「去請福國長公主過來。」

侍女答應離去。趙構看著宗雋再問：「你說舍妹在金國時常提起兩人，另外那人又是誰？」

宗雋一時不答，反問：「你覺得會是誰？」

趙構想想，道：「莫非是我們的三哥鄆王楷？」

宗雋搖頭：「鄆王她是會不時提起，但也沒總掛在嘴邊。」

趙構奇道：「那還有誰？」

「我也很想知道他是誰。」宗雋凝視趙構，笑容有公然的曖昧：「她說，那是第一個吻她的人。一個有別於我這野蠻夷狄的完美男人。」

關於她的粉色回憶在心底轟然蔓延，突如其來的震撼之後是酸澀的觸感。趙構垂目，不讓雙眸透露悸動的情緒，手心和臉上的皮膚一樣冰涼，他想他開始理解她的失落與悲哀。

然而只得繼續與宗雋把酒言歡，換了些輕鬆的話題，依然是鎮定自若的神情，但說了些什麼他卻不太記得。

少頃，侍女回來，稟道：「長主說現在太晚了，她明天再來向官家請安。」

趙構尚未開口，宗雋便先命那侍女說：「再去請長主，說大金陳王完顏宗雋求見。」

侍女目詢趙構意見，趙構頷首許可，她便重又去請。片刻後又是獨自歸來，道：「長主說，她從來不見陌生人，何況是金……金……」遲疑著未說完，想來那「金」字後面不會是什麼好聽的字。

趙構淺笑擺首，對宗雋道：「她脾氣一向不好，估計一定不肯過來了。」

「宗雋能煩勞陛下親自去請她過來麼？」宗雋道，言辭間平地多了分客氣：「宗雋此行不易，若見不到她，必將深感遺憾。這點，想必陛下能明白。」

收斂了所有笑意，他的表情顯得頗爲嚴肅，這讓趙構略覺詫異，也對他們之間發生過的故事倍感好奇。於是終於應承，起身親自去找柔福。

她早已緊閉閣門，不理會內侍的通報，只命宮女在門後說：「長主已經睡下了。」

「瑗瑗，」趙構揚聲問她：「九哥親自來請你也不見麼？」

「不見！」她在裡面應道，聲音中帶有冰冷的慍怒：「一個金人羯奴，無聲無息地溜進宮，對你說是金國的王爺，你就信了？還讓你妹妹出去見這莫名其妙身分可疑的人，這是什麼道理？」

趙構無奈地笑笑，掉頭回去，告訴宗雋：「她還是不願見你。」

宗雋長歎：「果眞決絕至此麼？」然後起身，向趙構告辭，邁步欲離去。

「陳王閣下留步。」趙構忽然叫住他：「她只是懷疑你並非陳王，你可有能證實身分的物件給她？」

宗雋先是搖搖頭，仍然向外走，步履卻始終猶豫，走至園中臘梅花間畢竟還是停了下來，折回，自腰間解下一個玉珮遞給趙構：「把這個給她。」

趙構接過，見此玉珮爲橢圓形，寬近三寸，厚約寸半，正面弧凸，通體以鏤空加飾陰線紋雕成。玉料瑩潤呈青色，圖案爲一隻鷹鶻海東青自天際俯衝而下，地上有一正埋首躲進荷葉叢中的大雁，雕工精細，景象如生。

十　雪舞

柔福乍見此玉珮時的表情是趙構有意探知的事，可她依然倔強地將他拒之門外，使他不得已地命她的侍女將玉珮轉交給她，同時亦失去了獲得答案的機會。

這次等待彷彿變得格外悠長。夜空有雪飄下，細白的雪花舞得輕盈優雅，落在他的臉上卻瑟瑟地化

爲一粒粒纖細的水珠，悄無痕跡地迅速消失，不過是一次瞬目所需的時間。如此反覆，不覺已夜深，綸巾半濕，素衣微涼。他堅持站在她宮室外，看她何時將門打開。

終於閣門輕啓，她踏著一泊傾流而出的光亮緩步走來，手裡握著那塊玉珮，在趙構面前伸手，說：「我不知道這是什麼，還給他。」

趙構接回玉珮，轉目對她身後的侍女說：「把長主的披風拿出來。」

「不必。」柔福轉身，懨懨地說：「我要回去睡了。」

他當即捉住了她的右腕，拉她面對自己：「跟我去見他一面。」

她蹙眉掙扎：「我不去！他與你有什麼交易？你難道會信他所說的話麼？」

他以臂箍緊她：「該信什麼不信什麼我自然知道。但若這次你不去，日後必會後悔。」

她吃驚地停下來，睜目緊盯他，兩人對視良久，她才放棄，垂目低聲道：「好，我跟你去，但要他離我遠點。」

他點點頭，命一旁的內侍先去在梅園中的雪徑亭掌燈備座，然後自匆忙跑來的侍女手中接過披風，親自給她披上，並溫柔地拉風帽讓她戴好，再與她同往。

來到雪徑亭中，她側身坐下，不直面數丈外的怡眞閣，目光無目的地落在亭外的臘梅枝頭。

宮中依制爲徽宗服喪三年，她一身白衣素裙，披風也是純白的，滾了一圈雪貂皮裘的風帽下露出的小臉白皙純淨，周圍懸掛的宮燈外罩與臘梅的顏色也同樣應景，微積的雪淡化了其餘斑駁的色彩，潔淨的素白與她的冷漠靜靜地與夜色對峙。

趙構負手立於她身邊，舉目朝怡眞閣望去，見那裡的完顏宗雋已得知消息，從容邁步走出閣，卻被幾名內侍禮貌地擋在離亭約四丈以外，他亦不爭，便停在那裡，追逐柔福身影的眼神無奈而感慨，如一聲幽深低迴的歎息。

宗雋一瞬不瞬地凝視亭中的女子，趙構知道他在期待她的回顧，而她保持著起初的姿態，連眉目都不曾牽動過，像是已被夜間的冰雪凝固。

「恨他，就看他一眼，記住他最後的模樣。」趙構看著宗雋，雲淡風輕地對柔福說。

柔福像是不太懂這話，略怔了怔，困惑地側首看了看趙構，沉吟片刻後終於站起，輕輕轉身，望向遠處的宗雋。

行動轉側間風帽徐徐滑落，垂於她的肩上，絨絨的貂毛如一圈白雪。她的頭髮鬆挽成髻，顯露出的玉頸優雅，線條美好。此刻她微抿薄唇，眉色淡遠，秋水空濛。

與她目光相觸，宗雋笑意淺呈，略一側首，仍目不轉睛地看她，同時朝她微微欠身。

與他默默相視片刻，她忽然閃爍的雙眸瞬間潮濕，倉促地背轉身，朝著宗雋與趙構都無法看見的方向，然後引袖，似在拭臉上的某種痕跡。

趙構狠狠地捏手中玉珮，玉珮在手中冰涼。

「送福國長公主回去。」他冷冷命令內侍宮女，柔福聞聲亦低首轉身，朝他一福，再在內侍的引導下啓步走出。

但走了幾步，她又停下，回眸輕聲問：「九哥，你適才對我說的那句話是什麼意思？」

他溫和地看她，道：「瑗瑗，我答應你。」

她不解，挑眉以問。

他微笑：「我是答應了你曾向我提出的某個要求。」

她悚然驚覺，看他的目中閃著奇異的光，唇動了動似欲說什麼，可終於還是未說出口，默然俏立須臾，然後素色一漩，潔白的身影如雲飄去。

回到閣中，趙構逕直坐下，看著宗雋，暫未說話。

「她幾乎還是以前那樣。」宗雋笑笑，道：「幫我照顧好她。」

這說法在趙構聽來顯得突兀而令人不快，冷道：「幫你？」

宗雋頷首：「是。因爲我以後會正式迎娶她。」

趙構訝異之下倒看著他微微笑了。

「你不覺得，和親是讓兩國修好的一個有效方法麼？」宗雋淡然問。

趙構道：「可是她已經嫁人了。」

宗雋嗤笑：「你與她，都沒把那駙馬當回事罷？」

趙構一時沒反駁，但轉言道：「朕不會把妹妹嫁給她恨的人。」

「恨？」宗雋道：「她的愛與恨向來不純粹。」

趙構冷靜淡視宗雋眸中異乎尋常的幽亮光焰，問他：「解釋一下她對你懷有何種不純粹的恨？」

宗雋走至窗前，近處有梅舒枝傲立，枝上承接了脈脈細雪，而花蕾花瓣不著絲毫塵泥，瑩潔依然，清香如故，回想剛才那女子驚鴻回眸，冰雪風骨，宛如寒梅，不覺有些悵然：「那時她想要的，是我無法給她的東西。抗拒是她最慣用的姿態，那樣倔強，終至怨恨……」

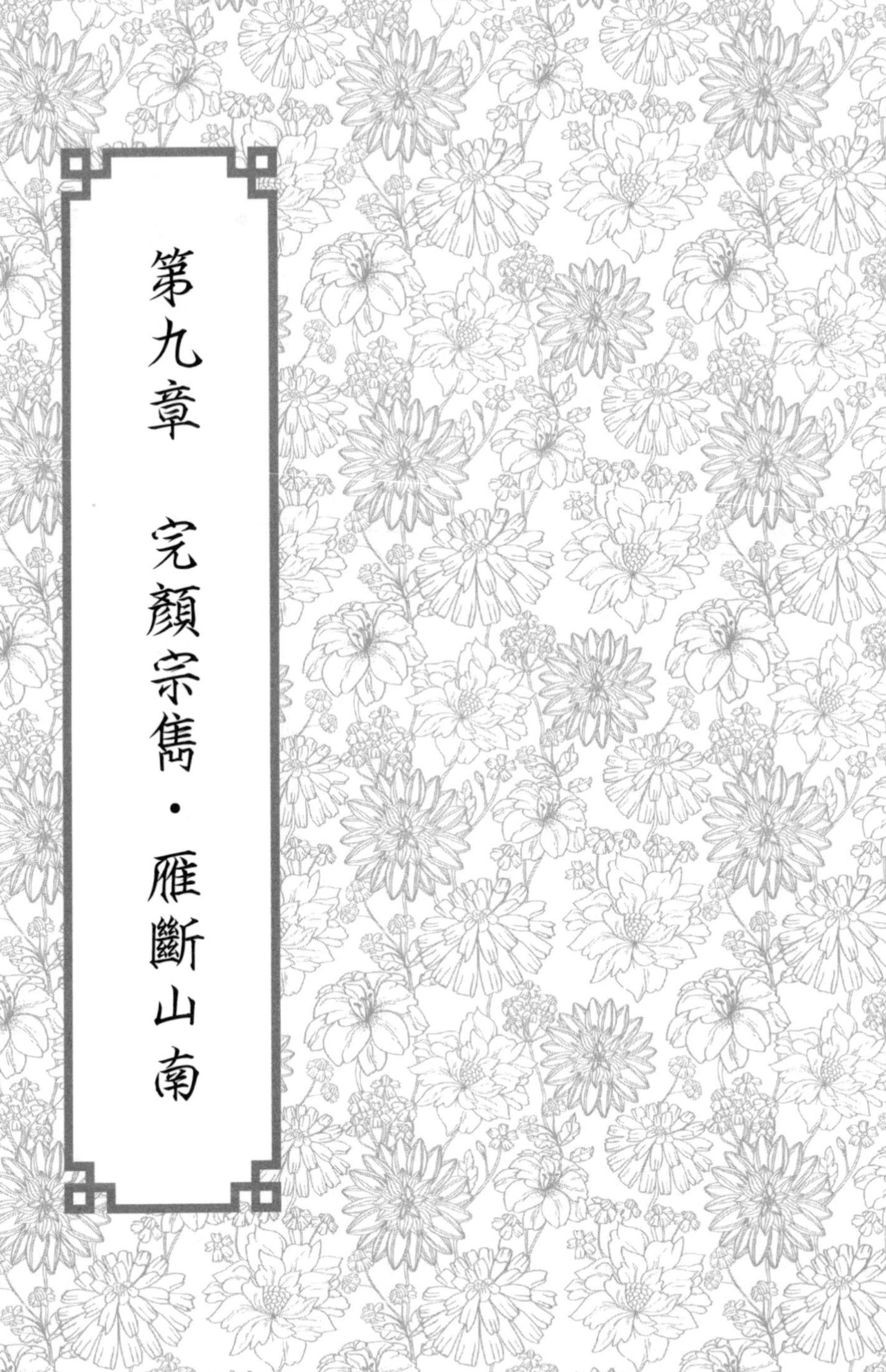

第九章　完顏宗雋・雁斷山南

一　赤日

金天會四年（宋靖康元年）閏十一月辛酉晨，雪霽，有霧。

穿過避開積雪的行道，二十多歲的戎裝男子自遠處馭馬馳來。節奏不疾不徐，漸行至汴梁城南門南薰門外。

金軍鐵騎夾道守衛於兩側，此刻人紛紛下馬，皆跪左膝，蹲右膝，拱手恭迎：「八太子！」

金太祖完顏旻第八子完顏宗雋勒馬而下，一壁揚手示意兵卒免禮，一壁毫不停歇地拾級登上南薰門城樓。他摘下頭盔以一手攬著，隨意披散的長髮於行動間向後揚去，在兩側剃髮結辮的女眞士兵映襯下顯得尤爲醒目。

城樓上的將領含笑相迎：「八太子來得眞巧，那送降表的皇帝老兒即刻就要到了。」

宗雋微微一笑，站定在城樓正中，朝城內望去，果見一行車馬在被白雪薄霧模糊的背景中逐步浮現。

這天日赤如火，卻無光，頂著那一輪晦暗的血色紅日，細若游絲的佇列遲緩地朝南薰門方向蜿蜒。

這是大宋皇帝趙桓帶領的素隊，前後約莫千人，本著向金出降的因由，不豎旌旗，不張傘蓋。

開道的宋騎兵在距南薰門數丈外停住，分列開來，讓趙桓以領騎的姿態先臨門下。趙桓左右一顧，但見鎭守這大宋京城大門的士卒全換了金兵，個個按刀執矛，神色肅穆，一派嚴陣以待的模樣，不由又是悲涼又是緊張。抬頭向上望，目光與城樓上一貌似統軍的年輕金將相觸，見他居高臨下地審視自己，眼神冷漠，唇角卻銜淺笑，趙桓倏地又是一驚，忙垂下眼簾，事先準備好的言辭瞬間全忘，茫然盯著面前鐵門下與塵泥相和的冰屑，不知該如何開口。

垂視趙桓良久，宗雋徐徐揚聲用漢語問：「來者何人？」

趙桓才又仰首，答道：「朕……朕是大宋皇帝……趙桓。」

「哦？」宗雋再問：「何故來此？」

趙桓呆了呆，臉龐上有越來越烈的灼燒感，艱難地控制住語調，用比剛才略低的聲音說：「朕欲往青城齋宮，與大金國相、二太子議事……請將軍開門治道。」

宗雋這才呵呵一笑，道：「大宋皇帝親出議事，甚好。皇帝陛下帶近臣親隨數十人出城即可，我自會另遣大金精兵護衛迎送，確保陛下一路平安，但請放心。」

趙桓見城門緊閉，門前金兵肅立，城樓上密密一層弓箭手正引弓待命，只得歎了口氣，回首命親隨等八十餘人隨自己出城，其餘宋軍留於城內。

宗雋見狀遂傳令開門、放吊橋於護城河上，讓趙桓一行人通過。

趙桓道謝，正要前行，忽又望見門外鐵騎如雲，馬上驍將都虎視眈眈地緊盯自己，心下忐忑，猜大概自己乘馬而行未免顯得囂張，不如步行以示謙恭，便俯身欲下馬。不料此時卻聽宗雋厲聲喝止，趙桓聞聲大驚，剛點地的一足立即又縮了回來，尷尬地斜伏在馬背上，上也不是，下也不是。

城樓上的宗雋與身邊將領相視一笑，再吩咐左右兵卒：「奏知皇帝，這不是下馬處。」兵卒一層層傳令下來，趙桓聲聲入耳，與一干近臣都羞愧得無以復加，卻也只有迅速乘馬如初，在金軍鐵騎的夾道「擁衛」下朝青城行去。

宗雋目送趙桓遠去，再轉身回望銀裝素裹的汴京城，微笑道：「今日眞是好天氣。」

身側將領接話：「是呀，這大雪連下了八日，昨日才放晴。今天這日頭紅豔豔的，眞好看，就是霧氣重了點……聽說昨晚這城中人看見了掃帚星……」

宗雋迎著紅日仰首閉目，感覺那晦暗紅光透過霧煙和垂拂於臉側的幾絲散髮沉澱入眼底，「白氣出太微，彗星見……」他又不動聲色地笑了笑，「這座皇城氣數已盡。」

立馬一時許，趙桓一行抵達青城齋宮。出降議事要見的是金國相完顏宗翰及金太祖第二子完顏宗望，但宗翰只命人領趙桓入齋宮偏廳歇息，卻不出來相見，另簡單傳了句話：「二太子領軍駐紮在劉家寺，現天色已晚，往來不便，容來日拜見。」

趙桓本想議事後當日便回京，一聽這話心知敵酋有意將自己扣留於此，卻又無計可施，垂頭喪氣地坐下，愁眉不展。

隨行官員們面面相覷，悄悄交頭接耳低聲商議。半晌後，有人建議道：「城中軍民尚不知陛下今夜要留宿於此，爲免引起無謂恐慌，陛下不妨下詔通告，駕報平安，以讓軍民安心。」

趙桓沉吟一陣，點頭同意，黯然命道：「爲朕草詔：大金已許和議，事未了，朕留宿，只候事了歸內。仰軍民安業，無致疑慮。」

獲金人許可後，一位宋臣奉黃榜乘馬馳向南薰門。趙桓沉默著枯坐至日暮，有金卒送了些湯餅入內供宋君臣食用，但趙桓瞧也不瞧，歎氣推開。

「此地夜間風寒露冷，陛下還是多少吃一點暖身罷。」話音未落，一人邁步入內。趙桓抬目看，見又是此前在南薰門遇見的金將，頓感惱怒，側首不語。

宗雋卻也不惱，悠悠踱步細看眾人情形，像是忽然想起了什麼，問趙桓：「不知陛下可曾帶被褥來？」不待趙桓回答又微笑道：「我等本欲供進，但又念及陛下尊貴，平日所用之物必非凡品，我們準備的被褥粗陋，陛下若是用了，只怕晚上不得安寢。」

群臣這才想到，因無留宿計畫，確實不曾帶被褥，而這廳中只有幾件日常傢俱，不見寢具蹤影，宗雋言下之意是不欲提供了。如今天寒地凍，沒有被褥如何安歇？便有幾人要上前問宗雋索要，不料趙桓揚手止住，惟冷冷對宗雋道：「多謝將軍。此事不勞將軍費心。」

宗雋一哂，也再不多話，轉身離去。群臣只得儘量將所帶衣物布帛拼湊在一起，選出有厚度的鋪在室中，勸趙桓借此就寢，其餘人等圍聚在四周，瑟縮著閉目小寐。君臣都難成眠，但聽一夜寒風呼嘯，好不容易才捱到天明。

翌日，仍不見宗翰宗望人影，只有幾名金臣過來與趙桓商量，要請太上皇趙佶也出郊議和。趙桓婉拒，宋臣輪番上前勸說，金臣最後才拋下一言悻悻而退：「大宋皇帝果然仁孝。」

第三天午刻，宗翰終於命趙桓奉表與宗翰宗望相見於齋宮。二帥皆高大奇偉，宗望約三十多歲光景，身材尤顯瘦長，眉目與宗雋略有些相似。宗翰看上去大他十餘歲，面黑虬髯，貌甚威猛。

宗翰先讓人將齋宮屋脊鴟尾用青氈裹了，連帶著宮牆屋簷有龍處都以帷幕遮蔽，才在殿前院中設了香案，命趙桓呈上降表，並朝北遙拜大金皇帝完顏晟。

這日忽又狂風大作，齋宮中金國旌旗蔽日，迎風招展，如黑焰燎原。天空陰雲欲墜，化作羽片般雪花，重重疊疊地飄落在剛清掃乾淨的地上，不消多時又積起厚厚一層。

趙桓雙手托降表，面色青白地走向設香案處。踩在雪地上，聽最後的尊嚴與積雪在足下瓦解的聲

音，每一步都走得艱難。

走到香案前，趙桓勉強跪下，舉降表準備交予宗翰身邊近臣高慶裔，卻聽宗翰揚聲道：「且慢！既是大宋皇帝親寫的降表，理應由皇帝陛下自己親口讀出，以示誠意。」

高慶裔將宗翰意思翻譯給趙桓知曉，趙桓無奈，慢展降表，甫念及開篇「臣桓言」三字已悲不自禁，兩滴淚落入身前雪中。金人毫不憐憫，個個薄露笑意，好整以暇地等，宗望甚至故意對高慶裔道：「你讓他大聲點，聽不見！」

趙桓只得強抑悲聲，提高了聲音，一字字地將降表中屈辱謙卑的言辭朗讀示眾：「臣桓言：伏以大兵登城，出郊謝罪者。長驅萬里，遠勤問罪之師；全庇一宗，仰戴隆寬之德。感深念咎，俯極危衷。臣誠惶誠懼，頓首頓首。猥以眇躬，奉承大統。懵不更事，濟以學非，昧於知人，動成過舉。重煩元帥，來攻陋邦……」

宗翰與宗望未等他讀完已相視哈哈大笑開來，趙桓一怔，又不敢多作停頓，依舊強念下去。

「……無任瞻天望聖，激切屏營之至，謹奉表稱謝以聞。臣桓誠惶誠懼，頓首頓首，謹言。」待在二帥笑聲中念完這最後兩句後，趙桓合上降表，深埋頭，羞於讓人見其已如死灰的面色。

宗翰卻還不依不饒：「這禮還沒行完呢！」

高慶裔接過降表，欠身提醒趙桓：「陛下還應北向拜謝大金皇帝。」

趙桓泫然俯身，朝北叩首四次。諸宋臣眼睜睜地看著，皆紛紛掩面拭淚，歔欷不已。

禮畢，二帥請趙桓入席。行酒三盞後，趙桓見二帥面有悅色，方重提議和之事：「天生華夷，自有分域，本應各守疆土，友善共處。何況如今天意人心，未厭宋德，貴國將士出征已久，必也牽掛家中父母妻兒，不存戀戰之心，若兩國通和，遂有解甲之期，何樂而不爲？」

宗望笑道：「若要我們現在率軍歸國，你給我們什麼好處？」

趙桓回首吩咐近臣：「將朕帶來的府庫金帛獻上。」

頃刻間堆積如山的金銀匹帛已呈於二帥面前。趙桓再低首補充道：「若和議締結，我將再選宮中奇珍及女樂數十人贈於二位元帥。」

宗翰聽了大笑應道：「你們京城既被攻陷，城中一人一物便都歸我大金所有，你哪還能拿這些什物來求和！不過你帶來的東西我們且先收下，就當是你賜給我軍中將士的禮物罷。日後該怎麼做，我們要聽大金皇帝詔命，暫時是走不了的，你這東道還得做下去，若這幾日我們還需些財物婢女，你可別吝嗇不給。」

趙桓無言以對，宗翰催他表態，他最後只得鐵青著臉點了點頭。宗翰才又笑道：「如此甚好。你出來多時，恐城中軍民不安，早些回去罷。」

趙桓如蒙大赦，忙起身告辭。二帥送其上馬，命宗雋帶侍衛護送他至南薰門。

城中官吏士庶得訊奔相走告，紛紛朝南薰門趕去，攜香瞻望絡繹於道。見雪中行道泥污，百姓主動運土墳路以待御車歸來。待候到皇帝車馬現於天際，臣民歡呼喧騰，爭相傳報，再跪於御街兩側，山呼萬歲，聲動天地。

入南薰門後，數名前來迎接的大臣一見趙桓即扣馬放聲痛哭，趙桓見此情景亦攬轡而泣，淚浥絲帕，久久不能言，直至走到宮城宣德門前，才出聲嗚咽著說：「朕還以爲不能再與萬民相見。」

二　和親

放趙桓回京後，金人每隔一兩日便移文開封府索要良馬、軍器、金帛、婢女等，因上次趙桓在青城齋宮沒明確答應速交三鎮之地，宗翰宗望聽宗雋建議，取宋河東河北守臣、監司親屬質於軍中，稱待地界分割後歸還。二帥又聽人說曾握重權的奸臣家中嬌妻美婢甚多，遂又特意命開封府取蔡京、王黼、童貫等二十家奸臣家屬送入軍寨。

此番送來的婢女中有一出自蔡京家的美人李仙兒，見了宗望竟也不懼，顧盼間不忘嫣然微笑，看得見慣了宋女悲苦哭相的宗望十分歡喜，當即選她侍寢，一連多日對其頗寵愛。

相熟後宗望問李仙兒在蔡家的身分，李仙兒說她起初原是服侍道君皇帝第五女茂德帝姬趙福金的宮女，後茂德帝姬下降蔡京第七子蔡鞗，她便也陪嫁入公主宅，但始終只是個無名無分的普通侍女。

宗望奇道：「以你的姿色，當個皇帝娘子應該也不是難事，怎的連個偏房都混不上，莫非你們那駙馬爺瞎眼了？」

李仙兒幽幽歎道：「我的爺，這裡有兩個緣故：一是茂德帝姬是我們太上最寵的兩個女兒之一，無人敢得罪她。她的母親大劉貴妃生前甚得太上寵愛，茂德帝姬又性情溫柔和順，從小就很乖巧，太上愛若掌上明珠，因此給她挑的夫婿是當時最有權勢的蔡太師家七公子。爲讓她婚後也方便隨時入宮，太上甚至還下令在帝姬宅與宮城之間建飛橋復道——這是三皇子鄆王才有的殊榮……」

宗望插言笑道：「我明白了，駙馬見太上鍾愛帝姬至此，肯定也不敢明目張膽地納妾，若是惹帝姬不高興，立刻可走飛橋復道入宮告御狀，他小子麻煩就大了。」

李仙兒搖頭道：「也不盡然，還有另一原因：茂德帝姬不僅性情好，更有傾城傾國的容貌，男子見了沒有不喜歡的。駙馬爺當然也不例外，自尙帝姬後與帝姬一直很恩愛。我這樣的姿色，放到尋常女子中也許還算扎眼，但跟帝姬一比，就像蘆草之於牡丹，駙馬爺哪能看上眼呢！」

宗望聽了出神地沉思半晌，道：「我曾聽向大金投降的內侍鄧珪說，宋宮嬪妃、帝姬美如天仙，當時我還沒怎麼在意，如今聽你這般說，想來的確是眞的了。」

李仙兒含笑道：「那是自然。我們太上書畫雙絕，鑒賞美女的眼光這天下更是無人能及，他選的嬪妃，生的女兒能不美麼？」

宗望呵呵一笑，攬她腰入懷，再在她耳邊低問：「你剛才說茂德帝姬是你們太上最寵的兩個女兒之一，那另一個帝姬是誰？」

「王貴妃生的柔福帝姬。」李仙兒答，又道：「不過她雖然也長得嬌俏，可尙顯青澀，身形看上去還像個孩子，畢竟不若她五姐茂德帝姬纖穠合度，亭亭玉立。茂德帝姬今年二十一歲，正是女子最美的時候……」

此時見宗望半仰首呆看上方，貌甚神往，李仙兒便用手中絲巾作勢拂他鼻子，白他一眼，嗔道：「元帥這麼快就得隴望蜀了？不過這茂德帝姬跟我可不一樣，若是我等命賤的婢女，元帥知會開封府一聲就立馬有人乖乖地把我們送來，但帝姬是太上寵愛的金枝玉葉，官家與她雖非一母所生，但這些年待她也很好，元帥要見她可很難呢！」

宗望大笑著一掐她臉頰：「她爹她哥待她好又怎樣？你要不要跟我打個賭，若要你們太上和官家在皇位性命與她之間選擇，他們會選什麼？」

次日宗望與宗雋擊鞠間隙聊及此事，宗望問：「我欲給開封府發個文書，命他們速將茂德帝姬送來，你看是否可行？」

宗雋以軟帕仔細地拭擦球杖下端的半弦月，淡笑不語，待把那杖頭拭得纖塵不染，才引至嘴邊吹了吹，半垂著眼簾道：「宋人好面子，二哥把話說得太直接，恐怕他們會矯情地故作反抗。不如換個他們容易接受的說法，例如，和親。另外，聽說茂德帝姬已嫁給蔡京的兒子，既要她和親，就要設法先除掉她那駙馬。」

宗望撫掌笑道：「還是你鬼主意多！這我先前倒沒想到。你有沒有看上的帝姬？也挑一個命開封府送來和親罷。」

宗雋擺首：「這我不急，宋人嬪妃帝姬皆歸我大金是遲早的事，我閒著沒事想找些漢人的書看，二哥順便幫我問開封府要些監書藏經罷，如蘇黃文及《資治通鑑》之類……二哥索要帝姬和親別忘了也給國相要點好處，其餘人等也要打點好，別給人日後在郎主跟前說閒話的機會。」

宗望一口答應：「這有何難？我美人金銀一起要，美人歸我，金銀讓國相拿去分便是……對了，這回問宋人要多少金銀合適？」

宗雋提起球杖走回球場，邊走邊朗聲笑道：「查查他們國庫還有多少錢，照著那數翻幾倍就是了。」

自此後宗望與宗翰商議，一面繼續以索要奸臣家屬爲藉口點名要趙桓送蔡鞗出郊，一面變本加厲地向宋索要財物。趙桓果眞奉命於這年歲末把蔡鞗押送至青城交予金人監禁，財物方面因宋府庫已空，只得向百官、貴戚徵收金銀送往金寨，但仍遠遠不及金人索要之數。

天會五年（宋靖康二年）正月元旦，趙桓遣濟王、景王入金寨賀歲，並犒以金銀。過了七天，又派何㮚來見二帥求減金銀之數。

宗翰冷眼看何㮚道：「告訴你家皇帝，把我們要的三鎮之地割給我們再談減金銀的事。」

宗望也盯著他，提出和親的要求：「若你家皇帝答應送茂德帝姬與我和親，才可考慮議減金銀。」

何㮚目瞪口呆，訥訥道：「割地之事容我君臣再議……茂德帝姬早已下降，現爲人婦，皇上一定不會答應……臣不能奏請。」

宗望頓時拍案怒道：「你既做不了主，那跟你議事有何用？好，我就讓你家皇帝自己獻上，不煩再議！」

何㮚聞聲才一哆嗦，又聽宗翰厲聲喝道：「回去告訴趙桓，立即再入軍寨與我們面議繳款限期，否則我立即領軍屠城！」

翌日二帥正式致書趙桓，並遣高慶裔前去邀令趙桓出城面議。趙桓不得已，只好於正月庚子這天再往青城。這次趙桓特意攜鄆王楷同往，宋臣何㮚、馮澥、曹輔、吳幵、莫儔、孫覿、譚世勣、汪藻、郭仲荀、李若水等十人隨行。抵達金軍寨後二帥命趙桓及親王、宋臣留下，其餘兵卒內侍不得入寨，先行回城。

趙桓居於齋宮端成殿東廡，仍與上次一樣，金人不供被褥寢帳，且鐵索鎖門，禁止趙桓一行人出外。夜間又是苦寒難耐，眾臣惟有擊柝燃薪消磨時光，終宵難眠。

天明後趙桓求見二帥，二帥拒而不見，只命保靜軍節度使蕭慶出面索要人與財物，宋臣駁辯良久皆

無功而返，最後只好再與趙桓商量。吳幵、莫儔低聲密勸趙桓：「事到如今，陛下不許以重利敵酋必會阻止陛下歸城，陛下萬不可因小失大……」

趙桓憂心如焚，亦沒了主意：「那朕該怎麼辦？」

一個時辰後，吳幵、莫儔扣門求見蕭慶，稱有大宋皇帝旨意要傳。待入到蕭慶廳中，卻見他身邊另坐了一人，金甲戎裝，眼睛正上下打量他們，目光犀利，二人頓時不寒而慄。

「無妨，」蕭慶見二人踟躕，解釋道：「這是八太子，二太子的親弟。」

吳幵這才開口，垂首說：「大宋皇帝允以親王、宰執、宗女各二人，袞冕、車輅及寶器二千具，民女、女樂各五百人入貢，歲幣加銀絹二百萬匹兩，以抵河以南地。」

莫儔上前一步，補充道：「此外，皇上還會另以宗女各一人饋二帥。還望兩位大人在元帥面前多多美言，請元帥早送皇上返城，日後皇上必有重禮相酬。」

蕭慶不語，轉視宗雋。宗雋微笑：「這些貢品還不錯，聽上去有些誠意。但和親一事你們皇上是不是忘了？你們應該提醒提醒他罷。」

吳幵、莫儔相視一眼，都甚爲難，先後道：「這個……茂德帝姬是皇上御妹，太上又一向鍾愛，臣等實在無把握說服皇上……」

「你們一看就是聰明人，一定有辦法說服他。」宗雋笑著一揮手，「我相信你們。回去罷。」

果然，從蕭慶處回到端成殿這短短片刻內，二人已想到請趙桓獻出茂德帝姬的理由。待見了趙桓，二人先跪下叩首，轉述金人再請帝姬和親的要求，又相繼反覆勸道：「蔡京及其子罪大惡極，陛下即位後順應天意民心，殺其二子，將其餘數子流放嶺南，惟顧及兄妹情誼，不忍茂德帝姬受累，故特加恩蔡倖，對其僅除名、勒停。多年來著意善待帝姬及駙馬，這固然是陛下仁德之舉，但蔡京畢竟是罪臣，茂德帝姬既是其兒媳，所得待遇應與其家人無異，陛下若因她帝姬身分厚此薄彼則有失公正，不是明君所爲。如今蔡京女眷及駙馬蔡鞗已作爲罪臣家屬入質金軍寨，茂德帝姬也理宜發遣，何況現在金二太子主動提出迎娶茂德帝姬，陛下不妨把握良機，借和親修兩國之好。一旦良機錯失，和議就很難締結了。」

透過門上縫隙，趙桓凝視門外又被金卒扣上的鐵索，怔怔地想了許久，最後啓開已凍得龜裂的唇，用乾澀沙啞的聲音宣佈他的決定：「傳詔開封府：比者金人已登京城，按甲議和，不使我民肝腦塗地。時事至此不獲已，已許茂德帝姬和親，立大河爲界。」

三 哀笳

這日又如上次一樣，天一亮京中百官僧道百姓便從城中各處趕至南薰門，以待皇帝大駕回城。等到午後尚不見御駕影蹤，開封府遂命兩名小吏前往齋宮探詢消息。經二帥許可，小吏得與何㮚等數名官員相見，略通訊息。片刻後何㮚手書一信命小吏連同趙桓的詔書一併帶回開封府。小吏甫一出門信件便被守在門外的宗雋截獲，展開一看，但見上面寫的是：「大金元帥以金銀表段少，駕未得回，事屬緊切，仰在京士庶，各懷愛君之心，不問貴賤，有金銀表段者，火急盡數赴開封府納。」

宗雋看完，淡淡瞥了見狀迎上的何㮚一眼，何㮚不由心虛，反覆仔細想信中可有措辭對金不敬之處，面對宗雋不敢隨意發話，只誠惶誠恐地欠身待他表態。

宗雋卻只一笑，把信仍舊封好遞給小吏，說：「帶回去，多抄幾份在城中張榜。」

這份公然向京中士庶索要金帛的榜文被迅速張貼在汴京大街小巷中，百姓知府庫已空，為皇帝早歸，許多人也應命竭盡家中所有獻上，連一位一向靠救濟維生的福田院貧民也主動納金二兩、銀七兩。但這些細碎金銀湊在一起仍不足數，於是兩日後，京中又出現了這樣的榜文：「聖駕三日不食，大金元帥怪金帛數少，未肯放回。仰尚書省尋差從官卿監，分頭四壁，直入居民家搜檢。」

尚書省增侍郎官二十四員再根括搜掘貴戚、宗室、內侍、僧道、伎術、倡優之家，最後得金三十萬兩、銀六百萬兩，終備不齊金人索要的「犒軍費金」金一千萬錠，銀二千萬錠。開封府送上金銀，婉言再請二帥放宋皇帝大臣歸城，宗望一口回絕，斥道：「你們宋人就是麻煩，一點小事都辦不好。這民間金銀有何難討的？限十五日前納入官，若有而不納、私有藏匿者，依軍法處置。說家裡沒金子，那宋人女子頭上黃澄澄的釵子又是什麼？全都收上來，今後不許以金為首飾器物。」

宗翰也在一旁不耐煩地接話道：「回頭你們繼續把城中金銀搜了送來，若是推托說沒有了，我立即遣大軍入城搜空。」

開封府依二帥意思又再放榜道：「大金元帥台令：『候根刮金銀盡絕中來，當遣大軍入城搜空。』」京中士庶讀榜，皆相顧失色，只得依命將家中金銀首飾器物都一併獻出。

趙桓至青城第六日是上元節，宗望邀其及從臣去他所領軍隊駐紮的劉家寺觀燈。寺內設燈二萬盞，形狀甚精巧，繁星般點綴於院中，將冰天雪地都映出了豔紅暖色，若無兩側將士金戈光影，倒是好一派太平盛世景象。

見趙桓觀燈似頗讚賞，宗望便朝他笑道：「這些花燈看上去眼熟罷？是我命開封府送來的……他們手腳還眞快，昨兒剛下令今日就送到了。」

趙桓尷尬地略微笑笑，頓時失了觀燈的興致，默然入席坐下。

宗望在堂上設宴三席，堂下設六席，露臺設教坊女樂數十人，吹笙擊磬，十分熱鬧。開宴後自顧著與宗翰、宗雋等人猜拳勸酒，觥籌交錯大聲談笑，根本不看坐於一側的趙桓。趙桓見他們飲得高興，有意進言議事，屢顧二帥，而二帥佯裝不知，最後趙桓只得自己站起各敬二帥一杯，見他們神色未改，才開口說：「今日不意獲此良機，與大金二位元帥及眾將軍共度上元佳節，趙桓幸甚。然我至大金軍寨已達數日，叨擾元帥多時，心實不安。而今犒軍費金雖不足數，卻已夠大金將士一時之需，還望元帥容我告辭，我回京後必著力督促京中官吏，速集齊軍費送至青城。」

宗翰持酒漠然道：「錢沒還清就想走？好，把你家太上請出來換你罷。」

宗望亦乜斜著眼睛看著趙桓：「不錯，要想走，讓你爹帶著你妹子來換。」

其餘金將聞言均放聲大笑，而諸宋臣有的低頭無地自容，有的雖怒瞪二帥，卻也都是敢怒不敢言。

趙桓悲從心起，紅著雙目撫案歎道：「太上出質，人子難忍；帝姬改嫁，臣民所恥！上次我下詔命開封府議茂德帝姬和親一事，聽說已被太上一口拒絕，消息傳出滿城譁然。我豈有顏面重提此事！」

「呵呵，」但聽宗翰乾笑兩聲：「你還眞要面子，怕遭臣民恥笑。設若我們乾脆把你家太上和你帝姬妹妹一塊兒捉了，帶著北上歸國，你說你的臣民是不是就不恥笑你了？」

趙桓被他一詰，一時語塞，久久說不出話。宗翰宗望也再不理他，繼續與親友開懷暢飲。

趙桓默坐垂淚間，忽聞露臺上絲竹聲一變，簫管暫歇，一串琵琶聲驟然分明，錚錚然如鶯語花底、珠落玉盤，按曲調聽來，應是〈慶宣和〉。

眾人舉目望去，見彈琵琶者是一紫衣女子，容貌姣好，身姿娉婷約十八九，此刻閉目專注地彈奏，面無表情，渾然不在意他人眼光。

宗望洋洋得意地向眾人介紹說：「這班教坊樂伎是我今日讓開封府從汴京宮裡帶來的。彈琵琶這個據說是太上皇帝寵愛的國手。」

眾金將皆嘖嘖稱奇，一讚國手技高，一讚宗望行事迅速有效。

趙桓平日不好聲樂，父皇的樂伎他毫無興趣，幾乎沒有留意過任何人。如今聽宗望如此說也只多看了一眼，念及她是被強行從宮裡索要來的，心裡倍感悽楚，依舊垂頭悶坐。不想那琵琶女一曲奏罷竟擱下琵琶起身直直走至趙桓面前，曲膝跪下，請安道：「官家聖躬萬福。」

趙桓揮手讓她平身，再一看她，忽覺有些面熟，遂問她：「朕是否曾在宮裡見過你？」

琵琶女頷首，含淚微笑道：「奴婢與官家確有一面之緣。宣和七年十二月，太上決意內禪於官家後，曾請官家入見。彼時太上喚出我及另一姐妹，欲賜與官家。奈何官家只看我們一眼，立時便回絕：『我要她們做甚？』」

趙桓亦點頭，感慨道：「嗯，朕記得……」那時趙佶不得已決定內禪於他，顧及父子失和，有意彌補拉攏，便想賜二美人給他。但趙桓既不好色又對父親積怨難釋，故堅辭不受。

琵琶女道：「我等當時被官家拒絕，自是羞愧難言。但我對此從無怨言，倒是頗感欣喜：爲人君者不好聲色，必存鴻鵠之志，乃萬民之福。」

趙桓聽得漸有赧色，苦笑道：「如今朕這般模樣，一定讓你失望了。」

琵琶女未直接答，但說：「奴婢今日午後隨教坊樂隊出城時，聽見城中百姓在傳唱著作郎胡處晦新作的〈上元行〉，留心記了下來，請官家許我現在唱出，若能得官家聽入耳，奴婢此生無憾。」

趙桓同意，和言吩咐：「你唱罷。」

於是琵琶女回座，抱起琵琶略撥幾聲，便隨著曲調清聲吟唱道：「上元愁雲生九重，哀笳落日吹腥風。六龍駐蹕在草莽，孽胡歌舞葡萄宮。抽釵脫釧到編户，竭澤枯魚充寶賂。聖主憂民民更憂，翳子逆天天不怒……」

聽她公然唱歌痛斥敵酋，在座宋人皆動容，雖覺痛快，卻也知其性命堪憂，一個個聽歌之餘都開始暗暗偷眼看金人反應。

宗翰宗望等人雖也粗學了一些漢話，但這詩歌就只能稀裡糊塗地聽，能聽明白的惟宗雋、高慶裔及幾位通事。宗雋與高慶裔對望一眼，暫時都未作任何表示，其餘通事見他們沒表態，也就都沉默著繼續聽。

琵琶女又唱道：「向來艱難傳大寶，父老談王似仁廟。元年二年城下盟，未睹名巨繼明道。都人哀痛塵再蒙，冠劍夾道趨群公。神龍合在九淵臥，安得屢辱蛟蛇中。朝廷中興無柱石，薄物細故煩帝力，毛遂不得處囊中，遠慚趙氏廝養卒……」

趙桓聽至此處，終於無法強忍，引袖掩面伏案慟哭，其餘宋人也悲聲四起，宗翰宗望覺出異狀，忙問宗雋高慶裔歌中有何深意。高慶裔開始翻譯歌中意思給二人聽，宗雋還是未發一言，凝神聽她唱。

樂音越來越激越，琵琶女鎖眉凝眸盯著堂上眾金將，神情也越發悲憤，玉指一劃，大弦小弦霎時齊鳴，她隨即揚聲高歌：「今日君王歸不歸，傾城回首一啼悲。會看山呼聲動地，萬家香霧滿天衣。胡兒胡兒莫耽樂，君不見望夕欷嘘東北角！」

「角」字餘韻一了，她撫手一按，琵琶樂音隨之凝絕。幾乎同時，宗雋拍案而起，命道：「把她拿下……」

豈料他話未說完便聽露臺上一聲巨響，依然站直的琵琶女倒提著剛被砸破的琵琶朝他冷冷一笑，隨後低首拾起一片尖銳的琵琶碎片，以迅雷不及掩耳之勢狠狠割裂了自己咽喉。

鮮血四濺。帶著一點莫名的懼色看著她咽喉中如泉水般湧出的有熱度的血，本欲上前抓她的金兵也不禁後退了兩步。

琵琶女兀自強撐著站起，推開兩名過來想攙扶她的樂伎，又搖搖晃晃地朝趙桓處移了兩三步，褪爲灰白色的唇邊有笑意綻開：「官家保重。來日重整旗鼓，一雪前恥……」

終於她無力支撐，咚地撲倒在臺階上，除了四肢偶爾的痙攣，她開始歸於安寧。

大睜雙目，兩唇半張，久難閉上，趙桓全然分不出現下情緒是悲哀還是驚懼，只下意識地朝後縮了縮，像是要躲避自她頸下冒出，正向他蔓延的鮮血。

四　協議

開封府仍不時差人來詢問皇帝還駕之期，二帥命蕭慶出面敷衍：「元帥留皇帝赴軍中馬球會，待天晴宴罷便回。」城中太上皇、群臣無計可施，只能讓御史台、大理寺、開封府追捕不交金帛的庶民，行刑懲治。轉瞬之間，受刑者哀號之聲響徹全城。

宗翰見開封府拖了許久仍交不出金帛數，漸失耐心，與宗望等人商議：「他們皇帝老兒在咱們這裡，京中百官百姓終日哭天搶地盼著皇帝回去，卻還是交不出贖金，看來開封府的確是根刮不出多少財物了。我們索性廢了這沒用的皇帝，殺入城中去，痛快搶掠一番便班師回朝罷。」

宗望沉吟良久，終還是擺首反對：「不可，趙桓暫時廢不得。現下康王趙構領兵在外，以天下兵馬大元帥之名與我對抗，有趙桓在手中，我們便可挾宋主以令天下，趙構必有顧忌，會受我等牽制，若廢了趙桓，等於白賜趙構自立為帝的良機，倒讓他小子逞志！」

蕭慶隨即附議。宗翰大為不悅，存心譏諷宗望：「聽說趙構善射，膂力驚人，人也不笨，二太子都曾在他手下吃過虧。我從來只是不信，如今見你天天惦記著，莫非傳聞屬實？」

上次錯放趙構後，宗望一直追悔不已，趙構在軍寨中給他留下的記憶如同插在心上的一柄利刃，令他一念及便覺無法忍受。如今再聽宗翰奚落，更是羞惱交加，當著眾人又不便翻臉，轉頭冷道：「一個奸詐小人罷了。不勞國相費心，我遲早會把他捉回來碎屍萬段。」

蕭慶見二人都有火氣，忙婉言勸解：「傳言一向誇張，康王未必如此英武，但也確有些心計手段，若給他機會自立，勢必會成大金心腹大患，二太子的顧慮甚有道理。何況廢立這等大事，身為人臣不宜擅作主張，理應修書上奏大金皇帝，請郎主定奪。」

高慶裔往來京城多次，親眼看見過臣民等待迎接趙桓歸來的情景，此刻也出言勸說宗翰：「上次趙桓還京，京中臣民皆湧至南薰門接駕，山呼萬歲，喜不自禁。此番見趙桓久久不歸，也常前往南薰門守候，翹首以望，一紙有趙桓消息的榜文足以令他們涕淚交流。前日上元，那琵琶女為趙桓唱曲，不惜以命相謝。可見趙宋人心未去，目前尚不是廢帝時機。」

宗翰見自己心腹都如此說，也就暫沒再反駁，看看一旁一直沒說話的宗雋，問他意見：「八太子意下如何？」

宗雋向他一欠身，不直抒己見，卻淺笑反問：「國相愛狩獵麼？」

宗翰有些詫異：「那是自然。哪個大金男兒不愛狩獵？」

宗雋又問：「若要吃肉，我們把圈養的牛羊家畜一刀殺了即可，又何必親自翻山越嶺地追捕野獸？」

宗翰道：「那怎麼一樣！狩獵的最大樂趣不是最後吃肉，而是之前的追捕。」

宗雋笑意加深，徐徐頷首道：「不錯，狩獵的最大樂趣其實是看著獵物如何在你面前無用地逃跑躲避，在你即將用箭射穿它身體之時它如何對你搖尾乞憐。」

宗翰先是一愣，隨即很快反應過來，不由笑顏逐開，連連點頭道：「八太子好比喻！若我現在廢了趙桓領軍屠城，那就成一刀殺掉家畜的屠夫了。」

廳中人聞言均大笑出聲，廳中氣氛才漸趨輕鬆。宗翰又認眞徵詢宗雋意見：「依八太子高見，現在我們該如何戲耍趙桓這獵物呢？」

「他不是愛面子麼？」宗雋不假思索地說，「那就臊臊他。」

宗望亦來了興致，立即追問：「怎麼說？」

「對一個女眞男兒最大的羞辱莫過於搶走他的女人。」宗雋在眾人急切的注視下又漸漸呈出了他的從容微笑，「如果我們讓一個好面子的宋朝男人親手把他的妻妾姐妹送給我們，你們說，效果又會怎樣？」

數日後，宗翰將一份由宗雋、蕭慶與宋臣吳幵、莫儔議定的協議擺在了趙桓面前：

——准免道宗北行，以太子、康王、宰相等六人爲質。應以宋宮廷器物充貢。

——准免割河以南地及汴京，以帝姬兩人，宗姬、族姬各四人，宮女一千五百人，女樂等一千五百人，各色工藝三千人，每歲增銀絹五百萬兩匹貢大金。

——原定親王、宰相各一人、河外守臣血屬，全速遣送，准俟交割後放還。

——原定犒軍費金一百萬錠、銀五百萬，須於十日內輸解無闕。如不敷數，以帝姬、王妃一人准金一千錠，宗姬一人准金五百錠，族姬一人准金二百錠，宗婦一人准銀五百錠，族婦一人准銀二百錠，貴戚女一人准銀一百錠，任聽帥府選擇。

宗雋與蕭慶站在端成殿前，目送宗翰親持協定走入趙桓所在的東廡。靜待片刻後不見宗翰出來，蕭慶遂問宗雋：「八太子以爲，趙桓會在議定事目上畫押麼？」

「會，當然會。」宗雋仰首漫視仍被青氈包裹得嚴嚴實實的齋宮鴟尾，道：「那個男人早已學會說服自己『忍辱負重』。」

此言甫出，便見東廡門開，宗翰大步流星地走出，迎面看見宗雋與蕭慶，笑著一揚手中文書：「那小子畫押了！」

自元月二十五日起，按協議准兌金銀、經開封府押送的宋女及財物絡繹入軍寨。其中女子上至嬪

御、戚裡權貴女，下至樂戶，數逾五千，每人皆盛裝而出，車載以往，無一不哀號痛哭，從車裡伸出手來，與相送的親友握手泣別，久久不放，直到押送的兵卒強行將她們分開。悲音迤邐一路，自京中過南薰門至青城、劉家寺，聲震天地。

金軍將這五千名女子逐一篩選，留下三千名年輕健康的處女，宗翰與宗望自取數十人，諸將自謀克（注）以上各賜數人，謀克以下視等級軍功，各賜一二人，其餘二千人送還城中，仍命趙桓傳諭繼續采選補送。

二十八日，茂德帝姬趙福金被送至劉家寺宗望寨中。

她原本渾然不知「和親」之事。趙桓差人告之太上皇趙佶宗望指名要茂德和親，趙佶大怒，斷然回絕。駙馬蔡鞗出郊後茂德終日以淚洗面，帝姬宅中所剩無幾的人亦聽到點關於和親的風聲，但均以爲，有太上皇庇護茂德不致招此厄運，爲免茂德憂心，一直將此事瞞著她。到開封府接到趙桓送帝姬出城的旨意那日，茂德還在家中抱著哭著要爹爹的幼子垂淚，忽有人進來說太上皇請帝姬入龍德宮相見。茂德不疑有他，梳妝停當便上了轎，豈料這轎子一抬便抬到了金軍寨中。

轎簾一掀，她先看見不久前被選送入寨的侍女李仙兒帶笑的臉。在李仙兒攙扶下她出轎，足一點地就有墜入深崖般的眩暈感。定了定神，她看清周圍金國的旌旗，披甲的戰馬，一位高瘦的異族男子站在面前以熾熱的目光視她，伸手撫撫她已全然蒼白的面頰，含笑說：「一路辛苦。」

他掌中被刀劍磨出的陳年厚繭觸痛了她皮膚，她想退後避開，但手足如被縛一般動彈不得，她感到身體在不由自主地顫。

他似乎還跟她說了許多話，但她一句也沒再聽見，茫然回首一顧，只見金兵林立，她找不到來時的路。

宗望命李仙兒扶她入內，設宴爲她洗塵，她沒反抗，靜靜地坐著不言不語，居然一直沒有哭。宗望坐在她對面自酌自飲，此外不吃什麼，也不說話，只不時看她，彷彿真是秀色可餐。

如鴉雀般喋喋不休的是李仙兒。

她說，二太子率軍紀律嚴明，士卒無不拜服聽命，是大金第一大功臣。

她說，軍中稱二太子爲佛子，意指二太子仁慈，一向不亂殺人。大金國相幾番欲領軍屠城，幸有二太子力阻，汴京才平安至今。

她說，二太子傾慕帝姬已久，留官家住這多時，就是爲了請他聖旨，許帝姬和親，從此兩國通好，再無兵戈之災。

她說，若帝姬答應和親，官家即刻可以返京，駙馬與帝姬公子也能得以保全，否則，囚禁在青城的駙馬性命堪憂，開封府恐怕還會送帝姬公子出城與父「團聚」。

她說，二太子不會強迫帝姬，若帝姬不願和親也無妨，他會去京中請太上皇出郊，另議選別的帝姬和親。

……

終於，茂德無神的目中泛起了一層水光，在淚珠滴落時她淡淡引袖拭去，然後側首看李仙兒，帶一

注：謀克本意為族，族長，在女真諸部由血緣組織向地域組織轉化後，又有鄉里、邑長之意，再引申為百夫長、百戶長。

抹悽楚的微笑，以她向來柔和輕軟的聲音說出了抵劉家寺後的第一句話：「給我一杯酒。」

從來不勝酒力的她一杯杯地痛飲最烈的酒，終至如她想要的酩酊大醉。當宗望過來抱起她時，她抬星眸呆呆地看他一眼，隨即倦怠地合上雙目。宗望低首吻了吻她此刻豔若桃花的臉，隨即抱著她志得意滿地走入內室。

五　燕歸

趙桓待茂德送到後，遣吳幵、莫儔找宗雋，婉言提請容君臣返京之事，宗雋卻說：「不必如此匆忙罷。如今你我兩國已結秦晉之好，大宋皇帝與我等便如兄弟一般，理應彼此多親近，還是留下多住幾天爲宜。國相與二太子已在籌備下月初五的打球會，屆時請大宋皇帝參加，結束後我們再歡送你君臣回汴京。」

二人爲難，道：「此前皇上已曉諭御史台告報百官，茂德帝姬出郊之日即可赴南薰門接駕，恐全城百姓現正在雪地裡苦候呢……」

「這有何難，」宗雋一笑，「大不了我親自去南薰門走一趟，告訴他們別等了……哦，對了，這幾日我們缺些日用之物，軍中無聊，也想找點樂器和奕棋博戲之具解悶，一會兒我列個單子，你們讓皇上再寫個手諭，我順便帶去給京官看。」

吳幵、莫儔相顧歎息，一籌莫展，最後也只得唯唯諾諾領命而退。

這日雪後初晴，陽光明麗，京中士民聽到皇帝將歸的消息大為驚喜，群情振奮，都迎著這好日頭爭先恐後地奔往南薰門，延頸企踵以俟駕回，豈料最終等到的不是趙桓而是一金將。但見那金將取出一卷文書付予城中宋臣，大臣們交頭接耳商議一番後，一份新榜文迅速貼出：「兩國通和，各敦信誓，車駕與二元帥議事，漸已了畢，只候旦夕回。仰士庶安業，勿致憂慮，及眾人聚集，恐誤大事。」

張榜後即有宋兵奉命驅散聚集在南薰門內的人群，但百姓哀戚悲歎，久久不肯離去。宗雋立於城樓上，一邊等宋臣送出索要的物事，一邊冷眼看城中愁雲慘霧，面無表情。到日落時分，開封府派人將器物送到，有郊天儀物、法服、鹵簿、冠冕、乘輿、犀象、寶玉、藥石、彩色、帽襆、書籍尚樂、大晟府樂器、太常寺禮物戲儀乃至弈棋博戲之具，人擔車載，絡繹不絕。一旁士民看了皆面含悲憤，但在宋金士兵嚴密守衛下，無人敢有激烈舉動。

待最後一車器物送出城門，已月上柳梢。宗雋施施然邁步下樓，卻聽見此刻城中有人放歌，曲調甚哀，先是一人唱，繼而有多人相和，最後千百人同聲反覆吟唱，宗雋止步，凝神傾聽，聞其詞曰：「依依宮柳出宮牆，殿閣無人春晝長，燕子歸來依舊忙。憶君王，月破黃昏人斷腸。」

茂德入寨後第二日，宗望向宗雋提起有意放趙桓回京：「將這小子繼續留下弊大於利，國相有廢立之心，你會說話，多去勸勸他。我私下再問趙桓要點好處，再給我哥倆討幾個帝姬。」

宗雋見他容光煥發，言語間臉上有掩不住的喜色，說到「帝姬」那笑意更是差點便要從眼中溢出來，心知茂德於他顯然十分稱心，決意放趙桓多半也是茂德勸說之故，遂了然一笑，也不答應，只說：「是否廢立，我們已上書郎主，請他定奪。在他未發詔令之前，我們不便作任何決定。」

宗望一拍他肩，道：「郎主遠在上京，又不知這裡情形，必還是會讓我們拿主意。你只要記著到時幫二哥說話就是了。」

宗雋但笑不語，過了片刻才忽然換了個話題：「茂德帝姬很美罷？」

不久後，宗雋見到了茂德帝姬。

那日他去青城與宗翰議事，帶了宗翰意見回劉家寺找宗望。剛到宗望所居院落大門前，見有衛士在牆邊雪地裡生火，數人圍聚在一起取暖談笑。那寬敞的院落中另有幾名新送來的宋女，寨中已無足夠的房間帳篷給她們居住，她們便只能擠在屋外廊下，僅以一塊青氈擋風，此刻已凍得面唇發青，瑟瑟地縮在一處相互依靠，看見金兵生火，均目有期待之色。

金兵留意到，相顧詭異一笑，便有人招手示意宋女過來：「來這裡暖和暖和。」

宗雋明白他們不懷好意，一時興起，遂停下閒看他們隨後舉動。

見他們招呼，宋女大多不敢過去，惟一名十三四歲的小姑娘實在無法忍受此間寒冷，終於站起，略有些遲疑地朝火堆走去。

才走至離火堆一丈處，便有金兵猛地伸手將她拖下抱住，箍於手臂中，宋女驚呼掙扎，卻怎麼也無法脫身。此刻另一名金兵已點燃了一根樹枝，一壁大笑道：「別急別急，這就讓你烤烤火……」一壁引樹枝朝宋女衣裙伸去。

火焰迅速蔓延上那女子的衣襟袖口，女子驚懼之極，嘶聲慘叫，用盡全力掙脫金兵掌握，那金兵也順勢放開，與同伴一齊站起，狂笑著看宋女身繞一團火焰在院中亂跑亂撞。其餘宋女也都起身，驚恐之下卻都忘了該如何解救，一個個欲哭無淚地呆立著看。

宗雋仍只旁觀，沒有相救的意思，大抵猜到這場惡作劇的結局，便沒了興致，準備走進去見宗望。

而此時宗望廳中門簾微微掀起，一女子的半幅身影隨之現於宗雋目中。

半開簾幕半遮面，但就這隱約半露的容顏已足可看出她螓首蛾眉，膚如凝脂，此驚鴻一現，如晨光清美。

目睹宋女慘狀，她先是一驚，隨即簾幕很快垂下，蔽住她含悲的眼睛。

宗雋便又停住，等待宗望的現身。果然不消一瞬宗望已猛掀門簾衝了出來，一指宋女朝金兵命道：「滅火！」

金兵見他雙目圓瞪，額上青筋凸現，一臉怒相，個個心驚膽戰，立即一湧而上將宋女身上的火撲滅。

宗望瞥了瞥那身上多處燒傷，半躺在地上哀泣的宋女，又大罵一干士兵道：「大白天不好好操練卻在這裡點火生事，活得不耐煩了？都給我滾出去，各領二十軍棍！」

與此同時，那簾後的女子又悄然走出，隱於宗望身後。宗望此刻窺見宗雋，方露出笑容，拉女子出來，對宗雋說：「這便是你新嫂子茂德帝姬。」

宗雋上前見禮，茂德亦端然一福還禮，隨後輕移蓮步，走到燒傷宋女身邊，牽她起來，柔聲道：「跟我來。」再緩緩扶她走入室內。

這是個婉約如宋詞的女子，兼有顆柔軟的心，一言一行彷若吹面不寒楊柳風，她應是世間大多數強勢男子的理想。

由此宗雋更加理解宗望對她的迷戀，卻不禁暗自在心裡歎了歎氣。

六　廢國

二月初五，二帥邀趙桓攜數位大臣赴青城寨打球會。賓主入幕，宗望請趙桓坐於西向，自己與宗翰東向坐，言語間待趙桓格外客氣，頻頻敬酒，說些願兩國通好永爲友邦之類的祝詞。趙桓喜出望外，自忖返京有望，與宗望往來酬答更顯殷勤。宗翰則態度冷淡，自顧自地飲酒，極少與二人接話。

酒過三巡，宗望對趙桓道：「聽說你們太上皇是個馬球高手，可惜宗望一直沒機會當面見識。你既是太上之子，想必球技也不俗，難得今日良機，不如你我一齊下場切磋切磋？」

趙桓忙欠身推辭：「慚愧！我從小不喜這等遊戲之事，雖身爲太上之子，但他的球技卻未學得分毫，實不敢下場令二太子掃興。」

宗望呵呵一笑，也不勉強，自提了球杖朝自己的名駒走去：「皇帝陛下瞧不上這遊戲？我們女眞男兒可都愛打馬球，這大金的江山便是一眾馬球高手在馬背上打下的。」

宗翰聞言也忍不住冷插一句：「這書呆子除了看書什麼都不會做，丟了江山也不奇怪。」

金人聽了都笑，趙桓忙問身邊通事此言何意，那金國通事也果然直譯了，趙桓好一陣難堪，抬頭見宗望策馬揮杖連連主攻對方球門，姿態強勁，聯想到他與己方作戰攻城拔寨時大概也是這般模樣，更覺不是滋味，獨飲一杯悶酒，不再看球。

宗望打了一會兒，球興正酣，場外卻忽有兵卒馳馬至，稟報說：「郎主遣宗磐大王來傳聖旨，即刻便到。」

宗望一聽，神色肅然，立即揚手叫停球賽，再命撤席，自己下馬與宗翰領眾金將分列恭候。須臾，有一肩寬體闊的彪形大漢手舉詔書疾步入院中，眾人迎上見禮，其餘金兵也都跪下，齊聲道：「恭迎宗磐大王。」

這完顏宗磐是金主完顏晟長子，因得金主寵愛重視，一向傲慢慣了，此刻冷冷一掃眾人，也不還禮，但對二帥說：「進去接旨。」隨即自己逕直朝正殿走去。

二帥與宗雋、蕭慶、高慶裔等近臣相繼入正殿。趙桓不得入內，也不知詔書上說什麼，只得與幾位宗臣在殿外等待，心中隱隱有不祥預感，時而站起來回踱步，時而坐下呆看正殿門，只覺這片刻時光漫長如千年。

終於等到二帥出殿，再度現身。趙桓忙迎上去，也不問詔書內容，直接乞求回宮：「元帥曾說，一待打球會宴罷便許我返京回宮，今事已畢，望元帥容我告辭。」

宗翰黑面看他，厲聲一喝：「事到如今，你還想去哪裡？」

趙桓受此威懾，惶惶然不知所措，宗望見狀拉他側移一步，和顏對他說：「返京之事容後再議，現在我先送你回齋宮居處休息。」

待到了端成殿東廡，宗望摒退其餘宋臣，只留下吳幵、莫儔，也不立刻說話，默然取出一卷帛書遞給趙桓。趙桓展開一看，見卷首三字竟是「敕趙桓」，知是金主寫給自己的詔書，不以以前的「大宋皇

帝」稱呼，連「宋主」都不說，顯然是凶多吉少，頓時兩目一黑，險些站不住，吳开、莫儔忙上前左右扶穩，趙桓才振作精神，勉強看下去，卻還不敢細看，半垂著眼睛，選重要語句迅速流覽：「……背義則天地不容，其孰與助？敗盟則人神共怒，非朕得私。肇自先朝開國，乃父求好，我以誠待，彼以詐欺，浮海之使神勤，請地之辭尤遜……迄悛惡以無聞，方謀師而致討，猶聞汝得乘位，朕望改圖，如何復循父佶之覆車，靡戒彼遼之禍鑒，雖去歲爲盟於城下，冀今日墮我於畫中。賂河外之三城，既而不與；構軍前之二使，本以間爲，惟假臣權，不贖父罪；自業難逭，我伐再張……果聞舉族以出降，既爲待罪之人，自有易姓之事。所有措置條件已宣諭元帥府施行。故茲詔示，想宜知悉。」

趙桓越看越心驚，看到「既爲待罪之人，自有易姓之事」，持詔書的雙手不自禁地顫抖起來，他抬頭看宗望，結結巴巴地問：「這這這……這是何意……」

宗望皺眉道：「陛下看不懂麼？這寫的可是漢文，內容我就不明白了，只聽宗磐說，這詔書有個名兒，叫『廢國取降詔』。」

趙桓慘然一笑，再問宗望：「年來元帥要求我竭力滿足，乃至命我五妹改嫁和親。元帥亦屢次表示將表奏大金皇帝，願兩國通好，永爲友邦。何故如今又背義敗盟，要行易姓廢國之事？」

宗望歎道：「這你可冤枉我了。我爲保你帝位，不惜頻頻與群臣爭執，導致國相對我不滿，今日打球會上他如何不待見我想必你也看見了。此外我多次表奏郎主，請他只立藩勿廢國，無奈他不接納，執意要廢了你。方才我跟宗磐力辯，說你既已同意准金納貢，再廢你便是背義敗盟，宗磐便說，詔書裡寫著呢，是你們背義敗盟在先，我們不遵跟你簽的小小和議也算不得什麼。」

趙桓見他居然引詔書內容，倒打一耙說自己背義敗盟，一時氣苦，說不出話，手一鬆，隨著他長長一聲哀歎，詔書墜於地上。

吳幵彎腰拾起詔書，恭謹遞回給宗望，再與莫儔使個眼色，莫儔會意，與他一同向宗望跪下，乞求道：「二太子身分尊貴，又爲大金立下赫赫戰功，必有回天之力。倘蒙再造，保全我大宋君國，待國相回軍後，無論二太子再要何人何物，我君臣一定唯命是從。」

「是麼？」宗望側目觀趙桓表情，刻意提高了聲音道：「我倒是有意幫你們，誰讓你們皇帝是我大舅子呢！」見趙桓臉又紅到脖子根，得意之餘忍不住縱聲長笑，少頃收聲，對吳幵、莫儔說：「若你們皇帝答應再送我帝姬三人，王妃、嬪御七人，我或許還可再想想辦法。」

吳幵、莫儔連聲答應，宗望卻搖頭，指著趙桓道：「你們說了不算，要他手押爲信。」

二人立即分工，吳幵轉身跪於趙桓面前力勸，莫儔找來筆墨，迅速寫好答應送宗望帝姬王妃嬪御的憑據呈於趙桓面前。最終二人半拉著趙桓的手在憑據上畫了押。宗望取過，出來給宗雋看了，確保內容無誤才含笑離開端成殿。

是夜宗望在眾將議事時果然再提趙桓之事，說：「郎主命宗磐大王帶給我們的詔書有兩份，一份可公之於眾的明詔，一份只予重臣的密詔。明詔雖允許廢國取降，密詔卻自許我等見機便宜行事。現下未到廢立時機，何況日前國相已同意我表奏立藩，不好中途變更。這廢國取降詔不如先存著，待郎主就立藩之事表態後再作打算。」

宗翰斷然否決：「郎主的意思廢國取降詔裡寫得明白，密詔中便宜行事的話是指我們可酌情安排取降細節，可不是說大宋這皇帝就不廢了。我們理應按郎主意思行事，二太子毋須多言。」

宗望怫然不悅：「本朝太祖皇帝在世時常囑咐我們遵守與宋盟約，不得興兵伐宋，言猶在耳，郎主

仰體此意，故命我等自便。如今宋主已投降，我們立為藩王，命他四時納貢有何不好？為何一定要廢了他？」

宗翰擺首，一瞪宗望：「二太子為何偏袒宋主，不顧大害？宋兵尙多，民心未去，如今放手，後患無窮。我們更立異姓，則宋國勢易動，我們借傀儡皇帝掌控中原，日後再取江南地，豈非善計？」

「正是！」宗磐當即拍掌叫好，「都元帥也是這個意思。」

他說的都元帥是金主完顏晟之弟、皇儲諳班勃極烈完顏杲，此人地位威望皆高，說話一向有分量。宗望見宗磐將他搬出來反對自己，頓時火冒三丈，也不顧宗翰宗磐面子，拍案道：「此次南伐，是我首謀，我當為政，廢不廢宋主應由我做主！」

「你做主？」宗翰嘿嘿冷笑，「那你將郎主置於何地？」

宗磐臉立即便拉長了。宗望見狀也自知失言，遂暫未開口。

宗翰又道：「我們領兵出征，為的是興我大金，給每人都謀些好處。可你呢，自己私納了帝姬，就想安心做宋朝的太平駙馬了，全然忘了該給大金臣民帶什麼回去……聽說這幾日那茂德帝姬把你迷得七葷八素，將士們逗一個宋女玩玩，你就氣得要以軍棍論處……」

宗望怒極，目呈赤色，雙手握拳像是立即就要揮出，宗雋與蕭慶忙一左一右將他拉住，低聲勸他冷靜。宗望好一會兒才壓下火氣，負氣道：「好，是否廢立你們自己決定，我再不管了。但廢主親屬不能像對契丹親屬那般虐待。」言罷重重抽手，一掌拍落桌上油燈，掀簾遠去。

廳中一陣沉默，片刻後蕭慶才發言，斟酌措辭對宗翰說：「留著趙桓當皇帝，我們要什麼他必定照給不誤，還可借他牽制康王。若廢了他，康王必自立，此人不似趙桓庸懦，大金再要降服只怕會費點周折……廢立之事，請國相再思。」

宗翰見他說得客氣，倒也不直言拒絕，只含糊敷衍說：「宋若眞心歸誠於我，我自當保全。」

蕭慶見他不欲談下去，遂告辭而去。待他出門後，宗翰轉頭對宗磐道：「蕭慶是前遼國降臣，適才那些話，大王不必多在意。」

宗雋始終未表態，此刻也相繼離開前往宗望處，宗望一見他氣即不打一處來，指他斥道：「虧我們還是一母同胞的好兄弟！我剛才跟國相爭論，你爲何不幫我說話？」

宗雋反問他：「二哥，那份說可便宜行事的密詔，宗磐宣讀完畢後是交給了你還是交給了國相？」

宗望一愣，回答：「是給了國相。」

宗雋又道：「郎主豈會不知你與國相在廢立一事上的爭議，讓宗磐將詔書交到國相手裡，那就是說，這密詔是給國相的，是讓他便宜行事，而不是你。郎主主意已定，我們再爭，徒惹他猜忌。」

宗望默然想了片刻，最後一歎：「難道郎主……」

宗雋點頭：「他雖是我們叔父，但畢竟首先是皇帝。二哥功高震主，有時說話行事太率性，難免會令他不快，再有人攻訐就麻煩了。以後當著人面，就算不苟同他們意見，但態度還是委婉些爲好。」

「呵呵，你是說，讓我學學你的樣？」宗望盯著宗雋笑，忽地振臂一指他，厲聲道：「我做不到像你這樣隱忍，而你也永遠不會有我的霸氣。我是猛虎，你是狐狸。我適合做的是元帥，是王者，而你只能躲在我這樣的人身後出謀劃策！」

宗雋淡然笑笑，也不惱火，朝宗望欠欠身，禮貌地倒退幾步，才轉身離去。

七　死節

翌日黎明，二帥令趙桓率隨行親王官員入青城寨，趙桓剛抵寨門便被勒令下馬，兩行手持武器的金兵將其帶至宗翰、宗磐、宗望面前，宗磐瞥他一眼，取出詔書交給高慶裔，高慶裔揚聲命道：「宋主趙桓及群臣下跪聽詔。」

領一干昔日大宋重臣，趙桓頹然跪倒在金人膝下，聽高慶裔高聲宣讀那份昨日已見過的「廢國取降詔」，頭越垂越低，待到高慶裔讀完最後一字，終於如同虛脫般斜倒於地。

身後宋臣驚呼，湧上前來扶他，卻被宗翰喝止：「都給我退下！」宗翰再一顧兩側金臣，點名道：「蕭慶、劉思，讓趙桓把身上皇帝冠服除了。」

蕭慶與金禮部侍郎劉思領命上前，促趙桓易服。宋從臣大多震懼，不知所措，惟吏部侍郎李若水衝上前去扶起呈半昏迷狀躺在地上的趙桓，切切勸道：「陛下不可易服！」趙桓抬眼看了看他，無言以對，只餘一聲歎息。蕭慶與劉思示意金卒將李若水拉開，然後一人除冠一人解衣，迅速脫去趙桓的皇帝冠服，此過程中趙桓無一絲反抗舉動，惟聽李若水一邊掙扎一邊朝蕭劉二人大呼：「爾等不得無禮！」

蕭劉將除下的御衣交給兵卒，再命人送上一套金人衣裝，準備給趙桓換上，不想此刻李若水奮力掙脫金卒挾持，疾步上前奪過御衣緊緊抱著，怒眥欲裂地斥金人道：「大宋皇帝，自有堂皇袞冕，誰願穿你們這幫金人羯奴的衣服！」

宗磐一顧左右兵士，命道：「拖出去！」立即有金卒圍聚過去，奪走御衣，將李若水手足均束縛住，硬生生地半拖半抬下去。李若水不住反抗，怒罵不已，宗磐大爲惱怒，快步走至他面前，兩拳狠狠擊在他臉上，李若水口鼻頓時血流如注，卻仍毫不示弱，「噗」地一聲將一口血水噴在宗磐面上，繼續痛罵。宗磐怒極，拔出佩刀就要砍下，忽聽宗翰在身後高喊：「且慢！」

宗磐回頭，宗翰面帶笑意朝他走來，按下他揮刀的手，拍著他肩道：「此人倒也忠義，若能勸他降順，日後對我大金必有大用處。大王就當給我個面子，留他一命罷。」也不待宗磐回答，就直接命兵士道：「把他帶至別室看守，不許為難。」

宗磐雖不快，卻也不便發作，悶頭走回去，看見趙桓已披了金人衣裝跪在地上，遂指他出氣，對一眾金將道：「明天把他爹他娘他的女人、兄弟姐妹和兒子統統押來，一個不許漏！」

二帥下令，命太上皇趙佶及太后攜宮眷次日出郊。趙佶還道是要自己去換趙桓回來，歎道：「若以我為質，得皇帝歸保宗社，亦無所辭。」次日午後取御佩刀付從臣，即御犢車出南薰門。待到了南薰門才覺不妥——宗望領千餘鐵騎守在那裡，見了趙佶即目示騎兵上前，趙佶暗暗叫苦，在輿中頓足道：「大事不好！快取我佩刀來！」卻無人應，半晌才聽從臣帶泣回答：「太上，佩刀已被金人搜去……」

趙佶惶惶然癱坐輿中，宗望很快令人將他「請」出，劉思旋即上前為他易服，繼而金兵鐵騎擁之而去。緊隨其後，太后、妃嬪、帝姬、王妃、親王、駙馬等皇親貴冑皆在金兵押送下絡繹而出，周圍百姓見狀大感不妙，立時放聲號哭。須臾，有一武將模樣的宋人自城內策馬奔來，揮舞著一卷詔書衝著號哭的百姓大喊：「監國令旨：皇帝出郊，日久未還，太上道君領宮嬪出城，親詣大金軍前求駕回，仰士庶安業。」

百姓再不信這安民令旨，有人回家整理行李拖家帶口地出來想設法出城，有人心知出不去了，索性找了武器吩咐家人持著，在城裡亂奔亂跑，悲呼聲遍傳全城。城中將領見民情極洶懼，難以控制，便斬

了數人示眾，可非但沒壓下騷亂局面，反倒激起了民憤，軍民衝突四起，哭號聲夾雜著金戈聲響徹天際，通宵不息。

此前向金投降的內侍鄧珪早已私下造具妃嬪、帝姬及親王、皇孫等名冊，密送金營，宗翰遂檄開封尹徐秉哲按名逼索，找出躲藏在城中的其餘宮眷陸續押往金軍寨。

趙佶到了齋宮，宗翰宗磐又取出詔書責其敗盟，趙佶力辯不屈，堅持站立，不按二人要求朝北拜謝金主，宗翰便冷笑：「太上皇的脾氣還忒大！老婆孩子都被捉來了，你還有何顏面擺架子？」

趙佶回首一看悽惶飲泣的妻兒，想到他們即將遭受的厄運，不禁心酸落淚，語氣也軟了些，對宗翰道：「我與你伯叔各主一國，國家各有興亡，人各有妻孥，請元帥熟思。」

宗翰道：「自來囚俘皆為僕妾，此乃天經地義之事。因大金先皇帝與你有恩，你大老婆和你那皇帝兒子我可仍讓他們與你團聚，但其餘人等就非你所有了。」

隨即宗翰傳下令去，命帶趙桓出來與父相見。趙佶一見趙桓，悲憤交集，一把抓住他，哽咽道：「你當初若聽老父之言，必不遭今日之禍。」

趙桓羞愧難言，徐徐一顧諸宮眷，越發悲切，也握住父親手，父子二人相顧號泣。

宗翰有心勸降李若水為己所用，囚禁了幾日便又召他入帳相見，和言寒暄，李若水只是不理。宗翰意欲以利祿相誘，故意問他：「趙宋已亡，我奉大金皇帝詔要為宋國謀立異姓。依李侍郎之見，在宋臣名士中，誰人最為賢德，可立為帝？」

李若水冷笑應道：「賢德之人誰會不顧忠義廉恥為你所用？任你千挑萬選，肯做你等金狗傀儡皇帝的只會是些卑劣小人。」

蕭慶見他言辭刺耳，大拂宗翰面子，便出言勸道：「國相是個惜才之人，賞識李侍郎品性才能，有心著意栽培。宋主無能，雖有李侍郎這般良臣輔佐仍斷送了祖宗江山，想必李侍郎也曾有明珠暗投之歎。良禽擇木而棲，我大金皇帝聖明，將帥齊心，若李侍郎肯轉投明主，出仕為官，與大金軍臣再創大業，將來必大富大貴，前途不可限量。」

李若水側首怒視他，指他痛斥：「你原本是前遼國降臣，背叛舊主甘為虎狼之邦鷹犬，天下人無不唾棄，如今竟敢勸我變節！若水雖不才，但義不食周粟的道理還是懂的，豈會步你後塵，做個背叛君父、為虎作倀的無恥之徒！」

蕭慶自歸降金國後雖仕途較順，頗得重用，但變節一事始終是心中隱隱一層陰影，很忌諱人提，不想李若水對自己來歷如此清楚，一番斥罵毫不留情，當下臉也綠了，正想拔刀，卻被宗雋止住。

宗雋朝蕭慶安撫性地笑笑，再反詰李若水：「我讀你們漢人的書，對伯夷、叔齊不食周粟，隱於首陽山，采薇而食這事一直頗不解。商既亡，這首陽山的薇也應變作了周薇罷？他二人不食周粟，卻又為何肯食周薇？李侍郎不願歸順大金，自然是義不食『金粟』了，但入寨這幾日若不靠『金粟』為食，李侍郎又如何能活到如今，在這裡慷慨陳詞？」

李若水擺首道：「你們這裡的東西，哪些不是從大宋國土上搶來的？米是大宋米，水是汴梁水，如今竟厚顏以金冠之……也罷也罷，今後我誓不再飲一杯水。」

宗翰見難以說服他，只好再將他囚禁，而李若水果然遵守誓言，從此絕食，連水也不飲。三日後宗雋去探視，見他嘴唇暴裂，面色焦黃，形容枯槁，便歎了歎氣，好言勸慰道：「宋氣數已盡，再無可為

之望，李侍郎今日順從，明日當富貴，又何必自尋苦惱呢？」

李若水閉目，看也不看他，只說：「天無二日，若水寧有二主乎？」

宗雋回首示意，一名服侍李若水多年的老僕隨即入內，見李若水這模樣立時便哽咽起來，抹淚慰解道：「主人父母春秋已高，天下勢既已如此，何不少屈，冀得歸省堂上雙親。」

李若水見老僕進來本已目露喜色，但聽了這話當即怒不可遏，叱道：「若水已以身許國，不復顧家，毋再多言！」

宗雋知其不可屈，遂不復言，回去對宗翰說：「這人倔強非常，恐怕是無法勸服了。」

宗翰卻還不死心，次日又請出李若水，對他道：「宋廢主宮眷雖出郊，但我無意驚擾城中官民，欲傳令城內官依舊視事。現任李侍郎爲安撫使，望李侍郎答應，代我入城安民。」

「呸！」李若水直唾他面，罵道：「你是巨賊，我是大宋大臣，豈肯歸順巨賊，爲你所用！」

宗翰驚怒之下命兵卒將他拖開，以鐵錘搗破其唇，連牙齒都捶落幾顆，而李若水並不住口，繼續哄血大罵，宗磐見狀站出，向兵卒命道：「割斷他舌頭，狠狠給他脖子幾刀！」

眾金兵轉頭看宗翰，見他黑面坐著，沒有別的指示，於是應聲領命，李若水遂被金人以刃斷舌裂頸而死。

宗翰目睹全過程，待見李若水倒在血泊中，再也發不出一聲罵詞，才歎道：「遼國之亡，死義者有十數人，南朝惟有李侍郎一人。」再吩咐左右：「找具棺木，將他好好殮葬。」

以死全節的宋臣只有李若水一人，但烈女卻成百上千。

第一批宮眷入金軍寨的首日夜間，宗翰宴請諸將，選十數名姿色出眾的宮嬪易歌女表裡衣裝，雜坐席間侑酒，宮嬪鄭氏、徐氏、呂氏抗命不從，宗翰即下令斬首示眾。

隨後宗望相中另三名宮嬪張氏、陸氏、曹氏，當眾調戲親狎，三女抗拒，宗望怒，隨手抓到一鐵竿，一下就刺入張氏腹部，透背而出。隨即命兵卒剝去她們衣服，都以鐵竿刺了，立於寨中軍帳前，任其流血三日。再有陸續搜到的妃嬪帝姬入寨，宗望便指以爲鑒，往往嚇得她們花容失色，紛紛下跪乞命。

趙佶的妃嬪中年輕貌美者甚多，有一王婉容是近年來頗受寵愛的。入寨後王婉容一直穿粗布衣服，不事梳洗，終日低首在趙佶處服侍，刻意扮作尋常宮女狀，卻還是被宗翰次子看中。宗翰命人去趙佶處領王婉容出來，王婉容極力反抗，自兵卒臂中掙扎開來，衝回去跪倒在趙佶膝下，哀哀泣道：「臣妾決不以身事敵，求太上設法保全。」

宗雋聽見吵鬧聲，信步而至，聽到這話不禁笑了：「如今太上亦自身難保，如何能保全你？」

趙佶見自己昔日貴爲一國之君，如今淪爲階下囚，連保護一弱小女子的能力也無，不由悲歎一聲，淚點撲簌而下，說不出一句安慰王婉容的話。

王婉容見狀心知宗雋所言不假，失望之餘緊緊摟住趙佶腿，痛哭道：「太上，太上，臣妾要留在太上身邊，哪兒也不去……」

趙佶不忍看她，側過頭去，掩面而泣。

「要留下來也並非不可。」宗雋垂首看著王婉容，朝她微笑，待王婉容含淚抬目看他時拔出佩刀拋在她面前，「你現在有兩條路可選：身後是門，面前是刀。或轉身出門去國相二公子處，或引刀自盡，

魂魄長伴太上左右。」

王婉容沉默片刻，回首看看門外暮色，淒然一笑，手指輕輕撫過冰冷的刀面，忽地一咬唇，雙手握刀引頸一抹，一股鮮血霎時濺了趙佶半身。

趙佶大驚失色，先是下意識地站起躲避，少頃才回過神，跪地摟起即將香消玉殞的王婉容悲泣。宗雋倒退幾步避開那新灑的血。貌似柔弱的王婉容的自盡讓他略感驚訝，但對這倒沒有任何負罪感。當年他隨父滅遼時便見慣了這樣的場面，父親對還是少年的他說：「亡國的女人貞節和生命本來就只能擇其一，我們給她們選擇的權利已是善舉。」

昨晚自己挑的兩個女子還不錯，拿一個賠給宗翰的兒子罷。離開此地時，宗雋作了如上決定。

八　柔福

此後一月內，以宮眷、貴戚女為主的宋女源源不斷地被押送入軍寨，而每天又都有許多女子以不同的原因相繼死亡：自盡、病亡，或被金國將士凌虐摧殘至死。焚燒成堆的屍體是金兵每日必做的事，白天軍寨上空黑煙嫋繞，空氣中瀰漫著焦臭的味道，到了夜間，幽幽哭聲通宵不絕，常有人驚慌失色地叫喊說看見死去女子的身影在寨中飄浮。二帥聽得多了心裡也不免忐忑，便在城中找了禪僧五十四人前來誦經超度亡魂。但這鬼魅不靖的現象卻並未影響金人對宋女的態度，從二帥到尋常小卒，依然是每日挑選捕捉有姿色者玩弄，把軍寨變得像一個巨大的妓寨。

宗雋隨宗望駐紮於劉家寺。一日午後，他舒適地斜躺在自己軍帳中，命一名宮女跪於面前，舉著一冊從汴京宮中奪來的書，聽他的指令一頁頁地翻開供他閱讀。忽然外面一陣喧譁，紛亂的馬蹄聲中夾雜著兵卒的笑聲與女子的呼喊聲，大攪他雅興，宗雋皺了皺眉，遂起身出去看發生何事。

帳前是一片空地，諸副將軍帳列於兩側，形成院落模樣。此刻有三五騎兵正策馬繞圈，將一個約莫十五六的宋女圍在中間，他們大笑著，一面馭馬一面相互拋接傳遞著一個小小的布包裹，就如傳球一般。

那少女身上灰色布衣暗啞破舊，但其下一截素白的裙幅雖濺有泥痕，卻依然白得耀目，是南朝上等的綾羅。想是此前有過一番掙扎，她髮髻鬆散，幾縷散髮垂下覆於臉上，與宮眷們如今常做的那樣，她還以泥污面，滿臉塵土。不過這仍然模糊不了她精緻的五官，看得出，若梳洗乾淨，她必如茂德帝姬一樣，有足以驚人的秀色。

遠處有幾名宋女見狀害怕地出聲哭泣，她卻沒有做出同樣的舉動，孤零零地處於被騎兵圍困的院落中心，嬌小的身軀傲然直立，她怒視周圍的騎兵，清澈眼睛中的眸光烈如火焰。

騎兵們仍在嬉笑著傳遞那顯然自少女處搶來的包裹，少女靜靜地站著，目光隨包裹的轉移而移動。忽然，她伸手自髮間拔下一支木簪，悄然握緊，並有意垂手，讓袖口擋住木簪的尖端。

這個動作不巧盡入宗雋眼底。他又露出了微笑，知道即將出現的景象必定很有趣。

在包裹傳到離少女最近處的騎兵手中時，她猛地衝上前，高舉右手中的木簪，奮力向騎兵所騎馬的臀部刺去。

那馬受驚，後蹄一踢，險些踢在少女身上，幸而她反應較快，側身避過，然還是失去重心，摔倒在

地。馬又長嘶一聲，前蹄揚起，繼而發力狂奔，騎兵未料有此一變，立即拋下包裹雙手緊拉韁繩全力馭馬。

這匹馬朝外奔去，瞬間消失得無影無蹤，其餘的騎兵也紛紛勒馬停下，一時都愣住了。

那少女臉上現出喜色，快速站起，一瘸一拐地疾步朝包裹走去。走至包裹前，正彎腰去拾，卻見先有一人搶至，一腳踏在了包裹上。

那人二十多歲，作將領打扮。宗雋留意一看，認出他是千戶野利，萬戶蓋天大王完顏宗賢的表弟。

少女默然看著野利，一時不知該如何應對。野利靴尖一挑，將那小包裹高高挑起，揚手抓住，高高舉著，再挑釁地朝少女一笑，抽出佩刀，作勢要斬破那包裹。

「不要！」少女忽地跪下，含淚懇求道：「今日凌晨我一個妹妹已經病死了，另一個妹妹也病得很重。這是我從司藥女官那裡找到的最後一點藥，請你把它還給我，讓我拿去治妹妹的病。」

野利略懂點漢話，大致明白她的意思，盯著她仔細看了看，簡單地命令：「洗臉。」

少女有些猶豫，但還是按他吩咐去一旁找了些雪水洗了洗臉，再用衣袖擦乾淨。

當她再次轉身時，那乍現的光彩令圍觀的金人均發出了一聲驚歎。

野利越發得意，不等少女回來便自己走去一把摟住她腰，說：「你跟我走，我就還你。」

少女怒，揚手就想打他，野利輕鬆化解，狂笑著想把她拖回自己軍帳。一名南朝婦人忙快步走來，跪倒在野利面前，急急勸道：「將軍不可無禮。她是柔福帝姬，太上皇的女兒，尚未出嫁，二位元帥也吩咐過，要平安送到大金京城的。」

野利一愣：「你是誰？說什麼？」

婦人先答道：「奴家是大宋太上皇的貴妃喬氏。」隨即又把剛才的話用和緩語氣說了一遍。

野利聽明白後，頗不甘心地放開了柔福。

趙佶女兒有三十四個，大半已嫁人，未嫁的只有十數人，且其中有好幾名年紀尚幼，算下來妙齡處女只有寥寥幾人，二帥意欲獻給金主，因此這些未婚帝姬成了二帥三令五申重點保護的對象，嚴禁將士侵犯。

喬貴妃鬆了口氣，忙把柔福拉到身邊，朝野利賠笑道：「奴家與柔福先行告退……」

「等等，」柔福卻不立即走，轉向野利道：「把藥還給我！」

野利看看尚在手中的藥，嘿嘿笑道：「不能白給你，我有條件。」

柔福蹙眉問：「什麼條件？」

野利盯著她細白粉嫩的臉看了又看，笑道：「你讓我親親。」

柔福氣得雙頰緋紅，怒瞪他斥道：「無恥！」

「只讓我親一下就有藥了，多好的事。」野利故意搖搖頭：「可惜你不答應……」說著猛地把藥包拋向空中，揮刀就要砍。

「不！」柔福驚呼，手下意識地伸出，像是想搶那即將被刀劈開四散的藥包。

野利及時收回揮刀的手，另一手接住藥包，又側頭問柔福：「現在你答不答應？」

柔福胸口不住起伏，顯然是在竭力抑制怒氣。怔怔地想了許久，她終於一咬唇，抬目直視野利，說：「好，但你一定要還我藥包。」

野利大笑著一把攬她近身，刻意緩慢地將嘴貼近她的臉。她又要反抗，野利警告道：「你再動手藥

就沒有了。」她便安靜下來，一雙眼睛含著怒火緊盯著野利，看他得意地笑著繼續朝她緩慢地低首，用長滿硬須的臉在她臉上反覆蹭幾下，再狠狠親了一口。

她果然沒有反抗，明明有淚水在眼中轉動，她卻竭力睜大雙目，不讓一滴淚落下，待野利親後她才掙扎脫身，冷面要求：「把藥還我。」

不料野利縱聲長笑，再次拋起藥包，揮刀一劈，藥包破裂，裡面藥草藥片散落一地。

「啊，你……」柔福怒極，揚手就要打野利。野利抓住她手腕向側邊一拽，柔福隨即倒地。

「卑鄙無恥不守承諾的金狗！」她雙手撐地半坐起來恨恨地說，兩滴眼淚終於墜下，在地上塵土中點出兩粒潮濕的圓。

喬貴妃含淚彎腰想扶她起來，她卻擺首道：「喬媽媽，快幫我撿藥草。」言罷拭淨淚痕，跪於地上，低頭一粒粒地撿散落的藥草藥片。

喬貴妃答應一聲，亦如她那般去拾藥。此刻忽寒風又起，揚起一陣塵土，藥草隨之飄遠。柔福大急，四處亂抓亂按，終究抓不住多少。等風過後，她低頭一看手心裡所剩無幾的藥片，頓時失聲哭了起來：「怎麼辦？這麼一點怎麼夠給串珠煎藥……」

喬貴妃想不出合適的語言安慰她，惟有靠近她，把她抱在懷中，兩人相擁而泣。

捉弄完柔福，野利在自己部將喝彩聲中收刀還鞘，正欲回自己軍帳，一轉身卻撞見宗雋，立即滿面堆笑喚道：「八太子！」

宗雋沒理他，徐徐走到柔福身邊，垂目問：「你那妹妹患的是什麼病？」

柔福抬首愕然打量他，半晌才答：「風寒，很嚴重的風寒，渾身滾燙，什麼都吃不下。」

宗雋點點頭，回頭命令跟過來的野利：「你去城裡給她抓兩劑治風寒的藥回來。」

野利驚訝地反問：「特意進城抓藥給她？」

「對。」宗雋看著他，淡淡道：「女貞男兒一言九鼎，別失信於女人。你既給了她承諾，就要還她藥。」

九　寧福

黃昏時宗雋應邀去宗望處赴宴，見侍宴的茂德帝姬神情鬱鬱，眼睛哭得紅腫，似有何傷心事，宗望命她唱曲她不唱，偶爾擠出個微笑也宛如哭相，宗望瞧著心煩，便道：「罷了，罷了，我答應你便是。你那今日死的妹妹不必跟著尋常奴婢燒了，讓你爹他們領回去發喪埋了。」

茂德當即起身，和淚向宗望一福道謝：「奴家代香雲妹妹謝二太子恩典。」

宗望一擺手，轉朝宗雋解釋道：「她妹妹仁福帝姬趙香雲今日凌晨病死了，她哭了一天，就是要我答應讓她爹給這妹妹發喪……我就不明白，那仁福跟她又不是一個媽生的，管這麼多閒事幹嘛呢？」

宗雋一笑，立時想起了日間所見的柔福，遂問茂德帝姬：「帝姬是否還有一位名叫串珠的妹妹也病了？」

茂德訝異道：「八太子如何得知？串珠是香雲的同母姐姐寧福帝姬，她身子一向很弱，病了好些天，今日聽聞香雲噩耗，病勢越發重了。」

宗雋又問：「那柔福帝姬與她們是一母所生的麼？」

「瑗瑗？」茂德搖搖頭：「不是。串珠與香雲是崔貴妃所生，瑗瑗的母親是王貴妃……八太子何有此問？」

宗雋微笑道：「今日我看見柔福為寧福找藥。」

茂德輕歎一聲：「瑗瑗只略大串珠不足一歲，自崔貴妃出宮外居後，瑗瑗一直像同母親姐一樣照顧串珠。串珠如今病得這麼重，她必定很著急……可惜寨中已無藥材……」

崔貴妃出宮外居？宗雋覺得奇怪，正想再問，卻見茂德說著說著又泫然淚下。宗望不耐煩插話道：「沒找到藥可不能怨我，前幾天也是你求我把這裡所有的藥全給了那時生病的儀福帝姬的。若再為找藥興師動眾地派人入城，國相又要說我有私心了。」

茂德拭淚嗚咽道：「是我姐妹命薄，我並沒有怨二太子……」

宗望也深歎口氣，側身背朝茂德，猛地獨飲一杯酒，不再與她說話。

宗雋知他因茂德的緣故屢有關照她家人之舉，引起宗翰猜忌，二人言語間多有衝突，他心裡也不好過，於是便有意岔開這話題，另尋了笑話說與宗望聽。宗望心情果然漸好，繼續與宗雋談笑對飲，其間再沒看茂德一眼。

從宗望處出來，宗雋立即找人打聽到柔福與寧福居處，便尋了過去。

那是劉家寺一處破敗的院落，中間密密地支著一些破舊的帳篷，那兩位帝姬所住的跟其餘普通宮人居處無異，帳篷上滿是永遠縫補不盡的縫隙和破洞，凜冽的風隨時可以毫無困難地從四面八方灌進去。

宗雋尙未走近便聽見有爭執聲從裡面傳出。有兩三個女子在不住催促：「快喝，快喝，藥冷了就不好了……」

「我不喝。」一個少女聲音很清楚地響起，輕柔悅耳的聲音，語調很平靜，甚至可以說是溫和，但語句裡卻有不容商量的堅決，「這是我最後一次說，我不喝，你們可否聽進去？」

宗雋立於帳篷門邊一側，透過一個破洞朝內看去，見說話的是躺在中間的一名少女，年齡應該不會超過十五歲，眉目雅緻秀氣，但異常削瘦，露於被外的手纖細修長，隱見筋骨，若除去臉上病態的潮紅，她的膚色應該十分蒼白，像是久病纏身的模樣。

宗雋猜這便是寧福帝姬趙串珠，果然很快便聽見她身邊的柔福喚她「串珠」。

柔福一手托著藥碗，一手以勺舀藥汁，和言對寧福道：「串珠，你小時候也是這樣，生病了總不愛喝藥，每次都要姐姐餵才勉強喝下去。如今這般大了，怎麼還跟小時候一樣呢……」說著將藥汁遞到寧福嘴邊，「服了藥病才會好，聽姐姐……」

柔福話還未說完寧福即厭惡地揮手一拂，柔福毫無防備，藥碗一斜，藥汁傾出大半，濕了柔福一片裙幅。

柔福黯然擱下碗，呆坐無言，倒是身邊的喬貴妃與兩名宮女忙不迭地取出手帕爲她擦拭污痕。拭了一會兒，喬貴妃眼角餘光掃到那藥碗，忍不住歎道：「串珠爲何如此不懂事？這藥你二十姐得來不易，你何苦堅辭，這般傷她的心！」

推開了藥碗，寧福便又安靜地躺著，也不顧柔福神色，像是什麼事都沒發生過一樣，聽喬貴妃問，才又以適才寧和恬靜的聲音答道：「正是因這藥代價太大，串珠才不飲，惟恐飲了會折福。」

她顯然知道了柔福向野利求藥的事，她語調如和風細雨，言下卻隱含譏刺不滿之意。宗雋細觀柔福，見她亦聽出寧福弦外之音，臉變得緋紅，頭也低低垂下。

喬貴妃自然也明白，臉上呈出幾分怒色，對寧福道：「瑗瑗這麼做不也是爲了你？若是她自己病了，她必不會爲求藥忍受他人半分委屈。這些年她對你這麼好，你沒半分感激也罷了，卻爲何說話這般尖刻，讓她難過？」

寧福不慍不怒，反倒微微笑了：「喬媽媽，我是說，我與二十姐命不同。她是爹爹寵妃所生，我卻是庶人之女，貴賤原有天淵之別。我這庶人女命如草芥，留在宮中本就礙眼，經靖康之變更無生趣，早一天死是早一天獲解脫，你們根本無須救我。而二十姐如此矜貴，平日尋常人多看一眼已是罪過，如今爲了我竟甘受金人折辱……」

她再看柔福，輕歎道：「二十姐，你是個多麼驕傲的人，竟能嚥下這口氣？以如此卑微態度面對金人，不像是從前的你。這碗藥價值不菲呀，其中溶有你這天子掌珠的傲骨。你說，若我這卑賤的庶人女服了這貴重的藥，是不是會折福？」

柔福仍未說話，喬貴妃已聽得連連擺首，蹙眉道：「你這孩子成日裡都在想什麼？什麼庶人女？誰把你當庶人女了？你的母親雖已出宮，但這些年太上並未虧待你，瑗瑗與三哥更是待你如親妹，遠勝過其他異母妹，你何必要把自己看低一等，說自己是庶人女？」

「若我不是庶人女，二十姐與三哥又豈會待我不同？」寧福仍銜著她平和而冷淡的微笑，輕言軟語地說：「他們是待我很好，常來看我，逗我開心，凡我所求無不應允，尤其是二十姐，每年我生日時都會親自選衣裳送我。那些衣裳，眞好看……但爲何不送給別的姐妹？因爲她們的母親在宮裡，會自己爲她們做，而我是庶人女，我的母親早已被趕出宮，呵呵，很可憐，是不是？可是二十姐，很抱歉，我一直沒告訴你，雖然每次我都會穿上你送的衣裳給你看，但等你一走我就馬上脫下來，再也不穿。這碗藥也跟那些衣裳一樣，既然我快死了，請你再縱容我一次，允許我當面謝絕你施捨。」

聽她說完，柔福終於抬起了頭。清亮目光探入她眸心，柔福徐徐道：「你口口聲聲稱自己庶人女，其實，你眞正介意的，是你媽媽的身分，她的被廢一直讓你覺得羞恥，因此你早就有輕生之念。這才是你不想服藥的主要原因，對麼？」

寧福良久未語，靜靜地與柔福對視半晌後閉上了眼睛，道：「姐姐，我有些累了，讓我睡一會兒罷。」

柔福卻一下握住了她的手，目中淚光一閃：「不，我不讓你睡。我怕你像香雲那樣，睡著了就不肯醒來。聽我說話吧，有一件事你可能不知道，關於你媽媽的，我慢慢說，你仔細聽，好麼？」

寧福惻然一笑，半睜目，說：「好。」

「我待你好是有原因的，」柔福輕聲道：「因爲我答應過你媽媽。」

「我媽媽……」寧福沉吟著問：「她請你照顧我？」

柔福頷首，說：「五年前，爹爹命你媽媽出宮，移居別院。她出宮那天，大概是爹爹不許你們姐妹相送，隨她同行的只有寥寥幾名宮人，但宮中跑出來看她熱鬧的人倒不少，我那時不懂事，也在其中。許多女人對你媽媽指指點點，說一些冷嘲熱諷的話。你媽媽一向打扮得光鮮美麗，那天衣著則樸素無華，可是走路的姿態依然是舊日模樣，腰肢挺直，下巴微仰，在周圍宮人的非議聲中亦不損一絲尊貴。

我看得出神，而她也看見了半躲於路邊樹下的我。」

寧福眉頭微蹙：「然後，她過來求你？」

「是。」柔福瞬目道：「她忽然快步朝我走來，問我：『瑗瑗，你與三哥今後替我照顧串珠好麼？』我當時一下愣住了，不明白她為何會跟我說這個，最後只茫然點點頭。她隨即的舉動更令我吃驚——在眾目睽睽之下，她無比鄭重地向我下跪，拉著我的手說：『瑗瑗，你一定要記得今日對我的承諾，替我照顧她，像對你同母妹妹那樣關心她、愛護她，不要讓她受委屈。你能答應我麼？』我嚇壞了，手足無措地想扶她起來，她卻堅持要我清楚地答應才肯起身，又朝我再拜，才掩淚離去。」

寧福聽到此處，雙睫一顫，兩行清淚自眼角墜下，悄無聲息地滲入堆於枕上的散髮裡。

「那日的情景我也看見了。」喬貴妃輕輕為寧福拭去淚痕，道：「你媽媽用心良苦……她生你姐妹五人，當時兩個較大的女兒已經出嫁，仁福與永福都很小，性情又溫順，可託付給宮中姐妹撫養，惟有你，半大不小的年紀，心思又細，什麼事都明白，將你送到哪位嬪妃處你都不願意，只好讓你在原處獨居。記得那幾日我們幾位姐妹去看你，你一雙眼睛裡滿是戒備，就怕我們把你帶走……所以那天我見崔姐姐向瑗瑗下跪，頓時就明白了，瑗瑗雖小，但她與三哥卻是這宮裡有能力、也有可能照顧你的人，而讓她以姐妹的身分接近你，也不至引起你的抗拒。」

「我原以為，我對她來說是多餘的，」寧福垂淚道：「她一直想要個兒子，以前對我也頗冷淡……」

「怎麼會？你沒發現麼，她跟你很相似，都不是喜歡主動與人親近的人。」柔福又道：「可你媽媽出宮後無一日不惦記著你。其實你生日時我送你的衣裳全是她親手做的。她精於服飾女紅，尋常宮人製的衣裳哪有她做的好看？每年衣裳製成後她總要想盡辦法，不知道託了多少人，使了多少銀子才能輾轉送到我手中。她還特意囑咐我不要告訴別人衣裳是她做的，怕爹爹得知後不快，對你不好，也怕你知道後更加難過……每次看見你穿上她做的新衣我都會很高興……我一直很羨慕你。我的媽媽早薨，我連她的模樣都記不太清楚了……無論別人怎樣說你媽媽，怎樣看她，在你面前，她都是一個好母親。而你與我一樣，始終是爹爹的女兒，並不會因你媽媽身分的變化而改變。你想起媽媽時，應該記得她對你的好，要心存感激，而不是心存怨懟。」

寧福淚流滿面，撐坐起來，雙臂環住柔福的腰，將臉貼近她，泣道：「姐姐……」

柔福亦摟緊她，輕聲問：「現在服藥好麼……你媽媽是個異常清傲的人，在宮中多年，從不曾見她求過誰，但爲了你，她都可以放下她的驕傲下跪求我……我既答應了她，就會竭力做到。串珠，就算是爲了成全我，你服藥好麼？」

喬貴妃已把那小半碗剩下的藥汁遞了過來，亦從旁淺笑勸道：「你媽媽被廢也是因禍得福，名字不在宮眷名單中，倒逃過如今這一劫。現在她一定還在汴京，望眼欲穿地盼你回去呢。快喝了這藥，養好身子，日後才好回去與她團聚。」

寧福默然接了藥碗，緩緩將藥飲盡。柔福如釋重負地笑了，取過藥碗擱下，爲寧福拭淨唇邊藥液殘跡，微笑道：「放心，九哥一定會救我們回去的……」再輕輕摟住她，在她耳邊說：「最重要是活著，因爲有人在等你。」

喬貴妃見寧福肯服藥了也是大喜，道：「剛才藥灑了大半，我再去熬一點。」立即轉身去提藥罐，這時像是忽然想起了什麼，自袖中取出一個香囊遞給柔福：「這是今日送藥來的野利將軍要我轉交給你

的，說他是千戶，麾下有許多兵卒，他有一兄長還是金國的大王，以後若有人欺負你，你就亮出這香囊……」

聽她提野利，柔福怒火頓起，忿忿地打斷她：「喬媽媽收他這東西做什麼？還不快扔出去，別髒了喬媽媽的手！」

「且慢，」寧福忽然道，向喬貴妃伸出手：「給我看看。」

接過香囊，寧福仔細打量一番，對柔福說：「姐姐暫且收下，此物或許會有些用處。」

柔福不解，挑眉以問，帳外的宗雋也格外留心等待寧福回答，而她此時未說什麼，惟有一縷諱莫如深的笑意自她單薄的唇邊掠過。

十　香囊

宗雋再次見到這香囊，是在宗望宗翰的議事廳中。

那日提起向金主進獻帝姬之事，蕭慶忽然說：「這幾日劉家寺中人盛傳野利看中柔福帝姬，已私授香囊定情，並傳信於其表兄蓋天大王，欲請大王爲他代聘柔福帝姬。不知是眞是假。」

宗翰嗤笑：「未嫁的帝姬是要獻給郎主的，他區區一個千戶也敢作此非分之想？」

宗望也感詫異：「我們已屢次警告將士不得打這些帝姬主意，還有人企圖私納帝姬？」

宗翰冷瞥宗望一眼：「不過此事發生在劉家寺也不足爲奇……」

宗望知他言下之意是，私納帝姬這頭是你開的，導致將士紛紛效仿，該碰不該碰的女人都想碰。心中自然大大不快，宗望便也刻意笑問宗翰：「前幾日在與宋廢主等人的太平合歡宴上，令郎設也馬帶走了洵德帝姬，不知現在他二人相處可好？」

宗翰沉著應道：「這事我已上奏郎主，請他下詔賜洵德帝姬與小兒。」

宗雋見他們又有爭鬥跡象，便接口將話題引回去：「若野利這事是真，恐怕應該略施懲戒，以免此後再生此類事。」

高慶裔也立即附和道：「不錯。不如將柔福帝姬找來，問問她便知眞假。」

片刻後，柔福隨引路的金兵步入議事廳。看見宗雋，她目光稍滯，略有些驚訝。

除了唇角不可捉摸的淺笑若隱若現，宗雋看她的神情完全平靜，眼中不帶任何情緒，彷彿這是他們初次相見。

隨後高慶裔向柔福詢問野利之事，柔福這日態度頗好，頷首說認得他，再輕輕地自袖中取出香囊呈上，道：「野利曾脅迫我隨他走，我幸得宮人相助才令他罷手。後來他又讓人傳語與我，說他兄長是北國大王，富貴不異於南朝官家，並贈我這香囊。我反覆思量，未解其意。」

宗翰見這香囊形狀花紋是金國樣式，頓時臉一黑，揮手命柔福出去，再把香囊拋至宗望面前。

柔福應聲低首退去，在她轉身出外那一瞬，宗雋沒有忽略她目中不小心逸出的一抹黠色。這個小姑娘顯然明白她的呈堂證供將給曾欺負過她的人帶來厄運，她十分配合地完成了事先設計的戲份，單純地快樂著等待結果。

結果也許比她想像的嚴重。

「殺一儆百，斬！」宗翰向眾人宣佈他的決定。

其餘人大多沉默，僅宗望反對：「不可！野利是宗賢表弟，我們好歹應給宗賢幾分面子罷？若宗賢前來與我們會合時見表弟被我們所殺，必會傷了和氣。」

宗翰冷笑道：「我向來秉公執法，處事不看私交，不怕得罪蓋天大王。」

宗賢也是金宗室中人，昭祖四世孫，本名賽里，多次領軍屢立戰功，身爲萬夫長，號稱蓋天大王，現行軍在外。宗望與他私交甚篤，聽宗翰這話又是在譏刺自己徇私，正要理論，宗翰卻全然不顧，直問自己兄弟澤利：「野利現在何處？」

澤利回答：「在南薰門巡視。」

宗翰命道：「你速去將他就地正法，帶人頭回來。」

澤利答應一聲，立即出門。

兄弟二人快速應對毫不給宗望插話的機會，最後宗望眼睜睜地看著澤利領命而去，不禁拍案而起，怒道：「好，國相自會秉公執法，日後凡事自拿主意便是，再也不必與我這徇私枉法之人商量！」

言畢大步流星地走出議事廳。宗翰並不在意，待他走後笑對其餘人道：「我們剛才議到哪裡？繼續說。」

兩個時辰後澤利帶回野利人頭，宗翰讓宗雋懸人頭於劉家寺宮眷所住院落門前，以警告不聽命的將士。院內宮眷見狀無不驚駭，紛紛入內躲避，連柔福也只看一眼即低首入帳，面無喜色。但過了一會兒，又見簾幕再啓，一位少女在柔福攙扶下自帳篷內出來，倚門站定，悠然看向門上那顆滴血的人頭。

宗雋認得她，比柔福更小的帝姬寧福。

她仍在病中，面無血色，瘦伶伶的身子有氣無力地倚門而立，像是隨時會倒下。夕陽灑在她身上，許是覺得刺眼，她半低著眼簾，卻微仰著頭，薄薄的雙唇有柔和的弧度，拂向人頭的目光安寧，恬靜如湖水，不含一絲驚懼神色，彷彿她只是在欣賞一朵初開的花。

見柔福仍垂目不看野利首級，她淡淡地笑了，輕聲勸：「看呀，姐姐，不要饒恕對你犯錯的人。」

憶起她那晚意味深長的微笑，宗雋毫不懷疑柔福的供詞出自她的授意，或許病弱的她在此事上所起的作用還不止這些。宗雋皺了皺眉，那一刻這女子的影像令他有種難以名狀的不安。

回到自己大帳，宗雋喚來服侍他的宮女，問：「你何時入汴京皇宮的？」

宮女垂目答道：「奴婢八歲入宮，至今已有十一年。」

宗雋再問：「那崔貴妃被廢之事你一定知道？是怎麼回事？」

宮女頷首說：「奴婢略知一二。崔貴妃早年也曾得寵於太上，生了敦淑、徽福、寧福、仁福、永福等五位帝姬和漢王椿。可惜漢王早夭，崔貴妃一直期盼再得皇子，但始終未能如願。後來她便求助於卜祝之流，請一位名叫劉康孫的卜者在宅中爲她求子。宣和三年，太上當時最寵愛的小劉貴妃薨，太上悲悼不已，連哭了好幾日，後宮諸妃前去弔唁，也都泣不成聲，惟獨崔貴妃側目無戚容，太上便大怒，痛斥她心胸狹窄妒忌小劉貴妃。次年太上夢見小劉貴妃向他泣訴，說自己是被人作法詛咒而死。太上詢問眾宮人，便有人說出崔貴妃作法祈禱之事。太上親自去問崔貴妃，崔貴妃一向孤傲執拗，見太上問罪即冷笑，也不爲自己申辯說明祈禱是爲求子，反而出言頂撞太上。太上盛怒之下命人將劉康孫捕送開封獄，繼而問斬，崔貴妃也被廢掉，降爲庶人，攆出宮去，從此宮中人再未見過她。」

十一　賢福

與宗翰翻臉之後，宗望果然不再管事，終日沉溺於酒色，找茂德等宋女取樂。宗翰便讓宗雋接管劉家寺宮眷，並留澤利協助監守。

患病的女子越來越多，其中有好幾名帝姬。寧福服藥後逐漸痊癒，但緊接著賢福與保福又病了。其中賢福帝姬趙金兒的病有些怪異，前兩日只是頭痛、噁痛、寒戰，後來身上竟密密地起了一片片丘疹。

「看樣子是痘瘡。」澤利跟宗雋商量：「這病很難治好，又容易過給他人，不能再讓她住在宮眷營中。半里外有一間無人住的茅草屋，把她帶去那裡罷。」

賢福尚只是個十餘歲的幼女，宗雋不甚上心，也就隨口答應。澤利立即讓人將賢福抬出，鎖進那半里外的茅草屋裡，並駐兵把守，不許人接近。

不久後，宗雋聽見帳外喧譁，有女子且訴且泣，想是被兵卒擋著，她無法靠近軍帳。宗雋命隨侍宮女出去看，很快宮女回來，回稟道：「柔福帝姬在外求見八太子，說賢福帝姬病重，又無人照料，她願與賢福帝姬一同鎖於茅屋內，直到帝姬痊癒。」想了想又補充道：「賢福帝姬是柔福帝姬的同母妹妹，柔福帝姬很傷心，如今哭得厲害……還請八太子成全……」

宗雋一哂：「賢福得的是要命的病。柔福雖不怕死，我可不能讓她跟著她妹妹死。不必理她，讓她回去。」

宮女領命出去傳話，然而柔福不肯離開，泣道：「金兒患的不是痘瘡，很快會好的，如果你們不願讓她回來，就讓我去照顧她……」

聲音隱隱傳入帳內，宗雋聽了不禁又是一笑，只覺這柔福頗有趣，自己本就弱小如雛鳥，偏還時刻伸展著短短的翅膀，想去保護比她更小的雛鳥。

站起身，宗雋掀簾出去，看向垂淚的柔福。

她哭得鼻頭都紅了，雙目微腫，不住以手拭淚，臉上手背上全是淚痕。見了宗雋，彷彿捕到一絲希望，她眼中閃著晶亮的光，對宗雋道：「那真的不是痘瘡。金兒從小就是這樣，受寒之後就會起疹子，但很快就好，只要飲食調理注意防寒，就算不服藥都會好，而且也不會過給人。請相信我，讓我去照顧她。」

「我相信你，但是恐怕寨中人不會都信你。」宗雋微笑道：「是不是痘瘡，我們等兩天再看如何？如果兩天後她的疹子沒化作膿瘡，我就讓你去見她。」

「不行！」柔福搖頭道：「讓她在那個又冷又沒人的屋子裡待兩天，她的病情會惡化的。」

宗雋收斂笑意，盯著她道：「在我面前，你沒有說『不行』的權利。」隨即一顧兵卒，命道：「把她帶回去。」

他折回軍帳，不理柔福反抗。任她被兵卒拖走，聽她哭聲漸漸遠去，他未曾有一次回首。

這日夜間，宗雋被一陣驚慌的呼喊聲和腳步聲吵醒，有許多宋女在寨中大呼：「走水了！走水了！」

宗雋也是一驚，當下一躍而起，出去看何處失火。

大火的源頭是隔離賢福的那間茅草屋，此刻烈焰滾滾，遠遠看去像一團火球。有幾簇焰火被風吹入

寨中，也點燃了幾處帳篷，寨中金兵四處奔走，都在尋水滅寨內火焰，卻毫不管那熊熊燃燒著的茅草屋。

宗雋走至軍寨門前，冷眼看茅草屋火勢，澤利見狀過來，笑道：「這火不妨事，八太子無須擔心，回去歇息罷。」

宗雋也不側首看他，但說：「這是你幹的？」

澤利不否認，道：「患痘瘡的人就算死了也會貽害無窮，還是一把火燒了乾淨。」

宗雋沉默片刻，旋即一笑：「也是。」

澤利像是鬆了口氣，又去指揮寨中兵卒滅火。宗雋亦轉身欲回帳，此時卻覺白影一閃，有人掠經他身邊，朝茅草屋跑去。

那是位少女。應是突然驚醒，未及梳妝，她烏髮披散，幽幽地輕揚於身後。火光染紅了她白色的衣裙，裙袂飄舞，令她朝那火堆飄去的身影有落葉的姿態。

她急促地奔跑著，微微提高的裙幅下露出穿著繡花鞋的纖小雙足。未跑多久她即步履蹣跚，終於跌倒在地，但她又迅速站起，拖著不便疾行的小足再次向前奔去。

這是個熟悉的身影，宗雋認出了她，便跟了過去，在她再次跌倒時轉至她面前，朝她伸出了手。

她遲疑地看他，沒有伸手給他，含淚問：「火是不是你放的？」

宗雋答：「不是。」

「那麼，」她一把抓住他衣袍下擺，懇求道：「你讓人來救火，救救我妹妹！」

「來不及了，」他沒有給她一點希望，「火勢太大，若人在裡面，肯定早已死了。」

她悲呼一聲，爬起來又朝前跑，宗雋在後冷喝一聲：「站住！你再往前跑，我就把你所有的姐妹扔進火堆給你陪葬！」

她聞言一怔，也隨之停步，面朝那已燒得塌陷的火屋沉默地站立。過了半晌，她徐徐轉身面對宗雋。

陰冷的空氣因高溫蒸騰，使被火光映亮的景象有浮動的感覺，如倒影在水中輕漾。烈火燃燒在身後，長髮飄散於風中，白衣的柔福容顏在晃動的光影中變得格外分明。那一瞬宗雋不由屏息，想起幼時曾見金色陽光灑落在天池上，有素色蓮花在水中綻放。

「毫無人性的夷狄，將來都會遭到報應。」她冷淡了臉色，悲傷與怒意化入詛咒般的話語中，一字字地說出來：「我的九哥是康王趙構，大宋的天下兵馬大元帥，你二哥也懼怕的金人剋星。他會帶領著萬千大宋好男兒與你們作戰，總有一天會救出我們，把你們帶給我們的傷害與恥辱加倍地還給你們。」

宗雋悠悠笑著走至她面前，若無其事地隨意應道：「是麼？」

她睜大眼睛盯著他，又說：「九哥會揮師北伐，殺掉一切侵略大宋的人。」

他彷彿仍全不介意，朝她低首：「哦？」

她略略後退，拉大這曖昧的距離：「也包括你，你會死……」

最後未吐出的字消失在驟然響起的裂帛聲響與她的驚呼中——毫無任何預兆地，宗雋雙手沿她脖子伸入，抓住衣領兩側，忽地兩下一撕，柔福三層上衣立即分爲兩幅，宗雋揚手一拋，裂開的衣裳隨風湮滅於烈火背景裡。

柔福立即交臂護於胸前，滑坐在地，雙手抱膝，借這個姿態和長髮盡可能地遮住她只剩一件小小白

色抹胸的上身。

她抬頭看他，若目中怒火可點燃所視對象，他早已隨之灰飛煙滅。

「你會死的，」她紅紅的眼裡分明盈有一層淚光，可她堅持不哭，大睜著眼睛不讓眼淚流下：「九哥會把你千刀萬剮，五馬分屍……」

宗雋蹲下，與她對視，她毫不妥協，針鋒相對地瞪著他。宗雋便又猛然伸手，作勢要再扯她抹胸，她驚叫，急急朝後退縮，見他沒有再逼近，才意識到他適才的動作只是威脅，然而越發倍感屈辱，她埋首於膝上，雙肩顫動，開始啜泣。

宗雋緩緩站起，笑意銜於唇角，他朝她微微欠身，說：「抱歉。」

他踏著她壓抑的泣聲離去，想她應該明白，她可憐的尊嚴已隨汴京淪陷。

十二　西風

次日澤利的兵卒從燒毀的破屋裡挖出一具小小的焦屍，略作裝殮後澤利通知宋人賢福帝姬薨。過了幾日保福帝姬趙仙郎病逝，帥府諸人商議之下決定將仁福、賢福、保福帝姬全交由宋人發喪，選了十一名庸懦無能的宋臣將靈柩護送回城。

火起那日後柔福大病一場，起初宗雋以爲她也會死，暗中命部將找來藥交給她身邊的宮人，有時經過她的帳篷，會留意朝內看看。若她未睡著，且身邊無人的時候，她通常會仰躺著看穹頂，無聲地反覆念兩個字。念第一個字時雙唇朝內輕合，然後唇角再向兩側展開，並微微上翹，吐出第二個字，那時唇角上翹的幅度會形成一個微笑，而她的眼睛也同樣蘊含著淡淡的喜悅，像是透過穹頂看到了期盼的某種東西，或，某個人。

她像念咒語一樣天天默念著這兩個字，而她的病也在這樣的「咒語」下一天天好起來。

金天會五年（宋靖康二年）三月，金人奉冊寶立張邦昌為「大楚皇帝」，並於這月末宣佈班師，押送宋宗室、駙馬家屬三千餘人及金銀表段車北歸。

三月二十八日，趙佶等人由齋宮被押至劉家寺寨。宗翰馳馬趕來，對趙佶道：「你與本朝太祖皇帝先立盟好，今既知悔禍，我會向郎主建議封你為天水郡王，趙桓可封為天水郡公。你妻與你兒均隨你同行，這期間也可不改服飾，以示郎主厚恩。」

趙佶惻然一笑，勉強「謝恩」。午間宗望宴請趙佶，趙佶見他因茂德帝姬之故對自己尚有幾分尊重，便婉言請求：「此番變故，罪皆在我，我自願北上請罪於大金皇帝。但我兒趙桓涉政日短，並無大錯，請元帥開恩，留他在南朝。諸王、王妃、帝姬、駙馬不與朝政，也請免發遣。」

宗望擺首道：「朝命不可違，我也無法。此去但請放心，郎主既封你為郡王，必會善待你，你在北朝也能過上安樂日子。」

趙佶再進言，宗望只是不理，趙佶無奈作罷，與從官相顧歎息。

這日午後宗望命寨中帝姬出見父母，待他們少聚半日又再將其分開，命各自歸幕收拾行裝。次日啓程，宗室、宮眷、從官共分為七軍，宗雋、蕭慶任都押使，押著車八百六十餘輛，滿載宋人浩蕩北歸。

四月一日，宗翰也隨後退師，押了趙桓、朱后及貢女三千人、工役三千家，從河東路進發。

行了半月，忽有使臣從京中來，帶給宗雋一卷密詔，說遼陽附近的曷蘇館完顏部猛安謀克興兵作亂，命宗雋速改道前往，平息叛亂。那是宗雋南征以前的監管之地，故宗雋未曾怠慢，即刻稟報宗望，請他另調將領任都押使押送宮眷，自己將先行北上。

宗望調來的是先在三軍押送趙佶、諸王、駙馬往燕山的蓋天大王完顏宗賢。

宗賢得到退師命令即直赴三軍，此前未與領五軍回朝的宗雋見面。二人相見後宗雋想起宗賢表弟野利被殺之事，擔心他心存芥蒂，便略略提及，向宗賢說明宗望的難處。宗賢聞言黯然，但很快一揮手，說：「八太子不必再提這事。我那弟弟糊裡糊塗的，行事一向莽撞，為色送命也是咎由自取。我知道二太子盡力了，我很是感激，不會怨他。」

宗雋這才放下心來與他敘舊並交接相關事宜，啓程之前偶然與宗賢談起趙佶，隨口問他：「趙佶這些日子隨我軍北上，不知是何情形？」

宗賢笑道：「也沒什麼異狀，無非是整天長吁短歎、哭天抹淚的……對了，前天他在驛館牆壁上題了一首詩，我也看不明白，就讓人抄了下來。」一面說著一面取出一頁紙遞給宗雋：「你學問好，幫我看看是不是反詩。」

宗雋接過展開，但見紙上寫的是一首七絕：「徹夜西風撼破扉，蕭條孤館一燈微。家山回首三千里，目斷山南無雁飛。」

第十章　完顏宗雋・胡沙春淺

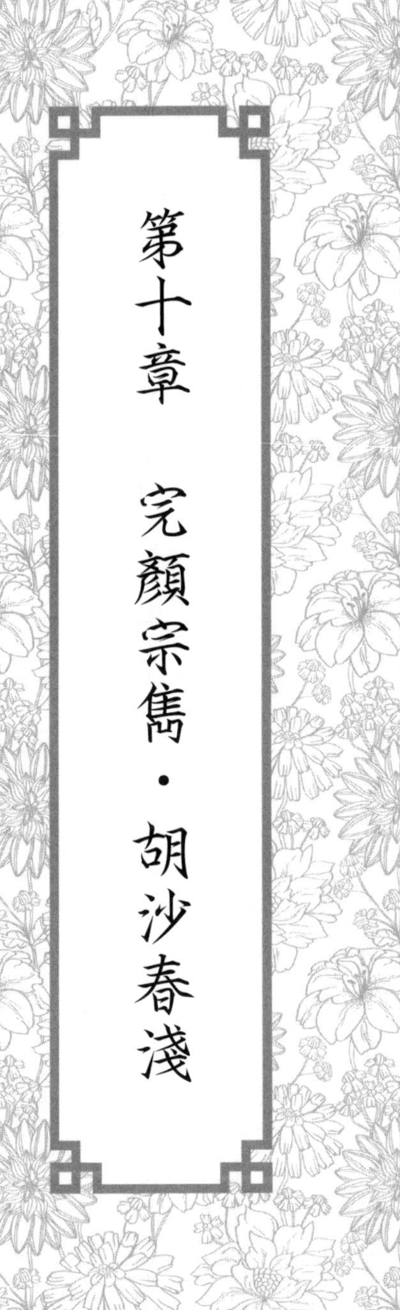

一　噩耗

金天會五年六月末，身處曷蘇館的宗雋忽然接到母后紇石烈氏手書，其上只有寥寥數字：「汝兄薨，速歸。」

他有七位兄長，但他明白母后所指的「兄」只會是一人——他的二哥，與他及九弟訛魯同母的完顏宗望。

右手揚鞭，不時揮下，身下紫電騮風馳電掣，千百里路隨黑色長髮直直地飄於身後，風雨兼程。穿過京師會寧府城門，不消片刻，已奔至皇宮正門前。宗雋下馬，逕直走入宮門，守門的衛士上前欲攔，他足下不停，只揚手亮出一面金牌，神色冷冷，衛士立即退開行禮，恭恭敬敬地讓道放行。

宗雋急切地朝熟悉的宮室走去。還未進門，遠遠窺見一角身影，他立時認出，揚聲喚道：「娘！」一位中年婦人轉首朝門外看。歲月與憂傷爬過她皮膚，碾出了細細痕跡，不著脂粉的容顏憔悴暗淡，在聽見宗雋呼喚的那一瞬曾經美麗的雙目才掠過一抹神采。

看見他，她便笑了：「宗雋。」

宗雋走過來擁抱母親，然後仔細打量她。她穿的天青色左衽短衣與錦裙簡單素淡，用的是尋常之極的布料，頭上戴著「玉逍遙」，以皀紗籠髻如巾狀，散綴於上的玉鈿細碎，色澤平平。

「娘，」宗雋蹙眉：「郎主不是說對你仍以皇后禮奉養麼？」

紇石烈氏頷首：「是。他對我十分客氣，一切都還按你父皇在世時的規矩，是我自己想穿得素淡些，何況，你二哥又……」

說到這事她已欲哭無淚，只惻然歎息。

宗雋揮手摒退宮人，然後問母親：「二哥怎麼死的？他身體不是一直很好麼？」

紇石烈氏淡淡一笑，意極蒼涼：「據說班師回朝途中因天氣炎熱，他下河以冷水洗浴，隨即發熱病倒。郎主得訊後速派一名醫官前去診治，但病勢卻越來越重，沒等到回京便死在路上了。」

「郎主派的醫官？」宗雋沉吟，道：「二哥體格一向強健，夏季常以冷水洗浴，從沒因此生病，怎麼這次就病倒了，還越治越嚴重？」

紇石烈氏環視四周，再轉目靜靜看他：「我也覺得蹊蹺。可這也未必……這樣做，太過明顯。」

宗雋遂又問：「那醫官是誰？常跟朝中哪位權臣大將來往？」

紇石烈氏搖搖頭：「我不知道。無人跟我說這些。」

宗雋思量片刻，又問：「二哥死後，燕京樞密院的事是誰接管？」不待母親回答便接道：「是國相罷？這下雲中燕京兩個樞密院就都併入他手中了……」

宗望是最有為的太祖皇子，自幼時起就長伴父親身側，與父親一起南征北戰，長大便成了一名最具威望的悍將，用兵之果敢神速在金國無人能及。太祖完顏旻崩後即位的是他們的四叔完顏晟，亦知重用宗望，此番揮師南征一舉破宋宗望是首位功臣。天會三年，金主完顏晟把原本設在廣寧的行樞密院遷到燕京，由東路軍主帥宗望掌管，而宗翰隨即也在雲中另立了個樞密院，一時兩院並立，互相牽制，被金人稱作東西朝廷，也加劇了宗望與宗翰的明爭暗鬥。

宗望死後，完顏晟確是讓宗翰接管燕京樞密院。紇石烈氏沉默不語，宗雋繼續說下去：「還有宗弼，他是何反應？沒有了二哥，以後他就不用跟在二哥身後，成了不折不扣的主帥……」

宗弼本名兀朮，是太祖第四子，宗雋的異母兄，亦喜讀漢書，頗有將才。

「不要說這些。」紇石烈氏忽然抬頭，神色決然：「我讓你回來不是要讓你追查你二哥的死因。」

宗雋一愣：「娘僅僅是要我來奔喪？」

紇石烈氏輕歎一聲，問：「曷蘇館的猛安謀克（注）如今怎樣？」

宗雋點頭，輕描淡寫地說：「函普兄阿古酒完顏部有幾個頭領不服朝廷管制，被我解決掉了。」

「解決掉了……」紇石烈氏微笑：「那就沒事了，我跟郎主說，讓他調你回京，以後就在京中任文職罷。」

頓感驚訝，宗雋愕然問：「爲什麼？這些年來我常在外征戰，早已習慣了，若回了京，郎主頂多只會爲我安個虛職，我豈不終日無所事事？」

「那不很好麼？」紇石烈氏若有所思地說：「你不要跟你二哥學，奪得了想要的中原，卻丟了自己的性命……我有能力的兒子只有宗望一人，其餘兩個兒子都成不了大器，在京師擔個虛職，終日無所事事地混混也就過了，不會威脅任何人，沒人會把他們當回事。」

母親幽涼如秋風的話語淡淡拂過，心底瞬間清明，宗雋默然許久，才說：「好，我回來。」

紇石烈氏沉靜地盯著他：「你眞的明白我的意思？」

宗雋頷首：「是，我明白。」

紇石烈氏想想又問：「你一直在看漢人的書？」

宗雋稱是，紇石烈氏贊許地點頭：「如今跟你父皇在世時不一樣，仗，不僅是在馬背上打的。多看看漢人的書有好處。」

說罷舉手輕撫宗雋的長髮：「還是不願剃頭麼？爲這事你小時候沒少挨你父皇打，卻還是堅持到了現在……終日這麼披著長髮，成什麼樣子！」

女眞男人的髮式通常是前半部頭髮盡數剃去，只留顱後髮編結成一兩根辮子。而宗雋卻不依樣剃髮，堅持留著一頭長髮，平時便隨意披著，偶爾以冠帶束髮。此刻聽母親問，便笑了笑，說：「如今大家也看慣了，沒人會過問。」

「一刻不停地跑了很久吧？頭髮都吹亂了。」紇石烈氏轉身走入內室自妝臺上取來一把梳子，坐下，對宗雋溫言道：「來，母后給你梳梳。」

宗雋走去，在母親面前跪下。紇石烈氏輕輕扶著他的頭，梳髮的動作輕柔而細緻。梳子徐徐自他髮上滑落，梳齒劃過之處，黑髮分出一道道平衡的縫隙，瞬間復又融合，在母親的手下變得整齊直順。

忽然宗雋頭頂一涼，像是有水珠自上滴下。

「娘……」沒有抬頭，宗雋黯然輕喚。

「他才三十出頭……」紇石烈氏的聲音有些哽咽。

「娘，」宗雋倒無哀戚之色，只淡定地說：「既有了前因，總有一天我會給他們一個後果。」

注：「猛安謀克」是女真人創建的一種社會組織，脫胎於原始氏族制下的集體狩獵組織。按女真語義，猛安本意為千，初為千夫長即千戶長；謀克本意為族、族長，在女真諸部由血緣組織向地域組織轉化後，又有鄉里、邑長之意，再引申為百夫長、百戶長。後來猛安謀克一詞包括了五個內容：（1）職官的代稱；（2）軍隊編制的兩級單位；（3）地方行政組織的兩級單位；（4）戶制；（5）世襲爵銜。作為軍事組織的猛安謀克還擔負著率兵打仗和掌管生產、徵收賦稅等多種職能。

二　茂德

午後自宮中出來，宗雋立即策馬奔至宗望府，見門前冷落大異從前，其內隱隱傳來哀戚之聲。兩名戴重孝的家奴，神色蕭索地默默相對而立，聽馬蹄聲響懶懶抬頭，發現是宗雋才笑顏逐開，立即揚聲通報，隨即忙不迭地迎上牽馬。

宗雋下馬，直奔靈堂。朝出門迎接的宗望正妻唐括氏及長子受速點點頭，然後走進廳中，一拋披肩，在宗望靈前單膝跪下。默然凝視宗望牌位片刻，雙手緩緩托起一柄銀鞘嵌金匕首，舉至齊眉，寒光一現，拔刃出鞘，再往額上輕輕一抹，立即有鮮血自那道細微整齊的切口內滲流而下。

仰面悲嘯，兩行熱淚與熱血相融一處，血淚交下，宗雋失聲慟哭。

這是女眞貴族用以對死者表示最深切哀悼的習俗，剺面哭喪。眾兄弟中，宗雋與宗望最爲親近，因此這番哭喪絕非矯飾，聲聲沉痛悲戚，觀者愈加淒惻，亦隨之大放悲聲。

良久，唐括氏與受速上前勸慰，宗雋才拭淚站起，抹去額上血跡問：「能讓我再看看二哥麼？」

唐括氏黯然搖頭：「宗望的遺體在薨逝當天就在營中火化了，據說是怕天熱不便保存，送回來的只是骨灰。」

這並不合規矩。女眞習俗，族人死後一定要歸葬故里，若將士在出征途中死去，也應把靈柩運回再決定土葬或火葬，而不是就地火葬。於是宗雋蹙眉問：「誰下的令？」

受速頓時目迸怒焰，搶先答道：「宗磐！」

這名字又勾起宗雋一層疑雲。宗磐是完顏晟長子，完顏晟相當鍾愛，讓他自少年時起就跟隨皇叔完顏杲攻打遼國，平時也著意栽培。金國的皇位繼承制為兄終弟及制，完顏晟即位後按制封五弟完顏杲為諳班勃極烈，但對宗磐明裡私下的照顧總讓人覺得他對立儲之事心有不甘。

「仗都打完了郎主才派宗磐去我爹營中，分明是想讓他白白占個便宜，也為他記上協助制勝的功勞。而且他去後不久我爹就病倒，他請郎主派個醫官來，一來就把我爹治死了……」受速繼續訴說，憤憤不已。十幾歲的少年，喜怒全寫在臉上。

宗雋問他：「是宗磐請郎主派醫官？誰告訴你的？」

受速道：「是宗幹大伯。」

宗幹本名斡本，是太祖庶長子，宗望與宗雋的異母兄。也曾跟隨父親在與遼戰爭中立下不少戰功，只是武功略遜於宗望，完顏晟讓宗望為帥領兵，但封宗幹為國論勃極烈，與諳班勃極烈完顏杲同輔政。

唐括氏也插言道：「宗望常在外征戰，倒是宗幹不忘時時對我們多加照顧。宗望死後他常來府中幫我們處理喪事，偶爾也會對我們談一點朝中事。」

此時忽聽門外有人喚：「宗雋！」

眾人聞聲望去，唐括氏當即微笑道：「正說著呢，他就來了。」

門外所立之人長身美髯，氣度平和，正是他們所說的太祖庶長子宗幹。

宗雋微笑相迎。兩人擁抱寒暄後，宗幹問：「你們剛才在聊什麼？」

受速馬上說：「大伯來得正好，快把宗磐怎樣害我爹的事告訴八叔吧。」

宗幹擺首道：「我什麼時候說是宗磐害了宗望了？事情尚不清楚，不可胡說。」

宗雋便順著話題問他：「聽說給二哥治病的醫官是宗磐請郎主派去的？」

「據說是這樣。」宗幹一笑：「我當時不在營中，無法證實。何況，就算眞是宗磐要求的，那也說明不了什麼，主帥病了爲他請個醫官很正常。」

「那醫官現在在哪裡？」宗雋再問。

宗幹歎道：「失蹤了。宗望死後他立即回京，我也找過他，但再也找不到，也不知是死是活。」

宗雋一時不再說話，只低頭沉思。宗幹忽又問他：「你此次回來是準備覆命留京，不在外監軍了？」

宗雋道：「是有這打算，但尚未對郎主說。」

宗幹眉目間立即閃過一絲驚異的神色，隨即又轉首抬目看向門外，舉止倉促而不自然。

宗幹沉默許久，最後才似下定決心，低聲對宗雋說：「我剛從宮中出來，當時宗翰在與郎主議事，我隱約聽見他在請郎主讓他兒子知曷蘇館節度使事……」

宗翰讓他兒子知曷蘇館節度使事，在宗雋尚未提出覆命還職之前，那等於是明白地要求撤他的職了。宗雋冷笑，卻未就此說什麼，宗幹看看他臉色，又更壓低了聲音問：「聽說國相與宗望在軍中屢次當眾爭執？」

宗雋不答，但展顏道：「許久沒與大哥喝酒了，今日重逢自當一醉盡興。一會兒大哥與受速隨我回府，我們暢飲通宵如何？」

宗幹與受速均欣然答應。三人坐下繼續閒聊。宗望信佛教，靈堂中香煙嫋嫋，有十數位和尚不停地敲著木魚喃喃念經，除唐括氏外，靈前兩側跪著數位披麻戴孝的婢妾，不時哀哀地哭。忽然跪在左側第一位的那名女子似支撐不住，身體一斜，便暈倒在地。

她旁邊的女子吃了一驚，忙把她攙扶起來，靈堂中有片刻的騷動。

宗雋側首看去，但見這兩名女子自己都認得，暈倒的女子是宗望在劉家寺所納的茂德帝姬，而扶她的則是茂德的侍婢李仙兒。

「裝什麼死！以爲暈幾下我就會可憐你，不讓你去服侍宗望了麼？」唐括氏怒瞪那女子，狠狠地說，然後命令家奴：「拿點水把她潑醒，讓她繼續跪！」

回頭見宗雋在看，唐括氏遂解釋道：「這就是宗望從南朝帶來的妾，那個廢掉的太上皇的女兒，叫什麼茂德帝姬的，八弟應該見過罷？又嫁過人又生過子，不知道宗望看上她什麼！而且眞是個掃帚星，宗望碰她沒幾天就把命都丟了。不過宗望既納了她，我也認她是我們家的人，宗望如此喜歡她，那就讓她殉葬相陪於地下罷。等發喪那天，就把她與宗望生前最愛的名馬一道焚了。」

宗雋淡淡笑笑沒說什麼。在唐括氏授意下，家奴將半桶水朝茂德撲面潑去，茂德在冷水的刺激下驚醒，慌張地大睜雙目，瑟瑟坐起，眼波隨著青煙飄浮，淒然咬唇，徹底的茫然無助。

「跪好！要是再玩這種裝死的把戲，我會提早讓你去見宗望。」唐括氏斥道。

茂德依言跪好，身體不禁地輕輕顫抖。李仙兒亦嚇得深垂首不敢多言，倒是一位女眞婢妾頗有些同情茂德，輕聲爲她解釋：「她胃口不好，吃不下東西，從昨天到現在一點飯都沒吃，又跪了許久，所以才暈倒，不是故意的。」

唐括氏冷笑：「當慣了金枝玉葉，吃不下我們的粗糧雜食是吧？自個兒要絕食，倒弄得像是我在虐待你。來人，給她個麵餅，讓她當著我的面吃完。」

侍女取來一個冷硬的麵餅，唐括氏接過，拋在茂德面前的地上，命她：「撿起來吃了！」

茂德雙睫微垂，兩滴淚珠先後墜落在地。李仙兒見她未動，擔心唐括氏發怒，自己匆匆膝行幾步，伸手把麵餅拾起，再膝行回去，把麵餅遞給茂德。茂德遲疑地接過，然後在李仙兒催促下含著淚開始一口口地咬那麵餅。

「南朝女人就是犯賤！」唐括氏甫一開口，茂德便全身一顫，彷若驚弓之鳥，餅亦自手中掉落，聽她怒罵又不敢流露氣惱憤懣之色，只斂眉順目，重又拾回地上的麵餅，那一低首間悽楚無限。

她與柔福雖是姐妹，然非但容貌不相似，性情更是異如天淵。若柔福受唐括氏如此羞辱，想必定會奮起反抗。憶起柔福不要命地拔簪刺馬的樣子和她那火般目光，宗雋不禁微露笑意，忽然覺得似乎有很久沒有見到她了，不知她是否能頂住千里艱辛活下來，現在又身在何處。

三　玉箱

兩日後金主完顏晟賜宴，命在京的太祖諸子及自己長子宗磐出席，稱要為剛返京的宗雋接風洗塵。

宗雋進入乾元殿，發現除上方御座外，其餘坐席皆圍成環狀。「環飲」是女眞人舊俗，往往在相聚圍獵後環坐暢飲，以示不分尊卑。自滅遼攻宋以來，宮中禮儀仿效遼宋漸有定制，賜宴幾乎已不用環飲之法，今日如此安排是例外。

見兄弟們差不多都已到了，宗雋與他們逐一見禮，然後隨意找了個位置坐下。

又等了片刻，完顏晟自殿外走入，與一女子相繼落座，接受眾人拜禮。

禮畢回座，宗雋抬首，目光不經意地掠過御座上的君主和陪侍於他身邊的女子，忽然有些訝異。

除了不可避免的衰老如塵埃般在身上加深的陰影，完顏晟還是宗雋記憶中的模樣，引他注目的只是那個陌生的女子。

其實席間的男子都有一瞬的盲目，某種晶瑩的光線入侵了他們的眼睛。紫衣白羽，瓔珞玉環，額上墜下一圈淺紫寶石，尋常的金國服飾被那女子穿戴得粲然生輝。她靜默地坐在郎主身邊，端雅妍美，宛如朝露，與日顯粗陋的郎主相比，她又若一朵綻放在黑木上的丹芝。

察覺到眾人目底難以掩飾的驚豔，完顏晟十分快意，一手摟緊她，笑著介紹道：「這是我新納的妃子，南朝吳王的孫女，晉康郡王的女兒，趙佶親自下旨進封的淑慧宗姬趙玉箱。」

玉箱輕輕掙扎，支身坐正，眼波含嗔帶怨瀲灩一轉，立即勾起了完顏晟一陣舒心大笑。眾人紛紛恭喜道賀，完顏晟越發喜不自禁，玉箱亦隨之微笑，那笑意渺漫如煙雲，冷冷的嫵媚。

「玉箱，」完顏晟側首對她說：「今日朕賜宴意在爲八太子宗雋洗塵，各位皇子太子環坐於此，你可能從中認出宗雋麼?」

侍立一旁的通事將郎主的話翻譯給她聽，她聽後淺笑道：「臣妾從未見過八太子，亦不知八太子年齡相貌性情，若郎主不稍加提示，便是有意爲難臣妾了。」

完顏晟笑道：「宗雋精通漢文漢學，平日打扮與女眞人不太一樣，人更是英武俊美，你只管找那最搶眼的就是了。」

玉箱聞後頷首，於是轉身舉目，款款顧盼，逐一細看在座每位男子。目光落到宗雋身上時，有刹那

的凝固，然而也只是僅夠令宗雋本人覺察到的一刹那，她很快移目，淡定地掃視完所有人，再徐徐側身朝完顏晟垂目：「請郎主恕臣妾愚鈍，臣妾實難看出誰是八太子。」

完顏晟詫異道：「眞的看不出？你就照瞧著最順眼的猜吧！」

玉箱含笑道：「若依臣妾看，最順眼的人自然是郎主，其餘各人長相如何對臣妾來說其實都一樣，並無差別，所以實在無法從中辨出八太子。」

她說的是漢話，宗雋先於須聽通事翻譯的完顏晟之前聽懂，當下隱隱一笑。她的恭維其實不算巧妙，但對完顏晟，這點心機已足夠。他只是對她坦然承恩的態度和她的目的略感好奇，同是宋俘女子，柔福倔強不屈，茂德逆來順受，而這玉箱，似乎很自然地接受了委身敵酋的命運，面無絲毫愁苦哀戚之色，甚至可說在主動迎合，婉轉邀寵。

她的話果然聽得完顏晟哈哈大笑，攬住她的腰在她耳邊低聲說了句什麼，她卻也聽懂了，臉一紅，伸出手中團扇半嗔半羞地在他身上作勢一拍，完顏晟笑得更爲響亮。

須臾，完顏晟才止笑收聲，向玉箱指出了宗雋，宗雋站起向玉箱拱手見禮，玉箱亦起身一福，彼此再次落座後，完顏晟又略問了問宗雋近況及曷蘇館形勢，只不提宗望，再舉杯與眾人同飲。

席中觥籌交錯，頃刻間賓主均已滿飲十數杯。這時完顏晟忽然宣佈：「此番環飲朕另有好禮相贈。」隨即一拍掌，立即有內侍引三十多名女子魚貫而入，年紀均在十五六左右，辮髮飾羽，著錦裙春水服，是金國少女打扮，然而個個眉目清麗身材纖柔，顯然來自南朝。

「她們都是南朝的帝姬宗姬，皇帝王爺的女兒，未嫁的處女，本是宗望與宗翰特意獻上充實朕的後宮的，但朕見眾卿多年來爲國立下不少汗馬功勞，南征得勝也理應嘉獎，所以把她們分賜給你們，每位愛卿可得四名，一名帝姬，三名宗姬。」完顏晟說，隨即朝引宋女入內的內侍示意，內侍便讓帝姬宗姬們列隊立於大殿正中，席間逐漸沸騰起來，眾人都肆意打量殿中女子，嬉笑私語聲此起彼伏。

宗雋淡淡一掃，已窺見其中的柔福。依然是一臉倔強，抿唇而立，怒瞪盯著她看的每一個人。

內侍展開詔書，依次念出分賞各宗室的帝姬宗姬身分及名字。宗雋慢慢飲酒，不動聲色地等待著。

「賜，八太子宗雋……」聽到自己名字，宗雋暫時擱下酒杯，屏息靜氣地看那內侍，等他宣佈誰是屬於自己的女子。

「寧福帝姬趙串珠……」

宗雋啞然失笑，怎麼會是她？他這才想起在眾女子中尋找寧福身影，沒有再聽內侍尚未宣讀完的其餘宗姬的名字。

寧福果然也在殿內。在這些姐妹中，她姿色並不出眾，且異常削瘦，弱不禁風的樣子吸引不了多少人的關注，她像一片薄薄的影子，安靜地立於一個相對隱蔽的角落。

分賞完太祖諸子，都沒聽到柔福的名字。沒人會忽略她的美麗，雖然年齡偏小，身量未足，但居於眾女子中，她仍如蘆草內探出的蓓蕾。宗雋忽然有點不祥的預感，目光投向了大皇子宗磐。

所料未差，宗磐獲賜的帝姬的確是柔福。此前宗磐一直緊盯著柔福，像是早已知道了結果，一待內侍念出她的名字，他立即迫不及待地站起，直奔柔福而去，一把將她拉出，嬉笑道：「去陪我喝酒。」

柔福蹙眉狠狠甩開他的手，後退數步，宗磐笑著逼近欲再拉，卻聽有人在一旁冷冷喝道：「且慢。」

宗磐愕然轉頭看去，見說話的是正緩緩站起的宗雋。

宗雋穩步走至宗磐面前，負手站定，對他道：「宗磐，可否另選一人？」

宗磐瞥他一眼，不悅道：「爲什麼？」

宗雋淡然道：「因爲她是我的女人。」

滿座譁然。宗磐一愣，旋即怒了：「胡說八道！她們都是元帥留心保護的處女，怎會成了你的女人？」

宗雋淺笑回答：「我隨軍駐紮於劉家寺時曾偶遇這女子。因當時入寨的宮眷眾多，我並非每人都認得，也不知道她是帝姬，那天晚上多飲了幾杯，見她容貌不錯，就拉去帳中同宿。後來野利贈她香囊，國相與二哥找她問話，我才知她身分。後悔也來不及了，又不敢將此事告之二位元帥，只好先按下不提，準備回京後再向郎主請罪，並請郎主將她正式賜給我，不想今日在這裡遇見。她既已服侍過我，我說她是我的女人應該不爲過。」

宗磐瞠目道：「你是說她已經……」

「是。」宗雋承認，「我實不敢欺瞞大皇子，讓你在不知情的情況下領回服侍過我的女人，所以請你諒解，把她讓給我罷。」

柔福聽不懂二人說的女眞話，見他們似有爭執，就蹙眉凝眸疑惑地看。宗磐轉首間見她視宗雋神色無難堪之意，便也生疑，冷笑對宗雋道：「你說怎樣就是怎樣？怎不說這裡所有帝姬你都碰過，請郎主都賜給你。」

「看來宗磐若非聽她親口承認是不會相信了。」宗雋也不慌，轉身對侍宴的高慶裔說：「先生懂漢話，請當眾問問柔福帝姬，我在劉家寺軍寨中是否曾冒犯過她。」

高慶裔起身請示於完顏晟，完顏晟點了點頭，高慶裔遂過去按宗雋的意思用漢話問柔福宗雋有否冒犯過她。

柔福臉霎時緋紅，顯然想起了火起那夜宗雋裂衣之事。又羞又惱，側目見宗雋正略帶調侃意味地看著她微笑，一股怒氣更是無法抑制地直升了上來，怔怔地咬唇默立半晌，她忽然一指宗雋，道：「是，這個男人曾在劉家寺對我無禮，你們快殺了他！」

宗雋笑意愈深。她知道金人覬覦帝姬的後果，期待這一次的供詞像上次對野利那樣爲宗雋引來殺身之禍，卻不知道她的回答正是他想要的。

高慶裔把她的話翻譯給眾人聽，宗磐愣了愣，脫口問：「無禮？怎樣無禮？」

宗雋笑著環視其他人：「你們說，還能怎樣無禮？」

眾人聞聲大笑，由著宗雋引導均想到一處去了，目光都戲謔而曖昧地襲向柔福。

柔福見說出這話後宗雋不急於辯解，反而笑得頗愉悅，眾人似乎也不覺得他犯了重罪，除了宗磐與完顏晟都在陪著他笑，她想不明白，瞬了瞬目，越發困惑了。

「就算她是你的女人又怎樣，今天父皇把她賜給我，我就要她！」宗磐忽又忿忿道，搶過來又要捉柔福。宗雋鎖眉在她身前一擋，宗磐越發大怒，立即揮拳相向。坐於近處的大太子宗幹與四太子宗弼見勢不妙忙雙雙站出拉住他好言相勸。

「宗磐，」這時一直冷眼旁觀的完顏晟終於發話，不怒自威：「爲區區一個女人你就急成這樣，成何體統！你要服侍過宗雋的女人，很有面子麼？不許再胡鬧，我另賜你一個！」

宗磐聞言不敢再爭執，但終究耿耿難平，幾步走回自己位置坐下，提酒壺在面前碗中猛倒一氣，仰

首一口喝下，再把碗狠狠朝地上砸去。

「八太子，」完顏晟身邊的玉箱此時忽然開口，悠悠笑著，手中團扇有條不紊地輕輕揮動：「這事說來畢竟還是你對不住大皇子，你對他總應該有所補償才是。」

宗雋頷首道：「多謝夫人提醒，我也是這麼想。」隨即轉首對宗磐微笑說：「宗磐，今日我只選此女即可，寧福帝姬與其餘我應得的宗姬全讓與你如何？」

宗磐冷面問：「寧福帝姬是哪個？」

內侍忙把寧福拉出來給他看，宗磐一見之下又怒不可遏：「吥！你奪了個大美人走，卻把這瘦得像癆病鬼的小丫頭塞給我，倒是挺會算計！」

眾人看著寧福，嘴裡雖沒說什麼，但必定都覺得她遠不及柔福，本來想勸宗磐接納的都噤聲不提。

寧福瞬間成爲眾人注目焦點，卻也並不驚慌，抬頭徐徐看宗磐與宗雋，目光依然寧和如水，孩童般清澈，不含任何情緒，然後她垂目低首而立，那柔弱的姿態很是楚楚可憐。

一陣沉默後，完顏晟哈哈大笑起來：「宗雋眞是慷慨，爲了換得心儀美人，甘願將另三名美女白拱手送人，只是日後不要後悔。宗磐既不喜歡寧福帝姬，寧福還是與柔福一起跟宗雋回去罷。我另在後宮選一宗姬給宗磐，宗磐可攜七美而歸，何樂而不爲呢？」

眾人亦隨聲附和，紛紛勸導宗磐。宗磐見本賜給宗雋的三名宗姬姿色尙可，這才稍稍釋懷，命宗姬過來侑酒，氣氛才又活躍開來。

內侍強令柔福與寧福隨宗雋回座，讓她們在宗雋左右坐下。宗雋跟她們姐妹說話，寧福偶有應答，但柔福就完全漠然不理，宗雋也不勉強，自己滿懷興致地笑看其他兄弟左擁右抱，與他們相互祝酒暢飲，直至宴罷。

席終告退時，完顏晟忽然叫住宗雋，淡淡道：「朕聽你母親說，你有意辭去知曷蘇館節度使事之職？」

這才是這場歡宴的原因和目的。宗雋從容停步，回答這個他等了許久的問題：「是。宗雋長年在外領軍，不能在母親身邊盡孝，一直深以爲憾。二哥薨後，母后不勝悲傷，宗雋於情於理都應返京全心侍奉母親，所以請辭知曷蘇館節度使事之職，萬望郎主恩准。」

完顏晟點頭道：「侍奉母親的確是應該的。你在外辛苦奔波數年，也該回京歇歇，朕會給你找個高俸文職，曷蘇館就不必再去了。」

宗雋拜謝。離開之前想了想，終於還是問出：「郎主可找到了繼任知曷蘇館節度使事的人選？」

完顏晟道：「朕會讓樞密院推薦合適人選，再交由幾位勃極烈討論決定。」

宗雋頷首再拜，然後領著柔福與寧福出殿。

剛出大殿正門便見有一母親宮中的宮女迎上，朝他施一禮，道：「娘娘請八太子過去。」

宗雋遂命帶來的隨從領二位帝姬在此等候，然後自己去紇石烈氏所居的慶元宮見母親。

甫一見紇石烈氏，還未來得及行禮，便生生挨了母親揚手揮出的一耳光。

「現在是什麼時候？」紇石烈氏的行爲是在表達她的憤怒，然而目底更多的卻是悲哀之色：「你居然還與宗磐搶女人！」

宗雋單膝在母親面前跪下：「宗雋知錯，下不爲例。」

「唉，還有下次麼？」紇石烈氏輕歎：「你這麼衝動，又不知輕重，只怕將來會死得比你二哥更糊塗。」

宗雋堅決地擺首：「我可以向母親發誓，不會再有下次。我很清楚自己現在的處境，也知道該怎樣做，請母親放心。今日之事，是唯一的例外，以後不會再發生。」

紇石烈氏幽然淡笑：「當初宗望也曾跟我說過類似的話。」

宗雋默然，然後轉言道：「娘，我已經向郎主請辭了，他也已經答應。」

紇石烈氏沒有過多的表情，只說一個字：「好。」

「接替我的人應該會是宗翰的兒子，」宗雋道：「宗幹聽見宗翰為自己兒子向郎主索求此職。」

紇石烈氏久久不語，半晌後才長歎道：「凡事多想想，事情未必總如看上去那麼簡單。」

宗雋微笑問：「娘若想到什麼何不明白告訴宗雋？」他知道母親是位極聰慧的女人，善騎射，有謀略，年輕時一直隨侍在太祖身邊，陪他南征北戰並出謀劃策，所以才能在太祖元配皇后唐括氏崩後在妃嬪中脫穎而出，被立為繼后。她的見識絲毫不遜於男人，但漸增的年齡和閱歷使她愈加含蓄內斂，她有看透世事的能力，卻習慣保持沉默，即便在最親的兒子面前，也不會隨意流露自己關於政治的見解。

「娘能替你想一輩子的事麼？你必須學會自己思考。」紇石烈氏淡然答，忽然又輕輕移開了話題：

「你與宗磐爭的那女子……」

宗雋微微一驚：「娘不是要我把她送給宗磐吧？」

「當然不是。」紇石烈氏微笑說：「咱們搶來的女人，哪有還回去的道理！」

那「咱們」二字令宗雋完全釋然，心有一暖，也隨之微笑。

紇石烈氏接著說：「我是想問，她是不是很美？」

宗雋道：「那是自然。」

紇石烈氏點點頭：「你要善待她，她原本還是位公主……什麼時候帶她來讓我瞧瞧。」

「這沒問題，只是要略等一陣。」宗雋笑道：「她性子可不似一般的南朝女人，烈得像匹野馬，我得先花點工夫馴馴她。」

「那另一個呢？那個宗磐不要的帝姬。」紇石烈氏又問。

宗雋想想，答道：「她很瘦，很安靜，不像她那姐姐喜怒都寫在臉上……隨遇而安的樣子……」

紇石烈氏了然地笑：「你一定不會喜歡她罷？聽起來有點像穎眞……」

一聽穎眞之名，宗雋笑容立即隱去：「提她做什麼？」

「人都死了兩年了，你還不許提？」紇石烈氏道：「唉，其實她根本沒做錯什麼，你不喜歡她，多半也是爲賭氣罷？」

宗雋便垂首不語。穎眞是他的妻子，當年阿跋斯水溫都部的第一美女。女眞人中盛行指腹爲婚，宗雋本有位如此早早定下婚約的未婚妻裴滿氏，不想她卻在天會元年得病死去。隨後完顏晟懷著超常的熱情爲他聘下一位遠在阿跋斯水的溫都部女子，此前甚至沒有徵求他的意見。完顏晟說，那女子有溫都部第一美女之美譽，京中許多王孫均求而不得。然而宗雋很不以爲然，他一直很清楚，對一位宗室子來說，娶妻實際娶的是她的家族，美貌只是最不重要的條件。

完顏氏的男子，娶妻絕少娶庶族之女，平常通婚的貴族有九姓：徒單、拏懶、唐括、蒲察、裴滿、紇石烈、撲散、烏林答及烏克論。天子必娶此中之女，公主必嫁此中之男，彼此借聯姻增強自己的權勢地位。那時太祖既薨，宗雋又很年輕，紇石烈氏本欲在九姓中選一較有權勢的家族，讓宗雋與之聯姻，

以得到他們的扶持，但完顏晟的突然干預使她不得已放棄了這個計畫，看著宗雋滿心不情願地娶了個九姓之外的溫都氏女子穎眞。

穎眞其實是個好女孩，不僅美麗，品性也和順賢淑，但宗雋就是不喜歡，始終對她很冷淡，後來索性要宗望請求完顏晟，讓他去曷蘇館任職，把穎眞拋在京師府中。兩年前，穎眞終於抑鬱成疾，最後不治身亡。

「你或許也該考慮另娶個女人了。」紇石烈氏凝視沉默的宗雋，又說。

宗雋勉強一笑：「我最不缺的就是女人。」

紇石烈氏搖搖頭：「那不一樣的。」但也不再多說，只輕輕理理他右側的散髮，和言道：「那安靜的帝姬你若不喜歡就送到娘這裡來，別碰她。宗磐雖得了七位美人，但都只是宗姬，沒有帝姬，他肯定會耿耿於懷。下月他過生日，到時娘再準備一份厚禮，你把這禮物連帶著那帝姬一起給宗磐送去，別讓他一直記恨你。」

宗雋頷首道：「宗雋聽母親吩咐，一會兒就把寧福帝姬送來。」

紇石烈氏才又淺笑道：「好了，你回去罷，過一陣子再帶你搶的帝姬進宮給我看。」

四　解衣

夜色漸深，宗雋推門入室，披著寬大長袍，袒胸，露出上身大片肌膚，見那被鎖於室內的女子嚇得驚跳起來，他笑了笑，說：「不好意思，我不是野利，一時死不了，讓你失望了。」

柔福驚惶地轉首四顧，想竭力找到一點擺脫眼前危險的契機，最後她把希望寄託於桌上的花瓶，一把抓過高高舉起，朝宗雋道：「出去！」

宗雋不疾不緩地轉身關好門，然後邁步朝她走去。柔福不住後退，退至牆邊無計可施之下只好狠狠地將花瓶向他擲去。宗雋不過輕輕一揚手便穩穩接在手中，看也不看便依舊擱回桌上：「花瓶不是用來打人的。當然，一定要這樣用也並無不可，但你方法不對，尤其是對我這種身手敏捷的人。你至少應該把花瓶藏於身後或觸手可及的地方，然後面帶微笑迎接我，待我對你絲毫不設防時再悄悄抓起往我頭上砸，這樣我才會覺得有點意思。」

說完這話他已經逼近她，一手撐在牆上將她困於其中，一手輕撚她的耳垂，問：「你知不知道什麼是你應該做的事？」

雖然已無後路，但柔福仍下意識地盡力向後縮以躲避，蹙眉道：「不知道，也不想知道。」

宗雋歎歎氣：「唉，看來我只好勉爲其難地教你了。」

一伸臂，已將她橫抱起來，從容走向內室。她一邊咒罵一邊掙扎，他只稍稍加大力度，便把她箍得無法動彈。

把她拋在床上，他隨即過來一手摁住她亂揮亂打的手，一手輕解她衣帶：「你應該知道反抗毫無作用。你不再是什麼帝姬，從今後我是你的主人，你要做的事就是好好考慮該怎樣取悅我。」

聽了此言柔福忽然暫停反抗，須臾，竭盡所能地向宗雋擠出個不比哭好看多少的笑容：「你別這樣，我們商量一下……我可以服侍你，例如幫你洗衣服……」

「好。」宗雋漫不經心地答，這時已解開她第一件上衣。

「我眞的會洗衣服，這一路上的衣服都是我自己洗。」

「嗯。」宗雋的動作並未停下。

「還有，」她又開始掙扎：「你漢話說得好，大概很喜歡漢學吧？我可以在你寫字時爲你研墨，在你讀書時爲你焚香。」

「很好。」

「還可以陪你讀書，你若有不懂之處我會仔細解釋，你說的漢話如果有音發錯我會爲你糾正。」

「行啊。」

「你的女人應該也很多吧？不缺我一個吧？不是一定要我……侍……侍寢的吧？」

「對。」

「那麼，」她忍無可忍地大叫起來：「你爲什麼還在脫我的衣服?!」

宗雋開懷大笑：「我知道你能做的事很多，但具體做什麼是由我決定。一旦我決定讓你做什麼你便不能拒絕，就像現在。」

她努力想推開他解衣的手，聲音已帶哭腔：「當初看見你讓野利賠我藥時，我還以爲，你跟他有點不一樣……」

宗雋半垂目看她，淡然說：「我只是監督他遵守自己的承諾。對女眞男人來說，違背諾言是很嚴重的事。」

此時他已經解開她所有的衣帶，再朝她一笑：「眞遺憾，看來我跟他似乎也沒什麼不同。」

她暴怒，拚命對他拳打腳踢，不住罵：「無恥的金賊，野蠻的夷狄，該千刀萬剮的羌奴……」可想而知她是在盡力搜刮腦中所有最惡毒的詞來罵他，無奈她所受的教育限制了她的發揮，傾其所有，吐出來的罵詞聽上去仍很文雅。而她的反抗所能起的效果微乎其微，雖然她用盡了所有力量，仍無法逃脫全身即將袒陳於他眼前的結果。

當她終於意識到被他侵襲亦屬靖康國難的一部分，是她不可避免的命運時，她漸漸安靜下來，仰首，空洞的眼睛望向上方，兩滴淚從眼角墜落，雙唇顫抖著，她悲傷地喚：「九哥……」

宗雋倒一下怔住了。從她的唇形他分明地辨出，當初在劉家寺她生命垂危時，她天天默念著，使她堅持活下來的「咒語」就是這兩個字：九哥。

這個發現陡然激起宗雋一絲怒意，他毫不憐憫地以強勁姿態擁她入懷，伸手往她脖後衣領上一抓，扯下了她最後蔽體的衣物。

次日醒來，見她紅腫的眼睛還直直地盯著上方，怔忡著不知在想什麼。他以指劃過她臉上皮膚，感覺異常冰涼，再一看，枕上濕了一大片，應是她淚水所致。他也沒有多在意，拉過被子將她蓋好，披衣起床，一面穿衣一面想，這樣的情形見過多次，她的反應不算出奇。

然而在他準備移步離開時，忽感背後生風，他未及回首即本能地向後一抓，抓到一女子手腕，但力勢太猛，他未抓牢，那手腕又從他掌中滑脫，繼而聽見「咚」地一聲悶響，女子在壁前倒下，迸出的鮮血在壁上綻出豔紅的花，血水緩緩順著牆壁流下，使那痕跡逐漸變爲扇形，有如一朵虞美人。

地上的女子，是爲他所傷的柔福。宗雋好一會兒才回過神，探了探柔福的鼻息，見她雖已昏迷卻還

有一縷生氣，忙把她抱回床上，迅速給她包紮好頭上傷口，再出去吩咐家奴進來照應。

好在被他拉了一把，她撞壁的力量減弱，雖然頭破血流，但應未傷及顱骨。不久後她醒轉，意識到尚在人間，便倦怠地閉上眼睛，不理任何人。

宗雋令奴婢嚴密看守，她再也沒有自盡的機會，可她從此拒絕進食或服藥，不消兩日已神志恍惚，奄奄一息。

宗雋尋了最好的醫官爲她診治，醫官看了連連擺首：「這位姑娘的傷勢不會致命，關鍵是她已無生念，不肯進食服藥，我也愛莫能助。要治好她，除非她自己還想活下去。」

枯坐著沉思半晌，宗雋忽起身策馬朝皇宮馳去。找到母親，他開口便問：「寧福在哪裡？」

片刻後，他步入寧福所居的宮室。彼時寧福正在繡花，神態嫺靜。見他進來，她按下手中針線，輕聲問：「她是不是快死了？」

五　茴香

寧福的到來也未令柔福有何變化，她只在寧福的呼喚下微睜雙目看了看妹妹，然後傷感地側首朝內，重又合眼，再沒有任何反應。

寧福也沒再跟她說話，一個人默坐於柔福床前，低首看地面，良久未動。過了好一會兒，她緩步出去走到門外的宗雋身邊，歎道：「我不是個會安慰人的人。」

守在兩側的侍女中有一位名叫瑞哥，母親是漢人，因此也懂漢話。也是十四五歲光景，心直口快，聽了寧福的話宗雋尚未表態她便急著插嘴道：「小夫人已經有兩日未進食了，帝姬好歹要先勸她吃點東西。」

寧福想了想，問：「府中有羊肉、制附片、茴香和薑片麼？」

瑞哥應道：「帝姬稍等，我去廚房看看。」立即便奔向廚房。

寧福對宗雋一笑，解釋道：「二十姐小時脾胃虛寒，不易消化，也挑食，父皇便常命人調附香羹，然後親自哄她喝。有爹爹哄著，她也每次都會乖乖地喝下去……這羹可溫補脾胃、祛寒止痛，用料簡單，我也會做，今日做了試試看能否勸她飲下。」

宗雋頷首同意。須臾，瑞哥回來告訴寧福：「羊肉、制附片、薑片都有，只缺茴香。帝姬請再等等，我馬上出去買。」

話音未落她就像匹小馬一樣衝了出去。寧福輕倚在廊柱上看她背影，微微地笑了。

不足一炷香時間瑞哥便握著一束用黃紙裹著的茴香跑歸，雙手呈給寧福。寧福接過，含笑道謝：「辛苦你了。」

瑞哥以袖擦擦額頭上的汗，笑道：「帝姬不必客氣。帝姬是想做什麼給小夫人吃？我帶你去廚房罷。」

寧福點點頭，移步隨她去。邊走邊拆開黃紙看其中茴香，忽然，她步履一滯，雙手展開黃紙低頭細看，整個人就立在路上一動不動。瑞哥回首，看見寧福表情像是十分訝異，不解地問：「帝姬怎麼了？」

目送寧福的宗雋也覺奇怪，正欲過去看，卻見寧福已迅速將黃紙折好放入袖中，應道：「沒什麼。我們快去罷。」

快步跟上瑞哥，她這次走得相當匆忙，像是想儘快遠離宗雋視線。

附香羹煮好後，寧福親自送入柔福房中，對宗雋道：「二十姐進食不喜多人在側，請八太子與侍女暫時迴避，也容我私下勸勸她。」

宗雋答應，帶著瑞哥等侍女離開。寧福送他們出去，旋即輕輕關上了門。

宗雋卻未走遠，喚瑞哥過來問：「你用來包茴香的那張黃紙上可是寫了字？」

瑞哥點頭：「是，上面有一些漢字。」

宗雋一把揪住她衣領將她拽至眼前，低聲冷問：「寫了什麼？」

瑞哥嚇得瞠目結舌，慌忙擺手：「我不知道我不知道……那紙是我在路上撿的，因爲茴香上有水，所以用來包裹……寫著什麼我眞的不知道，八太子也曉得，我雖會說漢話，但並不識字呀！」

宗雋見她神色不像是說謊，便放開她，揮手命侍女散去，自己則緩步走回，默然立於柔福臥室外的一側窗邊，輕點破窗紙，窺看室內情形。

但見寧福托著瓷碗調羹，和言勸柔福飲，柔福依然不理，還是閉目而眠的模樣。寧福便擱下碗，看了看緊閉的房門，屏息聽四周動靜，未見有異狀，才自袖中取出那頁黃紙，仔細展開，遞至柔福眼前，微笑道：「姐姐，你看看，這是什麼。」

柔福仍無反應，寧福便俯身問她：「跟九哥有關，姐姐不想看麼？」

柔福這才微微一動，側首看看寧福，再遲疑地將目光移向那黃紙。

她靜止了很長時間，然後伸出顫抖著的雙手抓住黃紙，掙扎著想坐起來。寧福忙扶她坐起，她便半倚在寧福身上，急切地、反覆地辨認紙上的字。

終於，她的喉中發出一聲嗚咽，淚水也掉了下來，唇角的幅度卻像是在笑。

寧福幫她拭去淚痕，含笑勸道：「這是多好的事，姐姐應高興才是，別哭別哭。」

柔福點點頭，也努力在笑，但一連串的淚珠還是止不住地落下。最後她將黃紙緊貼在胸前，頭輕抵在膝上，開始出聲慟哭。

寧福也沒再勸她，坐在柔福床頭，一手攬住柔福的腰，一手環住她肩，如此擁抱著她陪她落淚。過了好一會兒才又撫著她髮絲安慰道：「這紙是裹著茴香被送進來的，好兆頭，茴香，茴香，姐姐回鄉有望了……」

柔福側身，緊緊摟住寧福，伏在她肩頭啜泣。寧福與她相擁，輕拍她背，又柔聲勸道：「最重要是活著，因爲有人在等你。」

聽到這熟悉的話，柔福身體略微一震，她支身坐直，半帶詢問地看寧福。

寧福淺笑，引首在她耳邊輕聲說：「姐姐，你及笄的那天，我也在……」

柔福怔怔地默思片刻，雙頰漸漸浮上一層紅暈。

寧福不再多說，若無其事地托起盛附香羹的碗，對柔福道：「這羹妹妹調得辛苦，如今都快涼了，姐姐還不嘗嘗麼？」

柔福便也露出了微笑。寧福親手以勺一點點地餵她，柔福亦安靜地一點點飲盡，其間手一直牢牢地握著那卷黃紙。

暮色四合時，寧福出來向宗雋告辭：「二十姐飲下附香羹，也略吃了一點東西，現在已睡著，應無大礙了。天色已晚，串珠不便久留，請八太子讓人送我回宮罷。」

宗雋靠近她，右手手指輕撫她臉龐，隨意應道：「既然天色已晚，往來不便，不如在此留宿一夜，明日再回罷。」

一壁說著，一壁沿著她臉與脖頸撫下去，當手指觸及她鎖骨時，寧福淡淡朝後退一步，避開他的觸摸，低眉細語道：「既然八太子準備把我送給大皇子，那讓我留宿於王府中是極爲不妥的。」

宗雋大大詫異，收回手一蹙眉：「你怎知道此事？是我母親告訴你的。」

寧福不答，只輕輕搖了搖頭。

宗雋盯著她看了半晌，忽又笑了，二指托起她下巴，引她與自己對視：「你知不知道，我爲什麼搶了你姐姐而不要你？」

寧福輕聲道：「串珠枯瘦，相貌平凡，而姐姐有傾城之姿……」

宗雋擺首，漫視她雙眸微笑道：「那是因爲，串珠，你很聰明，又太善解人意，這眞不好。」

宗雋備轎送走寧福，隨即回柔福房中看她。

柔福沉沉睡著，唇邊有一縷安恬笑意。宗雋立於她床前片刻，未見她有知覺，才徐緩地掀開她一角錦被。

不出所料，那卷黃紙仍被柔福摟在懷中。

宗雋小心翼翼地將黃紙抽出，沒有驚動她。

展開一看，心底隱約的答案終於得到證實——那是五月趙構即皇帝位於應天府後廣布天下的赦書。

六　黑蝶

往後幾日宗雋讓柔福靜養，在她醒著時也沒去看她，但命瑞哥一刻不離地隨身服侍柔福，若有異狀隨時過來稟報。

宗望的喪禮即將舉行。依女真風俗，死者親戚、部曲、奴婢要準備牲牢、酒饌在葬禮之前焚燒，以爲祭奠，名爲「燒飯」。宗雋也不例外，連日讓家奴在府中宰殺牲畜，並增購酒饌以備宗望喪儀之用。到了喪禮舉行那天清晨，宗雋命人將牲牢酒饌一一列於院中，準備送往宗望墓地。

祭祀品數量極多，幾乎所有的家奴都忙碌起來，往來奔波於廚房酒窖與前院間，動靜頗大。想是引起柔福注意，問了瑞哥原因，在宗雋即將出門時，她急促地趕來，朝他說了這幾日來的第一句話：「你二哥死了，我五姐姐以後會怎樣？」

「你想知道？」宗雋問。見柔福點頭，他喚來瑞哥，指著頭髮鬆散面容憔悴的柔福命道：「給小夫人換身素衣，好好梳梳頭。」

讓家奴把祭品先送去，宗雋自己留下等待。過了一會兒，瑞哥領著身穿左衽小袖女真衣裙的柔福回來。那衣裙全然素白，綾絹製成，沒有任何圖案，只在邊角處略有波紋狀刺繡，也都是白色的。侍女將

柔福的頭髮披垂於肩後，再挑出幾縷結辮，其上著白色素巾，並飾以白羽。待她出現在宗雋面前時，他上下一打量，滿意地笑了笑，一顧身後：「上車。」

他帶她乘車出城，行了許久才抵達。柔福下車抬首一望，發現這是一片墓園，不遠處有一高闊土堆，其下挖有地穴，看上去是供安放棺槨之用，周圍已聚滿了人，在一靈柩前或跪或立，均面帶哀戚之色，有數十名女子跪成兩列正放聲哭拜。

柔福仔細尋找，未在其中發現茂德，遂滿目憂色地問宗雋：「我五姐姐呢？」

宗雋抬目越過柔福頭頂朝左看：「那裡。」

柔福順著他目光看去，他所指之處有許多的家奴，高高舉著紙紮的房屋、侍從、車馬等儀物，白幡飄飄，那些紙人面目呆板，卻都帶有詭異的笑。

有些毛骨悚然，柔福越發不安，復又問：「五姐姐呢？」

宗雋紋絲不動地站著，微笑：「再看。」

柔福再望過去。只見花花綠綠的儀物與面色慘白的紙人在家奴所舉的竿頭迎風顫動，後面有個柴堆，上方插滿了白幡，似有意識的妖魅，不時隨風飄舞，再倦倦落下。驟然加強的陽光透過儀物白幡偶爾遺漏的縫隙撲面刺來，迫得柔福以手覆額，瞬了瞬目，其間有風送來一縷紙錢怪異的味道，和一陣激越綿長的馬嘶聲。

再次睜目，風舞得正急，撥開了層層白幡，露出了柴堆頂上的景象。一匹純白的雕鞍寶馬全身被縛以密密的鐵索，屈膝綁在柴堆上，而它的旁邊立有一枯木樹幹，上面同樣以鐵索縛著一名白衣的女子。

柔福面色霎時蒼白，失聲呼道：「五姐姐！」

柴堆下忽傳來另一個女人的尖銳驚叫，幾乎與柔福聲音同時響起：「放開我！不要燒我！」

那是柔福與宗雋都認識的人，茂德的侍女李仙兒。兩個家奴強架著她，要把她拖往柴堆。她手腳齊動奮力掙扎，聲嘶力竭地哭喊求饒。家奴好不容易把她架上柴堆，但怎麼也不能把瘋狂反抗著的她縛牢在樹幹上。鐵索幾次三番都被她掙脫，最後一名家奴動了肝火，拔出一把匕首狠狠朝她捅去。李仙兒悶呼一聲，雙手掩著被刺的腹部倒在柴堆上，另一家奴拾起一根粗柴往她頭上重重一敲，見她再也不動，才拔出匕首，將她安放在茂德帝姬足下，兩人先後下來。

目睹這血腥事件在眼前發生，柔福捂著口痛苦地後退數步。被縛的茂德帝姬在黝黑的鐵索下動彈不得，這期間一直垂首合目，聽見李仙兒哭鬧也沒抬眼看。似已疲憊不堪，懶顧生死，她無神采的臉上一味漠然，不見喜憂之色，只垂下一頭及膝的長髮，拂過她青白素淨的臉，淒婉地飄逸於風中，像一隻招魂的手。

「他們要把五姐姐怎樣？」柔福忽然有些明白，惶然問宗雋，情急之下一手抓住他的手腕。天不冷，她的手卻冰涼。宗雋瞥她一眼，道：「和宗望生前最愛的名馬一起生焚殉葬。」

雖已猜到，柔福仍一怔：「你們要把她活活燒死？」

宗雋默認。感覺到柔福的手漸漸鬆開，「生焚殉葬何其殘忍，你們金人還是人麼？」他聽到她說。

宗雋未答話。柔福呆立半晌，像是作了什麼決定，她對他說：「如果你肯救五姐姐，我……」

「我跟你說過我不是野利，」宗雋止住她，「不會與你作任何交易。」

抬首不再看她，任柔福失望哭泣他只是不理。此時忽聞車轆聲響，有一列車輦漸漸駛近，儀仗侍從一見可知是自宮中來，眾人見狀均肅立迎接。其中主要的鳳輦於墓前停下，侍女啓簾，自內扶出一素衣

麗人。

遠黛含煙，顧盼生姿，宗雋認出她便是完顏晟新納的趙妃玉箱。

隨她同來的宮內內侍對宗望夫人唐括氏說：「趙夫人奉郎主之命爲二太子送葬。」

唐括氏忙與眾人迎上施禮，玉箱亦盈盈淺笑著還禮，再啓步去靈前上香。

柔福一見玉箱，似窺見一線生機，抹去眼淚立時朝她跑去，牽著她的袖子切切道：「玉箱姐姐，快救救五姐姐，他們要把五姐姐生焚殉葬！」

玉箱轉目看看她，一言不發，淡定地將袖角自柔福手中輕輕抽出，繼續從容不迫地走至靈前，點了一炷香，神色肅然地依禮三拜，將香插好，再轉身對期盼地看著她的柔福說：「二太子生前最寵愛茂德帝姬，而今二太子薨逝，茂德帝姬理應相隨於地下。生焚殉葬是女眞習俗，唐括夫人請求已得郎主許可，此事已決，不會再變。」

柔福愕然，難以置信地看她：「玉箱姐姐？」

玉箱冷掃她一眼，又道：「快回八太子身邊去，這是二太子葬禮，不可四處亂跑大呼小叫。」

柔福一陣沉默，隨即蹙眉仰首，對玉箱道：「你委身金人，就眞把自己當金人了？做了金國皇妃沒幾日，奴顏媚骨的伎倆倒學了個周全。」

玉箱不惱不怒，抬目一看趕過來的宗雋：「八太子，管好你的女人。」

宗雋頷首：「是，夫人。」立即攬住柔福的腰，強把她帶離靈前。

柔福被迫隨他走開，卻仍含恨回首，盯著玉箱切齒道：「可歎孝騫叔叔一世忠義，竟生出了你這樣的不肖女！」

玉箱拜祭既畢，唐括氏遂命點火焚化殉葬品。幾名家奴馬上點燃火把，邁步走向柴堆。

「不要！」柔福見狀當即哭喊起來，就要往那邊跑，宗雋攔腰箍緊她，不許她靠近。

幾簇火焰自柴堆底部次第燃起，柴上加有油，火焰因此迅速升騰，逐漸圍成個火圈，不住向中心侵蝕。白馬悲聲嘶鳴，而煙火中的茂德依然靜默垂目，生氣彷彿已在烈焰焚來之前消散。

一匹馬忽地自遠處奔來，其上的男子下馬後猛然撥開人群朝柴堆衝去，同時不住地悲呼：「福金！福金……」

柔福聞聲睜開哭得朦朧的雙眼，看向那男子，然後驚訝地喚：「五姐夫！」

那男子正是茂德的駙馬蔡鞗。他原本容貌清俊，但此時已憔悴瘦弱不堪，像是從很遠的地方匆忙趕來，一身青色單衣暗淡殘破，滿面塵灰，凌亂的頭髮上沾有幾點破碎的樹葉和草絮。

幾名家奴已將他中途截住，他無法掙脫，便頹然撲倒在地，雙目通紅，似欲泣血：「福金……」

被縛的茂德緩緩舉目，在被烈焰升溫的空氣浮光中縹緲地笑：「駙馬……」

煙越來越濃，茂德開始咳嗽，但卻似一下有了精神，邊咳邊大聲對蔡鞗道：「駙馬，福金先去了，你多保重，替我好好照顧爹爹……」

蔡鞗努力點頭，早已泣不成聲，雙臂都被人架住，再也無法靠近茂德一步。

烈火不斷翻捲而上，火舌漸漸舔及白馬與茂德。柔福情急之下一口咬在宗雋手臂上，他手微微一鬆，她掙脫他控制，又踉蹌地朝前跑了幾步。

此刻有人在身後揚聲喚她：「二十姐。」

這聲音讓柔福稍稍鎮靜，她含淚回首：「串珠……」

寧福是隨玉箱來的，剛才柔福一心求助於玉箱，沒留意到她也在車列中。

「沒用的，」寧福走近對她說：「你救不了她，我們都救不了她。」

柔福心知她沒說錯，在金人面前，她們的力量弱如螻蟻，自己都無法拯救，更遑論他人。她虛弱地跪倒在地上，見整個柴堆成了巨大的火球，烈焰怒張，已將茂德全然吞沒，像是會無休止地燃燒下去，她雙手掩面，泣道：「香雲、金兒、仙郎，現在又是福金姐姐……我眼睜睜地看著她們一個個在我面前消失，卻救不了她們……」

寧福亦在她面前跪下，流著淚擁抱她，在她耳側道：「雖救不了她們，但我們至少還可以保重自己。若還有希望，就要好好活下去。」頓了頓，她用更低的聲音幽幽說：「愛，愛你的人；害，害你的人。」

兩位素衣的女子跪在地上相擁而泣。風一陣陣掠過，帶著星星火點的灰燼飛出，漫天飛舞，很快有幾片灰燼飛來，落在她們白色的衣袖上，像尋枝小憩的黑蝴蝶。

七　馬會

此後宗雋往來於京中各兄弟府邸之間，與他們或歡宴暢飲，或出城打獵，與他們每一人都相處融洽，卻又不會與其中某一人過從甚密。爭柔福之事令宗磐始終耿耿於懷，與宗雋相遇時每每面露怒色，有意挑釁，而宗雋總一笑而過，再不與他針鋒相對。到宗磐生日那天，宗雋把寧福及與母親一起準備的厚禮送入宗磐府中，未料宗磐居然爽快收下，沒給他臉色看。

三日後，宗磐在府中開「名駒會」，說是新近自西夏馬商手中購得數匹絕世名駒，邀請宗雋等兄弟前往。待眾人到齊，宗磐領他們至府內馬場，一指十數匹齊列於場中毛色各異的駿馬，道：「這些馬都是傳說中的名駒，每一匹都有來歷，請諸位細細品鑒。」

眾人趨近細看。宗幹中意於一匹渾身雪白，無任何雜色，狀極雄美的高頭駿馬，觀察撫摩之下嘖嘖稱奇，問宗磐：「這馬叫什麼？花了多少錢買來的？」

宗磐道：「叫白義。因爲它通體雪白，又極忠於主人，一生不事二主，所以得了這名字。爲了買它，我足足花了千兩黃金。」

宗幹笑道：「只要眞是千里馬，千金買骨都是值得的。這筆買賣做得不錯。」

宗弼看中的那匹毛色白中帶金，閃閃生輝。得到宗磐許可，他騎了上去，在場內奔馳。馬速極快，只短短一瞬已繞了一圈，如一團金光呼閃而至，狀極絢麗。眾人連聲叫好，宗磐便得意地介紹：「這馬名叫逾輝。漢人說周穆王有八匹駿馬，常常騎著巡遊天下，這就是其中一種了。我用了整整一斛南朝夜明珠才換到。」

又有人先後指著五顏六色的赤驥、盜驪、逾輪、山子、渠黃、驊騮等名駒問價，宗磐答道：「那些都是用南朝女人換的。最便宜的以十個女人換一匹，最貴的值五十個女人。」

眾人紛紛笑讚：「值！」

下馬後的宗弼一轉首，見宗雋獨自一人站在一匹黑馬旁默默地看，久久不出聲，而那馬體態極普通，而且垂著頭，極慵懶的樣子，唯一奇特的是馬耳呈綠色。覺得詫異，宗弼便問：「八弟，這馬沒精

打采的，有什麼好？」

宗雋笑笑說：「四哥，如果我沒猜錯，這應該就是伯樂相中的綠耳了。」

宗磐鼓掌，走到宗雋身邊：「宗雋果然好眼力，這就是綠耳。」說完以指一叩其雙耳，馬抬首肅立，方才的頹態消失無蹤，旋即揚蹄，奔騰如飛。

旁觀者連聲驚歎，宗弼亦讚道：「此馬價值猶在逾輝之上。恐怕要花百名女子才能換到罷？」

宗磐卻擺擺手：「不。我只用一個女人就換來了。」

眾人都不信，說其餘最差的馬都值十個女人，怎麼綠耳反而只值一個。宗磐嘿嘿一笑，命一名家奴：「把她帶上來。」

須臾，家奴帶女子至。待她站定在場內，參加過上次金主家宴的人都吃了一驚，那蒼白瘦小，弱不禁風的模樣大家都記得，她是先賜給宗雋，後又被宗雋轉送給宗磐的寧福帝姬趙串珠。

「她雖然不是美人，但好歹是個南朝帝姬，所以換得了匹名駒。怎樣，這筆交易還不錯罷？」宗磐笑著說，有意無意地斜眼瞟宗雋。

其餘人都明白宗磐此舉是存心令宗雋難堪，不好表態，遂都不說話。半晌後，才聽宗雋一笑，打破了此時沉默：「不錯不錯，我怎沒想到這個主意？否則我就會另選禮物贈宗磐，再用帝姬換名駒了。」

宗磐冷笑：「現在也不晚。明日夏國馬商就要來接寧福了，你若有心要名駒，不妨把你家裡的柔福送來與他換。」

宗雋微笑頷首：「嗯，好建議。我回去會考慮。」

眾人見氣氛不妙，便都藉故走開，繼續看馬。宗磐也揮手讓家奴帶寧福下去，但寧福起身後卻直直走到宗雋面前，襝衽一福：「八太子，串珠有事相求。」

宗雋見她脖子與手上均有鞭痕，這三日應是受盡宗磐凌虐，但也沒多看，漠然對她道：「我不能救你。」

寧福輕輕點頭，垂著眼簾說：「串珠明白。串珠所求之事並非這個。」然後從袖中取出一疊信箋，雙手遞給宗雋，「串珠走後，二十姐必會牽掛，八太子請勿對她說我去了夏國，但說我嫁了一位留守中原的將領爲妻罷。串珠先寫了十幾封信，請八太子每年給她一封，無他，都是報平安的，萬望八太子成全。」

宗雋接過一看，見果然都是寫給柔福報平安的家書，每頁寥寥數語，無非都是說自己近況如何之好，遂收下，對她一笑：「好，我答應你。你眞會爲她著想，花了這麼多心思。」

寧福淡淡一笑：「爲了她，値得的。」

在宗磐示意下，家奴連聲催促寧福走。寧福起身走了兩步，卻又回頭看宗雋：「請善待她，否則……」

宗雋饒有興味地看她：「否則你要如何？」

寧福想了想，彷彿自嘲般地笑了：「我能如何？不過是一葉飄萍，我又能如何？」

八　良辰

目睹茂德被生焚後，柔福身體與精神一直不好，又得知寧福「遠嫁」更是難過，天天躲在房裡暗暗

落淚。宗雋便也不常找她，只偶爾問服侍她的侍女瑞哥她的近況。

後來，情況似乎有所改變。

「小夫人身體漸漸好起來了，只是忽然變得很安靜。」

「小夫人今天與我聊天，因爲不大懂女眞話，所以她開始跟我學。」

「小夫人問我八太子的官職和以前的經歷。」

「小夫人說數日不見八太子，問我你是不是離京了……」

某日夜裡，當宗雋從瑞哥那裡聽見最後這一句，便微笑著放下手裡的書本，轉而拭擦自牆上取下的佩刀，吩咐她說：「請小夫人過來。」

依然是倔強堅硬的姿態，她強烈的敵意甚至使室內的燭光忐忑地晃。大概得益於瑞哥的精心打扮，她衣著甚美，有別於其他姬妾的是臉上的妝容，她們鉛華丹朱，百媚千妍，而她素面朝天，其上所覆的惟一層戒備的寒霜。

看了看他後，她迅速被他手中的佩刀吸引。他徐緩地拭擦著，清寒的幽光一道道地自刀刃上漾入她眸心，她的雙目因此閃亮。

他在心底無聲地笑，卻不動聲色地問：「知道我爲什麼讓你來麼？」

她下意識地掃了內室的床一眼，躊躇著說：「知道。」

難得她能做到這般隱忍，居然能一召即來，可惜不自知她坦白的雙眸會透露所有心思。

「嗯，」他引刀還鞘，然後遞給她：「把刀放進牆邊的衣櫃裡。」

「衣櫃？」她詫異地問：「不是掛牆上麼？」

他點頭：「衣櫃，沒錯。」

她便順從地接過，依言把佩刀放進了衣櫃，再轉身遠遠地面對著他，神情不免有一絲緊張。

「好了，」他淡淡命道：「你可以回去了。」

這下她更是不解：「回去？」

「對，你回房休息罷。」宗雋重又握起剛才擱下的書：「要你做的事做完了。」

她如釋重負，而踟躕的步履又顯示了她計畫擱淺的不甘。他的目光落在書上，但心裡總有一隻眼睛在觀察著她，輕易窺破她矛盾的心境，令他心情愉悅。一時興起，便又調侃她：「還不走？想留下？」

她臉一紅，立即疾步朝外走。走到門邊忽又回頭，好奇地問：「你在看什麼書？」

他舉起向她亮出封面：「《貞觀政要》，你們漢人的書。」

次日深夜他又召她過來，這次明擺著跟她說是要她侍寢，她目中有羞忿之色一閃而過，卻未拒絕，靜默著表示應承。他一笑，命侍女端了一盆清水進來。這要求令她感到怪異，打量著他問：「不是盥洗過了麼？」

他只說：「半夜會用得著。」

她顯然想不明白，卻也不好再問，便噤聲，好不容易在他再三催促下上床躺在他身邊，仍不過是和衣而眠，且側身背對著他。

他也暫時沒去碰她，須臾故意鼾聲大作，實則與她一樣清醒。她不是不懷疑，取出一片羽飾在他鼻上拂了兩下，可她不會知道他對小小痛癢的忍受能力遠超出她的想像。

又等了一會兒，見他毫不動彈，一味沉睡，她便輕輕起身，躡手躡腳地走到衣櫃前，迫不及待地匆

忙拉開衣櫃門……

「砰」地一聲，有東西自櫃中炸響。其實聲響不算巨大，但夜深人靜，那聲音依然分明而震耳。並且伴有濃煙，刺鼻的火藥味撲面而來。

宗雋當即起身，哈哈大笑著點亮了蠟燭。

柔福默然愣了片刻，才緩緩轉過身，臉上陰沉惱怒的表情不比煙熏的痕跡遜色。

那機關其實很簡單，只是枚小小的拉炮，不過是他命人特製的，發出的煙霧要比尋常的多。

「你不知道未經允許是不能私自翻找主人物品的麼？」宗雋笑問。

她眼睛紅了，衝過來劈頭劈面地朝他猛打：「我要……」

「你要殺了我！」宗雋一邊招架一邊笑著說，很快捉住她的雙手緊緊握住。

她便也停下來，嚴肅地盯著他說：「我並非威脅你，我會眞的殺了你。」

「我知道。」宗雋也收斂了笑意，拉她在身邊坐下：「好，我們仔細討論一下這事。」

宗雋把一塊面帕投進準備好的清水中清洗一下，再取出來輕拭柔福臉上的煙塵，她惱怒地避開，掙扎得像一條離水的魚。

宗雋便把帕子扔進水裡：「那一會兒你自己洗。」然後對她說：「我知道如今你最大的願望大概就是殺了我。但你有沒有想過，如果我死了，你將來就算不被生焚殉葬也會被我的兄弟收納爲妾，比如那莽夫宗磐，而他們對你，未必會有如我這樣的耐心。」

「大不了我也自盡，只要你死。」柔福說：「我不會再給任何人欺負我的機會。」

宗雋一哂：「我的死對你來說很重要？我甚至不是大金權臣，殺了我，你就能滅金復國麼？就能洗清你與你宗族同胞的恥辱麼？」

她搖搖頭：「是不能。可是你不是個很簡單的壞人，如果讓你活下去，我不知道你還會施加給我或我的同胞何等的恥辱。」

這話聽得宗雋微微一怔，旋即大笑開來：「有道理，這點我也不知道。」

「但是，」他又說：「你殺得了我麼？玩今天這樣的心思，你是勝不過我的，何必把你的小腦筋用在沒有勝算的事上？你若有時間，不妨多想想你引以爲榮的大宋，疆土與臣民都遠超大金的大宋爲何會亡在我們這樣的『蠻夷』手裡，或你以後應該怎樣生存下去，這是切實而有意義得多的做法。」

柔福垂目靜思，再說：「這些我以後會想。但我不會改變殺你的決心，現在殺不了你，我會等，等到我九哥揮師北伐的那天，自然會有辦法殺你。」

很怪異的情景。如此良辰美景，卻與美麗的姬妾心平氣和地討論殺自己的問題。宗雋不覺又是一笑，看著柔福說：「還不洗臉？黑色胭脂很好看麼？」

她才又意識到這問題，遲疑了一下，終於還是自己絞乾帕子將臉上污跡洗去。宗雋待她洗完便抱她上床，她覺察到宗雋的欲念，馬上又開始抗拒，宗雋笑道：「你現在還要反抗？」

她睜著一雙明眸定定地說：「你是我的敵人，不是我的夫君。我會永遠抗拒你。你也許可以憑力量強迫我侍寢，但總有一些東西你是絕對無法強迫的。」

「哦，例如呢？」宗雋問。

她指了指自己的心。

九　茶經

次日宗雋並未出門，晨起後在書房看書，讓柔福在一旁焚香侍候。柔福雖頗爲不悅，但也未拒絕，爲他點上一爐香後便徐徐打量他書架上的書，但見其中大半是漢書，例如《史記》、《資治通鑑》、其餘歷朝正史及各類兵書，而他現在正在看的仍是《貞觀政要》。

「這麼多書，你都看過？」柔福問他。

宗雋點頭，說：「我七歲時，我母親命人去汴京爲我請來了兩名漢儒先生教我漢文。」

柔福微微一笑，掠他的那一眼滿含優越感。宗雋分明看見，卻不理睬，繼續埋頭看書。

須臾，有侍女奉茶進來。柔福揭開杯蓋一看，當即便蹙起了眉頭：「這裡面加了些什麼？」

宗雋聞聲一望，淡淡道：「是酥酪。」

「你們就這樣煎茶？」柔福不屑地搖搖頭，用一細銀匙緩緩攪攪，細看杯中水痕茶色，再托起茶杯輕輕一抿便已知此茶品種：「這是白茶，北苑貢茶中的極品。」

「不錯。」宗雋微笑說：「還是自你們汴京宮中取來的。」

柔福雙眸一暗：「可惜，多好的東西，落入你們蠻夷手中竟被如此糟蹋。唉，這樣煎茶，簡直是暴殄天物。」

「哦？」宗雋將書一捲頗帶興致地問：「那你們是怎樣享用這茶的呢？」

「這茶經若要細講不是一時半會兒能說完的，何況箇中精妙處絕非蠻夷所能領會，就揀要緊的說，只怕你也未必聽得懂。」柔福輕撥杯中茶葉，逐一數來：「昔日汴京禁中貢茶主要有平園台星岩葉，高峰青鳳髓葉，大嵐葉，屑山葉，羅漢上水桑牙葉，碎石窠、石臼窠葉，瓊葉，秀皮林葉，虎岩葉，無又岩芽葉，老窠園葉等，香味各異，各擅其美，但終究不如這北苑白茶。

「這白茶與尋常茶葉不同，其葉最是瑩潤纖薄，自崖林之間偶然生出，若移來培植是決計種不活的。此茶樹千里之內不過一、二株，每年產的茶葉僅夠製兩三個餅茶，而且尤難採摘蒸焙，稍有不慎，湯火火候一失，就會損香折味，變爲凡品。擷茶要選在每年驚蟄之時，黎明時分，日頭一出便採不得了。採貢茶應以手斷芽，但不得以指去揉，否則氣汗熏漬，茶便失之鮮潔。茶工要隨身帶上新汲清水，採下新芽則馬上投於水中以保鮮。那種剛剛萌生便採下的新芽形似雀舌穀粒，細小嫩香，爲最上品，一槍一旗亦可，一槍二旗次之，其餘的都是下品。而這白茶採法又更要特殊些，它屬於『頭綱』貢茶，最求新鮮，採後需以快馬運到宮裡，不許超過十天，跑死馬都不許跑壞茶的。這茶用的是水芽，先採了如鷹爪狀的上等細芽後用好水蒸一下，再洗滌，然後挑出最中間的小芯一縷，邊磨邊加水，即使是熟工累死幹一天，也只能磨出一個小餅來。

「茶的蒸壓火候不得有一絲馬虎。蒸太生則芽滑，會使茶色清而味烈；過熟則芽爛，會使茶色赤而不膠。壓久了會導致香竭味薄，若壓得不夠又會令色暗味澀。洗芽的器皿要絕對潔淨，蒸壓好後需細細焙火。若滌濯不精，飲時品出些微砂土，自不免大煞風景；若焙火之過熟，則茶文理燥赤，色香俱失。造茶之前要先度算好時間工力，以決定採擇多少，要在一日內造成，否則茶一旦過宿，便有害色味。

「點茶之水以清、輕、甘、潔爲美。古人說江南中冷惠山之水爲上品，但相隔太遠，縱使人千里迢迢地送來也無法保有原來的新鮮水質。平時可取清潔甘美的山泉，其次，清澈的井水也可勉強一用，江河之水，有魚鱉腥味及污髒泥濘，就算味道輕甘也不能取用。以前我們點茶用的水，主要是父皇命人修

渠自汴京城外引入禁中的山泉與艮嶽自生的泉水。山泉也有區別的，味美者曰甘泉，氣芳者曰香泉。自城外引入的是甘泉，而我們艮嶽山中自生的則是香泉，兩種泉水點出的茶各有妙處，難分優劣。

「我看你們這兩杯酥酪茶多半是用無焰的死火煎的罷？點茶之水需活火煎才可用。知道什麼是活火麼？那是有火焰的炭火。但也不一定非要用炭火，以前我常去艮嶽撿枯松枝或松實，用來煎茶效果並不比活火遜色，隱約還有些別樣香味。

「唐人煎茶，多加以薑、鹽。國朝蘇子瞻蘇學士認爲加少許薑尚可，鹽則不必用。而我們宮中所飲之茶均不多添雜物，專品茶、水純味。有人用梅花、茉莉等花末薦茶，雖能增花香，卻也損了茶的原味。好茶有眞香，非龍麝之俗香可擬，入盞便馨香四達、沁人心脾。若茶爲中下品，加香花入內也許可稍掩其粗陋寡味，但若佐以上等之茶，則完全是畫蛇添足。」

「所以，」柔福將面前茶杯遠遠推開，一臉鄙夷地瞧著宗雋說：「像白茶這樣的茶中極品，以往我們連香花都不敢擅加入內，惟恐折損了它，而如今，你們竟以油膩味重的酥酪與之同煎，如此蠻飲，當眞令人爲此茶扼腕痛惜。」

宗雋笑笑，問：「這些茶經是誰教你的？」

柔福下頷微仰，道：「我爹爹和我三哥楷哥哥。他們均是品茶鬥茶的高手，若論茶道，只怕全天下無幾人能勝過他們。其實何止茶道，但凡清玩雅趣，又豈有他們不精的？」

「怪不得，」宗雋似恍然大悟：「他們無力守住祖宗基業，原來把心思全花在煎茶之類的事上，哪還有精力去治國呢？」

柔福一愣，雙唇微動了動欲反駁，話到嘴邊像是自覺不妥，一時未能說出什麼。

「好，以後我不再如此『蠻飲』了。」宗雋微笑看柔福：「我喝的茶便交由你煎。以前我常覺你父親庸碌無爲，一無是處，如今看來竟錯了，至少他調教出了一個可爲我煎茶添香的好女兒。」

柔福一怒之下伸手奪過他手中的《貞觀政要》：「你既看不起我們漢人，又爲何要巴巴地學漢文、讀漢書？」

宗雋也不與她爭，悠然笑著往椅背上一靠，說：「你不覺得，我愛看的書與你爹爹或你楷哥哥愛看的不一樣麼？」

柔福聞言後一陣靜默，垂目久久地凝視手中的《貞觀政要》，若有所思。

此事奇異地激起了柔福的閱讀興趣，書房因此成了她最常去的地方。宗雋看書時她願意作陪，他看完遞給她的書她不急於擱回書架，貌似隨意地翻翻，目光卻總帶著一抹渴求的意味烙在一張張書頁上，像是在尋覓她思之反覆而不得的答案。

宗雋外出時她也總泡在書房，當某日宗雋突然自外歸來，在書房找到正在凝神看書的她時，她略顯慌亂，彷彿她私守的秘密被他窺破，迅速起身，將手中握著的書隱於身後。

那書封面在她行動間倏忽一閃，她刻意的掩飾躲不過他的眼睛，他笑：「《貞觀政要》看完了？」

她猶豫一下，終究還是點頭承認。

「看懂了麼？」

「現在還不太明白，」她坦白地答：「但我想以後會看懂的。」

「爲什麼選《資治通鑑》來看？」

她聞言緩緩移出身後的書，以指輕撫封面上的字，說：「因爲這部書看上去最舊，想必被你看得最多。你這麼愛讀它，肯定是有道理的。」

宗雋微笑坐下：「那你看出什麼了麼？」

她默思片刻，最後還是說了出來：「我想它可以告訴我爲什麼我的國家會遭受你們的劫掠……或者，還有中興的方法。」

「這些書，你若想看就隨便看。」宗雋一擺手指著滿架的書：「但你就算讀懂了，想明白了，找到了中興你國家的方法又能怎樣？你不過是一柔弱女子，我的侍妾，你不可能會有機會像男子那樣爲宋建功立業。」

「不。」她抬頭直視他：「只要我活下去就有機會。」

「等你的九哥？」他揶揄地問。

她嚴肅地頷首：「對，我的九哥。」

「很抱歉，我眞不忍心讓你失望。」宗雋展眉笑道：「你九哥的軍隊在我們元帥婁室的進攻下節節敗退，開封尹、東京留守宗澤連續上疏請求他回鑾汴京以安人心，他卻不聽，而在黃潛善、汪伯彥建議下準備轉幸東南。」

她怔了怔，但馬上抬目決然視他：「或許現在他兵力不足，不得不暫時避讓。這只是他一時權宜之計，待局勢穩定之後，他一定會重返汴京，並調兵遣將揮師北上。」

「是麼？」宗雋微微擺首：「恐怕將來他行事未必會如你所願。」

她忿忿地盯他良久，最後得出個結論：「你嫉妒他。」

「哦？」他故作好奇狀：「理由呢？」

「我九哥年輕有爲，才二十歲就當上了大宋皇帝。」她唇角微挑，一臉不屑：「而你比他還大一些，卻碌碌無爲，擔著個無足輕重的文職，終日無所事事，只知享樂，於國於社稷都無建樹。你比之於他，豈不慚愧！」

她若對別的金國貴族如此直言，再有九命也難保。宗雋呵呵一笑，倒不惱不怒，與自己朝夕相處的她都把他看成碌碌無爲的庸人，起碼說明他的韜光養晦頗有成效。

「嗯，沒錯，我終日無所事事，清閒之極。」他打量著她：「我看你似乎也很閒，或者我們可以一起找點事做？」

她一時沒明白，愣愣地看他曖昧地笑，半晌才反應過來，當即含怒跑出書房，手裡還握著適才那冊《資治通鑑》。

十　山色

秋七月，完顏晟決定帶京中宗室皇子出城田獵，宗雋也將奉命隨行，府中奴婢得知消息後，立即提前數天早早地準備鞍馬刀弓帳篷鵰鷹等所需物品。

柔福見他們忙得熱火朝天，便問：「如此大費周章，是要去好些天麼？」

宗雋說：「只是去城外圍場，不過三四日。如今在圍場田獵，其實只是以軍隊佈置好圍場，再把準

備好的狐狸、野兔、野豬和鹿獐等動物縱放於其中，大家放箭去射，或者以鶻鷹捕捉，做做狩獵的樣子罷了。」說罷歎了歎氣：「我小時候常跟父皇去長白山打獵，往往一出必逾月。那裡珍禽異獸漫山遍野，模樣美觀漂亮的有紫貂、黑鸛、金鵰、梅花鹿、丹頂鶴；味道鮮美甘香的有秋沙鴨、麝、水獺、猞猁、馬鹿、青羊；可捕來玩賞的禽鳥有鶚、鳶、蜂鷹、蒼鷹、雀鷹和花尾榛雞……當然，還有很多兇猛的野獸，步入密林時須處處小心，經常會有黑熊、棕熊、豺狼、金錢豹出沒。最危險的是虎，它常常靜伏於灌木叢中，發現落單的行人後會跟著他在近處潛行片刻，待其不備便猛撲過去，一口咬住人的脖子，使他避無可避，然後再撕咬嚼食入腹。」

柔福一直仔細聽著，聽他說起珍禽異獸時像是頗感興趣，但聽到猛虎食人之事，不禁呈出一絲驚懼神色。宗雋見狀一笑，又道：「可是這樣的猛虎，我從小到大跟著父皇一共獵殺了五頭。長白山上的猛虎毛色十分豔麗，背部和體側是淡黃色的，而腹面淨白，全身佈滿的橫紋黝黑油亮，每個女眞人都會以擁有這樣的虎皮爲榮。我臥室和書房中的掛毯，便是我親自獵殺剝下的虎皮。在長白山狩獵，才是眞正的狩獵，對男人來說，最大的快樂莫過於贏得以生命爲賭注相搏的東西。而如今的城外田獵，不過是作戲式的消遣。」

「那如今你們爲何不去長白山狩獵了？」柔福問。

「京城離那裡頗有段距離，來回需要很多時間。何況，現在的皇帝……似乎比以前忙？」宗雋忽然朗然地笑：「自然是不便輕易遠離京城，花這麼多時間在狩獵上的。」

「有那麼多珍禽異獸的地方，風景一定很美罷？」柔福再問。

「對，」提起記憶中的長白山景，宗雋微微有些感慨：「許久沒去了，不知那裡的山色湖光是否還跟以前一樣……」

那裡的天，純藍而明淨，空中飄浮著的雲朵蓬鬆潔白，在山腳望去，雲低低悠然游移，感覺離你非常近，彷彿奔去縱身一跳，便可扯下一把雲絲。行至山腰，有若置身雲端，伸手出去，那縷縷白煙緩緩掠過掌心，恬淡的清涼。縱然夏季也是十天九霧，密林上空，更是雲海滾滾。最高的白雲峰立於雲海之中，巍峨磅礴。而另一端的玉雪峰，由玉白色浮石砌成，四季皆白，雪石難辨，山下有冰穴數處，常見穴中炊煙如縷，傳說有仙人在那裡煉丹。

天池泊於群峰之中，池水清澈清冷之極，天晴時看去，色澤幽藍若寶石，其中無任何生物，唯一靈動的東西，便是碧水中飄著的白雲。天水相連，雲山相映，被藍白二色淨化的景色寧靜秀美，卻又遼遠深邃。天池水蜿蜒流下，自懸崖峭壁上墜落，衍作瀑布飛流而下，便若銀練飛掛，沖向深深谷底，激起層層水霧朵朵水花，似焰火紛紛揚揚地飄落，一經陽光照拂，水霧間又幻化出一彎光影繽紛的彩虹，立於終紫、杏黃的岩壁間。

山中林木鬱鬱蔥蔥，繁盛茂密，無邊無際。其中的美人松樹腰纖細挺拔，樹幹光滑細膩，呈粉紅色，而針葉短而密，蒼翠無匹，疏疏落落地散生於紅松、雲冷杉林間，如偶遇的美人。高山苔原碧草如茵，隨四時節氣開有不同色彩的花，淡黃、橙紅、淺紫，各擅其美。深秋時，有種名爲「越桔」的草會結出狀如櫻桃的果實，滿布於山坡上，鮮紅如錦緞。在積存冰雪終年不化的溝谷旁，可以看見一些色調淡雅的小黃花，花名不太好聽，叫「牛皮杜鵑」，但奇異的是這種貌似脆弱的草本花卉卻有梅花的風骨，在嚴寒中綻放，花葉之下便是白雪……

宗雋一邊回想，一邊徐徐向柔福描述山中景象。柔福聽得入神，凝眸間隱有憧憬的意味，最後問

他：「那牛皮杜鵑京城附近有麼？」

宗雋道：「自然沒有，這花只生長在長白山中。」

柔福便輕輕一歎，有些悵然。

「你……」宗雋打量著她，忽然問：「會騎馬麼？」

「騎馬？」柔福微愣了愣，隨即一仰首：「會！」

宗雋當即起身，一握她的手腕，把她拉了出去。直奔府中馬廄，親自爲她挑選了一匹小白馬，再命瑞哥給她換身短裝，然後領她到騎射場，指著小白馬對她說：「騎騎看。」

那馬通體雪白，頭小而秀氣，骨量較輕，皮薄毛細，看上去也很靈敏。柔福看上去似很喜歡，乍驚乍喜地朝它迎面走去，伸手輕輕撫摸它的鬃毛，那馬也不怕生，像是十分溫順。

「騎上去。」宗雋出言促她。

她回首看看宗雋，略猶豫地垂目，但不過一瞬便又睜目，決然地拉住韁繩，左腳一踩馬身左側的馬鐙，奮力揚身上馬。行動間似有些慌亂，那馬被她一拉便朝左轉移了數步，她尚未坐穩，一急之下猛抓鞍前突起處，待馬停下才鬆了口氣，調整好坐姿，兩手抓牢韁繩，朝宗雋一揚首。

宗雋一笑，也騎上自己的馬，策馬行至她身邊，以足輕磕她馬腹，白馬立即邁步前行。起初那馬行得徐緩，柔福甚是開心地笑著，手中韁繩漸漸放鬆，那馬也隨之加速，開始小跑起來。越跑越快，柔福神色舉止開始變得緊張，一面緊拉韁繩一面俯身向前，身體隨著馬的奔行搖搖欲墜。宗雋定睛一看，發現她所抓的轡繩兩邊不平衡，一長一短，更嚴重的是她的雙足居然沒有踩住馬鐙，兩側的馬鐙空空地垂著，不住晃動。

頓時明白，她其實並不會騎馬。宗雋啞然失笑，馬上揚聲指導：「收一收韁繩，兩側要一樣長。腿夾緊馬肚，踩住馬鐙。」

她聞聲照做，試著去踩馬鐙，試了好幾下才夠著，不想那馬鐙是銅製的，內側頗光滑，她鞋弓甚小，一踩即滑，馬一顛簸她雙足即刻又探出，根本踩不住。

宗雋這才注意到，穿著南朝式樣繡花鞋的她的足，實在是要命地小。

她終於放棄，不再嘗試去踩馬鐙，而是猛力拉韁繩，那馬跑得正歡，被她這一勒當即高高抬起前腿，大有將柔福自背上掀下之勢。柔福一驚，便放開韁繩，轉而緊抓馬鬃，雙腿緊夾馬肚，一臉煞白地緊俯在繼續狂奔的馬上。而那馬鐙，依然空空地晃。

宗雋立即策馬奔至牆邊，提起一根一丈多長的套馬杆，再朝柔福的馬衝去，待離得近了，猛然向前探出身，身下的紫電騮也隨之一躍，宗雋右手一揚，套馬杆在空中劃出一大大的弧線，柔韌的長杆一抖，將上面的繩套抖出個圓圈，直飛出去，不偏不斜正搭在奔跑中的小白馬的脖子上。那白馬一聲嘶鳴，正欲揚蹄抬前腿，而此時宗雋移身向後靠，以後鞍橋卡住身體，兩手緊握套馬杆回收，硬生生將馬首拉轉過來，於是那馬前身像被猛地定住，後腿急急地兜了個半圓，然後漸漸停住。宗雋再一抖手臂，整個繩套就繞在了杆梢上，再策馬過去，伸出手，將柔福抱到了自己的馬上。

奔回場邊，他抱她下來，正色道：「不要強做不會做的事，賠上小命並不好玩。」

柔福訕訕地低首，臉上一片潮紅。

宗雋亦垂目，視線鎖定在她的三寸纖足上。須臾，一下將她抱起，朝自己房中走去。

十一　裸足

「呀，放開我！」柔福掙扎著想落地，看清他前行的方向，目中不禁露出驚懼神色。

宗雋不理，進到房中才把她放在床上，然後一把捉住她還在亂動的腳，兩下便把她的鞋除下。接下來的舉動跟她猜測的不盡相同，他的注意力依然停留在她的雙足上。緊捏住她的足踝，他開始去解她小腿上纏足白綾的結。

她驚恐得無以復加。自幼時偶遇九哥那次以後，她的裸足從未暴露在除自己與貼身侍女之外的人眼中。每日的洗足纏足無異於閨中最大的隱秘，必在深夜緊閉閣門時才可進行。纏足非她本意，但隨著年歲漸長，在別的女子豔羡的目光中，她也會隱隱爲自己雙足的尺寸感到驕傲。被俘北上途中雖然處境艱難，她卻也堅持尋機洗纏保養自己的纖足，當然，先要確保夜闌人靜無人窺見。

佼佼金蓮，宛若新月，瘦欲無形，柔若無骨。但這種美需以綾帛繡鞋裝裹文飾才能入目，而其間眞相，是纖足美人絕不可示人的禁忌。那附足的白綾所起的作用似比小衣更爲重要，雖夫君亦不能除綾直視。

面前的男人亦從未見過自己裸足的狀態，這次欲解纏足，分明是有甚於解衣的莫大羞辱。羞忿之下，柔福朝著宗雋猛踢猛踹，雙手也不停地推搡抵抗：「住手，這種野蠻行徑非君子所爲！」

宗雋一笑：「我是蠻夷，並非君子。」然後一手鎮壓她的反抗，另一手繼續此前的工作。

那兩丈有餘的纏足白綾在他手下層層鬆脫，當她感到最後一道布縷與皮膚決然相離，左足輕觸著清涼的空氣裸呈於闊別已久的日光中時，兩滴淚珠隨之而落，於羞赧與憤恨間，她合上了雙目。

錦鞋緞面下變形的醜陋，是必須嚴守的隱秘的根源。

青白的皮膚上不見任何血色和生氣，潮濕而脆弱，像火傷之後脫去陳皮腐肉的變顏肌膚。足上只有一個翹起的大腳趾還保有原來面目，而其餘四個腳趾無一例外地向內折，已經變形，指甲均已脫落，可見是以強力限制足掌生長，使足的長度及寬度不及天足的一半。

宗雋把著她的足踝反覆轉側端詳了許久，又繼續拉過她右足，依樣把白綾解開。柔福此刻已無心再抗拒，只以袖遮面，輕輕地啜泣，其間隱約聽見宗雋吩咐侍女，似乎是命她們取個什麼物品進來，那詞她聽不懂，何況也不關心，赤足躺在床上，甚是傷心。

宗雋拉過被子蓋在她身上，掩好她的雙足，然後自己也在她身邊躺下，面露微笑，狀甚悠閒。

約莫一炷香的工夫後，侍女端了盆熱湯入內，升騰的白色蒸汽中混有薑與桂枝，及一些不可辨的草藥味道。其後還跟有一名中年僕婦，一見宗雋便立即跪下行禮。

宗雋坐起，將柔福抱坐於身邊，命僕婦：「給小夫人洗足。」

僕婦答應，立即接過盆置於床邊，然後輕輕去拉柔福的腳。柔福聞見藥味，一邊縮足一邊蹙眉問：「這是什麼？」

「舒筋活絡、活血化淤的湯藥。」宗雋淡淡答，一伸臂便緊緊攬住了她，讓她上身無法動彈，然後再命侍女助僕婦摁住她的腳。

僕婦一看柔福的雙足，當即露出驚異的神色，抬頭問宗雋：「八太子想給小夫人如何治療？」

宗雋道：「每日給她以湯藥清洗按摩，逐漸往回展腳趾，儘量恢復原狀。」

僕婦會意，便拉過柔福右足，仔細清洗後即開始按摩。女眞人一向戎馬倥傯，喜好運動狩獵，常有傷筋動骨處，因此貴族家中常備有擅長按摩術的醫師僕婦，今日宗雋召來的便是其中一名。

足底按摩本就頗爲疼痛，何況柔福這小足又與天足不同，骨骼已變形，宗雋又以恢復原狀爲要求，因此僕婦著力更重，柔福一時吃痛，便伸足亂踢哭叫起來：「我不要！我不要！不許動我的腳，你們這些可惡的蠻子！」

僕婦便停下來，猶豫地看看宗雋。宗雋微一揚頷，說：「別理她，繼續。」

於是狠狠把住柔福的腳，僕婦繼續爲她按摩。足足花了一個時辰，雙腳才洗療完畢。宗雋命瑞哥爲柔福找來一雙較小的女襪和一雙女眞童靴，給她穿上卻仍顯鬆大，放她落地行走，她一時不慣，幾欲跌倒，引得宗雋哈哈笑，然後對瑞哥說：「你扶她回去，以後每日有陽光時帶她到院中除了鞋襪曬曬太陽，平時領她多走路，過幾日等她習慣些再帶她去騎射場跑跑跳跳。那裹腳布是決計不可再纏了。」

柔福自不甘心聽他擺佈，回到房中馬上便找來新的白綾，待夜間侍女們睡下後自己悄悄地按原樣纏好。次日起床時瑞哥發現，她便拉著她手說：「我平日待你不錯罷？我也不要你爲我多做什麼，不過是當沒看見罷了。以後當著八太子的面我會穿靴子，但回到房中我依舊纏足你就不要管我了。」

瑞哥面露難色：「但是……若八太子知道……」

柔福笑道：「我房裡的事他都能看見？他哪裡長了這麼多眼睛！」

話音剛落，便見瑞哥直愣愣地朝外望去，柔福回首一看，只見宗雋負手立於門邊，與她四目相觸，遂淺淺一笑。

他知她必會私自再纏，故此早早過來查看。

柔福意外之下卻也不懼，快步走至他面前，仰首盯著他，示威般地說：「我要纏足，你拆一次我就纏一次！」

宗雋不疾不緩地問她：「你爲什麼要纏足？」

柔福道：「我們大宋，好人家的女兒都要纏足的，只有下人和窮人才留有天足。」

「這規矩是誰定的？」宗雋問。

柔福想了想，說：「不知道。但在宮裡，這是爹爹的要求。」

宗雋微笑道：「說到底其實很簡單，這是漢人男子強給你們女子定下的規矩，旨在束縛你們的行走，弱化你們的體質。你們南朝的男人早已在清玩雅趣、詩詞歌賦、風花雪月，以及無休止的意氣之爭中消磨了自己的陽剛之氣，變得越來越羸弱，不堪一擊，而把你們女人變得嬌柔可憐、弱不禁風、舉步維艱就成了他們自以爲可以重振乾綱的妙方。但你有沒有想過，有失陽剛的父親和弱不禁風的母親豈會生下強健的後代？由你們這樣的小腳女人養出的男兒又怎能抵擋我們女眞鐵騎的進攻？」

一時不知該如何反駁此言，但柔福依然瞪他，憤然道：「纏足女子有柳腰纖步之妙，便若魏晉書畫、唐宋詩詞，其中之美非你等蠻夷所能體會。你既不懂欣賞也就罷了，爲何還要強迫人像你們的蠻夷女子一樣恢復天足模樣？」

「哪裡，小足之妙我非常明白。」宗雋道：「著繡鞋的小足香軟纖小，可供我等男子日間目睹品鑒，夜裡撫摩賞玩。對你們漢人女子來說，是否纏有一雙纖足是可否獲得夫婿寵愛的關鍵，所以但凡有些地位的人家，都會盡力把女兒的腳纏小，宮中女子，更是這樣，纏有纖足是種爭寵的手段。可是如此一來，這小腳的女子又與純粹的玩物有何異處？何況小腳美麼？我不覺得。你拆開裹腳布看看你的雙

足，你也認爲很美麼？我們女眞的姑娘均是天足，我母親年輕時隨我父皇南征北戰，若纏有你這樣的小腳，早慘死在馬蹄下千百次了。」

說到這裡，宗雋又著意深看柔福一眼：「而且，依你的性子，我想你原本一定不願纏足的罷？」

柔福微微退後一步，訥訥地道：「誰說我不願意……爹爹和九哥都要我纏足……他們說的話一定是對的……」

「呵呵，這麼說，是他們強迫你纏的。」宗雋撫撫她的小臉，歎道：「爲何你對我強迫你做的事反抗得如此激烈，卻又對你父兄強迫你做的事甘之如飴？」

柔福沉默片刻，繼而又抬目倔強地道：「無論如何，我不要你管，我會繼續纏足！」

宗雋笑得無比閒適：「如果不怕有其他嚴重後果，你可以試試。」

十二　獵虎

幾日後，郎主完顏晟帶著宗磐、宗雋、宗幹、宗弼等一干宗室皇子出城田獵，隨行的還有國相宗翰、元帥右監軍完顏希尹、元帥左監軍撻懶等權臣猛將。此外，完顏晟帶了一個小孩與他同輿而行，起初宗雋以爲是他的皇孫，仔細一看，才發現竟是太祖的嫡孫完顏亶。

太祖共有十六子，其中元配皇后唐括氏生有三子：宗峻、烏烈和宗傑。宗峻是嫡長子，而完顏亶爲宗峻正妻蒲察氏所出，是太祖嫡孫。

金國的嫡庶之分非常嚴格，嫡子與庶子的身分地位有天淵之別。尋常人家中，繼承家產的通常是嫡子，庶子若非異常出眾，深得父親歡心，處境便十分淒涼，非但不能繼承父親遺產，甚至還有可能被父親的正室嫡子當作奴僕役使。對宗室來說，嫡庶之分最重要的表現就在於皇位繼承權。金國的兄終弟及制規定，皇帝應優先立其弟為諳班勃極烈，通常被立的是皇帝的同母弟，若無弟或無條件合適的兄弟可立，便應選先帝的嫡子或嫡孫為皇儲。

宗峻已薨於天會二年，宗雋與九弟訛魯雖名義上也是太祖皇后所出，但紇石烈氏畢竟是繼后，身分遜於唐括氏，何況本來握有重權的宗望一死，立即便陷入了孤立無援的境地，因此他們兄弟在皇位繼承權上無甚優勢，不能跟嫡長子及嫡長孫相比。如今的諳班勃極烈完顏杲是完顏晟的同母弟，但已年逾五旬，身體一直較弱，若薨於完顏晟之前，依兄終弟及制推測，那最有希望繼任諳班勃極烈的不是宗磐，亦不會是宗雋兄弟，而是宗峻這個九歲的兒子完顏亶。

完顏晟即位以來一直有意栽培自己的兒子宗磐，因此朝野議論紛紛，均認為他有可能棄祖制而不顧，將來必會設法立宗磐為儲君。但他最近似乎忽然特別關注重視太祖的子孫，今日他言笑晏晏地帶著完顏亶出行，看上去儼然一幅祖孫和樂景象。

完顏亶平時甚少有機會出城，因此興致大好，一路上不時自車輿中探頭出來觀賞風景，一雙烏亮的眼睛好奇地左轉右盼，前腦門剃得光溜溜的，顱後兩根細細的小辮隨著車行悠悠地晃，模樣甚是可愛。宗翰見狀笑呵呵地策馬至車輿旁，問：「小王爺這般年幼，也會打獵麼？」

「會！」完顏亶當即清脆地回答，馬上摸出一彎小小的弓箭，空手拉滿對著宗翰作瞄準狀。

「不可對國相如此無禮。」完顏晟笑斥他，然後轉首對宗翰解釋道：「昨日亶兒入宮向朕請安，一

聽朕要出城田獵，便非要跟著來。」

宗翰笑道：「小王爺小小年紀已這般英武，長大必有一番大作為。」

完顏晟擺手道：「哪裡，他長大後若能及國相一二已是他的造化了。國相英武勇毅，武功蓋世，不妨對他多加指導。今日田獵，就讓他跟在國相身邊學習騎射狩獵之道如何？」

「那自然好，」宗翰道：「只不知小王爺意下如何。」

完顏亶聞言看看他，問：「你是英雄麼？會打老虎麼？」

宗翰尚未回答，完顏晟已大笑開來：「國相是當今大金第一英雄，年輕時不知打死過多少老虎。」

完顏亶便笑了：「好，我跟著他打獵！」

宗翰笑著一伸手，將他抱到了自己的馬上。完顏亶坐穩後又側首看著他問：「今日我們可能打到老虎麼？」

宗翰搖頭：「現今城外的老虎已經被獵殺光了，待以後我帶你去長白山打罷。」

完顏亶點點頭，說：「那我這次就多打幾隻小鹿。」

待眾人到達圍場時，先行抵達的軍隊已準備完畢，早將獵物縱放入其中，並列守在圍場外，禁止外人進入。大家紮好帳篷卸下隨身行李後便紛紛策馬入圍場林叢，宗雋自己對田獵興趣不大，卻一直留神觀察他人情形，但見完顏晟不常行動，只坐在自己大帳前飲酒笑看眾人田獵，宗翰帶著完顏亶，倒是一直在頗盡心地教他騎射技巧，而其他人，都在自顧自地放鷹引弓尋捕獵物。

正午時，眾人回到營地環坐暢飲，將剛捕殺的獵物燒烤而食。一席宴罷，完顏晟環顧一周，忽然驚問：「亶兒怎麼不見了？」

大家左右查看，果然不見完顏亶蹤影，於是紛紛起身高呼尋找，始終不見回音。

宗雋凝神一想，記起適才環飲時有一梅花鹿自後方一閃而過，被完顏亶看見了，於是馬上起身提起他的小弓追去，當時大家都在把酒對飲，幾乎沒注意到此事。

宗雋當即背弓提矛，揚身上馬，朝著完顏亶所跑的方向奔去。

很快奔至一處密林，道路狹小，甚難行走。宗雋只得下馬，一路向內探去。繁茂的大樹蔽住了大部分陽光，只偶有幾點斑駁的亮點灑落，空氣陰鬱，混有草木與腐敗物的氣息，地面潮濕，不時有灌木擋住去路，而四下杳然，難覓人影。

準備放棄，折道而返，卻於轉側間無意發現，濕軟的地面上有一道小小的腳印向右方小路延伸。立刻沿腳印尋去，轉過三四道彎後，終於看見完顏亶立於一棵大樹下，一臉失望地望向遠處，小弓軟軟地垂在他手中，顯然他追捕的小鹿已經消失無蹤。

一下釋然，正欲開口喚他，忽覺迎面吹來風帶有詭異的味道，除了原來的草木香與腐敗味外，另有一絲源自動物身上的腥風。

猛獸的腥風。

當下心一涼，抬目四顧，果然發現左前方灌木叢中有一黃黑相間的東西在急速竄動，它瞄準的目標，應該是樹下的完顏亶。

前行或後退，他有兩種選擇。他有一瞬的猶豫，而他亦只給自己一瞬的時間來作決定，或，下賭注。

一場有關生命的賭博。於生死一線間，他忽地找到了那如光芒豁然一現的前程契機。

於是不再猶豫，他躍上馬背，奮力策馬，讓它朝完顏亶飛馳而去。

馬疾如閃電，一轉目已奔至完顏亶面前，而那猛獸卻也呼嘯著同時撲來。淡黃色的豔麗皮毛，腹面淨白，身上道道橫紋黝黑油亮，額間有橫杠條紋，略有貫聯，好似一個「王」字，正是生長在長白山中的東北猛虎。

虎的捕食目標本是完顏亶，但經衝來的馬一擋，那虎爪就狠狠落在了馬的臀部上，撕脫一大片皮肉，馬一聲痛鳴，轟然倒地，宗雋也跌落在地。那虎停了停又再度朝完顏亶撲去，宗雋連站起的時間也無，只略略支身伸左臂一攬完顏亶，迅速將他抱住順勢一滾，使老虎撲了個空。

然後宗雋將完顏亶猛地向旁邊一推，雙手緊握長矛，眈眈地緊盯面前的兇猛對手，準備接下來的關鍵一擊。那虎此刻也意識到宗雋應是最先解決的人，隨即張開血盆大口，低沉綿長地怒吼一聲，張牙舞爪地向他撲來。

宗雋緊握長矛中段，在猛虎撲來之際用盡全力朝它左目刺去。那虎來勢洶洶，猝不及防間無法收勢，果然中招，那矛順利地刺入了它的左目中，而矛也應聲折斷。

虎驚痛之下瘋狂猛撲，宗雋奮力朝左邊滾去躲避，卻畢竟晚了一步，那虎右掌落下，拍在他左肩上，傷處頓時血肉模糊，椎心火燒般地疼痛。

幸而那虎左目失明後一時驚慌無措，悲吼著四處亂撲亂咬，目標倒不僅僅鎖定在宗雋身上，無意間再次撲在宗雋那剛剛站起的馬身上，當即摁住一陣狂噬，倒讓宗雋贏得了些時間。他立即站起，左臂攬住完顏亶命他摟緊自己的腰，右手扯下身上套獵物用的繩索往頭頂的樹上一拋，搭在一較高樹枝上，然後快速扯下成兩股垂下，猛地一拉，向上躍去，終於在虎再次進攻之前置身於樹椏之上。

長吁一氣，隨後宗雋取下背上彎弓，抽出一支箭頭泛著綠綠幽光的箭，引弓對準正對樹狂躍的老虎。

尋常捕殺獵物不需用毒，但每次出獵均要備一兩支餵過毒的箭，以防猛獸襲擊。像老虎這樣的猛獸，皮厚而韌，不易刺破，一人遇上時甚爲危險，關鍵時刻可以用帶毒的箭射其雙目，使其中毒而亡。這是父皇教他的，而他也一直遵守，無論是在哪裡狩獵，都會帶上一支餵毒的箭。

現在，他瞄準的，正是樹下老虎尚存的右目。

一箭射出，立即中的，見血封喉。那老虎狂吼數聲，盲目之下狂奔幾丈，終於漸漸無力，一斜倒地，氣絕而亡。

宗雋這才完全放心，將弓擱下，閉上雙目，仰靠在樹幹上。而肩上的傷口也越發顯得疼痛，可以感覺到那裡的鮮血如何汩汩地沿著背部流下，浸濕了半幅衣裳。

驚呆了的完顏亶此時才回過神來，拉著他的手臂喚：「八叔……」

宗雋牽牽已變得蒼白的唇，微笑道：「沒事了。」

完顏亶一陣靜默。少頃，忽然睜著一雙烏黑清亮的眸子問他：「八叔，是不是有人想殺我？」

十三　券書

宗雋側首看他，不免有些詫異，笑容卻不改，問：「你怎會這樣想？」

「國相說這裡的老虎都被獵殺光了，外面有那麼多兵守著圍場，如果老虎從外面跑進來，他們應該會知道。」完顏亶說：「而且，剛才我追小鹿的時候，好像看見有人在前面跑，小鹿也跟著他跑，我喚

他，請他停下來幫我捉小鹿，他肯定已聽見，卻不管，跑到這裡就不見了。」

「八叔，」他再問：「這虎是有人故意放進來的罷？你知道是誰想殺我嗎？」

宗雋一時不語。能從這一尚無實權的小小孩子的死亡中得益的人，必定是有機會爭奪皇位繼承權的人，因此這樁未遂謀殺案的主謀應該是宗室中人，或是與他們關係密切的角色。如果今日完顏亶死於虎口之下，這將是今年發生於宗室中的第三次意外死亡。先遭厄運的是二哥宗望，他的死，公佈於眾的正式說法是「身染寒疾兼舊傷復發」。宗望薨後沒幾天，太祖唐括皇后所生的第三子宗傑也「暴病而薨」。唐括皇后另一兒子烏烈早亡，至此，太祖元配皇后所生的三位嫡子均已離世。

林間的風間歇地吹，和著秋意帶給皮膚低涼的溫度，卻沒有心底衍生的寒意沁骨。若完顏亶一死，下一個意外身亡的或許會是自己，太祖繼后所生的皇子，屆時他們又會給自己安一個怎樣的死因？

二哥的生命在他最志得意滿鵬程萬里時戛然而止，將權力和皇位繼承權分別遺給與他有競爭的權臣和其餘宗室。爲他椎面迸血淚者眾，然而他們隨後的環飲歡宴卻比靈前的血淚來得由衷。他的死，透過上自完顏晟，下至宗翰宗弼宗磐隱約的笑意看來，倒顯得十分眾望所歸，於是具體的死因便成了誰都樂意忽略的問題。

三位嫡皇子與二哥的死，使宗雋忽然發現自己與皇位的距離瞬間縮短，也徹底理解了母親讓自己韜光養晦的深意，而如今面前這個孩子，也成了他與藏於暗處的冷箭之間的最後一道屏障。

於情於理於遠略，都應盡力保全這小小的嫡孫，至於是誰想殺他，最有動機的人自不難猜，但他寧願再多看多想，他記得母親那句話「事情未必總如看上去那麼簡單」。

他對完顏亶淡淡一笑，撫了撫他光溜溜的腦門：「有人想殺你麼？我不知道。如果有，你會怎樣？」

完顏亶答：「把他找出來，殺了他。」

他說這話時眼睛依然專注而純眞地看著他，清亮明淨，語調卻平靜，彷彿說的「他」不是指人，而是一隻再尋常不過的小鹿小兔。

不愧是完顏氏的孩子，這般年幼卻已有了王者的勇狠決絕，而特殊的身分與處境，顯然引發了他的早慧。

「那你怎麼找？」宗雋問他。

完顏亶垂目想想，說：「我現在也不知道。八叔教我。」

宗雋再問：「你願意聽我的？」

完顏亶點點頭：「八叔捨命救我，是對我最好的人。」

「好。」宗雋微笑：「現在你不必刻意去查是誰想殺你。他既希望你死，你就反其道而行，好好地活下去，去爭取他不希望你得到的東西，屆時他忍不住，必會站出來與你作對，然後，你就可以設法殺他了。」

完顏亶眨著眼睛思索一會兒，又道：「可是，他這次殺不了我，肯定還會繼續想法害我的。」

「所以，你現在要找一個可以保護你的人。」宗雋道。

完顏亶聞言朝他笑了：「八叔，你不就可以保護我麼？郎主說我今年生辰他還沒送我禮物，問我想要什麼，我回去便請他封八叔做大官！」

「不，八叔只可在暗中保護你。」宗雋笑而搖頭：「你需要的是一個大英雄，一個別人一聽他名號

就會感到害怕的保鏢。」

「大英雄……」完顏亶雙眸一亮：「八叔是說國相？郎主說他是大金第一英雄。」

宗雋頷首：「是，你二叔薨後，國相自然也就成了『大金第一英雄』。」

完顏亶便問：「那我該怎麼做，才能讓他保護我呢？」

宗雋略一沉吟，再告訴他：「一會兒咱們回去後，郎主可能會問國相的罪，說他沒有照顧好你，使你身入險境，或者郎主不直說，但國相也一定會主動請罪。這時，你要站出來，當著眾人面說，是你自己貪玩才誤入密林，與國相無關。而且國相此前告誡過你不得擅自離開他，以便保你安全、隨時教你騎射狩獵，所以國相不但無罪，還應嘉獎。既然郎主答應送你生辰禮物，你便請他賜國相免罪券書，免去他將來除反逆外的一切罪過。」

聽到此處完顏亶插言問：「只要不反逆，隨便殺人放火都沒關係？那免罪券書很重要罷？郎主肯聽我的，把這麼重要的東西賜給國相麼？」

宗雋一笑：「肯，他會肯，但你一定要當著所有大臣面請求，不要私下對他說。」

完顏亶點頭，又問：「然後呢？」

「然後……」宗雋仰首望向被樹上枝椏裂碎的青天，語調清淡和緩：「然後你就不必再擔心了，國相會幫你殺退所有想傷害你的人，並會全力助你得到你將來想得到的東西。」

「好，八叔，我會照你說的去做。」完顏亶應承，神色頗鄭重。

有馬蹄聲漸漸傳近，宗雋移目朝來路望去，從樹叢曲徑間瞥見了一行熟悉的騎兵身影，於是對完顏亶淺笑道：「有人來找咱們了。記住，切勿把我今日跟你說的話告訴任何人。」

回去後的事一如宗雋所料，完顏晟得知完顏亶遭虎襲擊的事後大發雷霆，一面差人細查縱虎入圍場之事，命帶來的太醫爲宗雋包紮傷口，一面不點名地責怪「身邊人」沒照顧好完顏亶，宗翰一旁聽見，面色青紅不定，終於忍不住出列單膝跪下，道：「小王爺受今日之驚，是臣照顧不周，一時疏忽所致。臣甘願受罰，請陛下降罪。」

完顏晟聞言看了看他，徐徐坐下，正欲開口，不想此時完顏亶跑到他面前，先跪下伶俐地叩了個頭，然後揚聲把宗雋教他的話說了一遍，聲音響亮得足以令在場的每一位大臣都聽得清楚明白。

「賜國相免罪劵書？」完顏晟大感意外，一時沉吟不語。

宗翰聽完顏亶非但爲他求情，還請郎主賜他免罪劵書，當下大喜，感激而贊許地看看完顏亶，但又見完顏晟躊躇，知此物干係重大，他不見得會願意，便又再拜出言推辭：「小王爺好意臣心領了，但臣功勞微薄，才智有限，於大金也無甚建樹，實在不敢領受免罪劵書。這劵書陛下請留下，日後賞給作爲遠勝微臣的人罷。」

完顏亶當即睜大眼睛問完顏晟：「郎主不是說國相是大金第一英雄麼？還會有人功勞能勝過他？」完顏晟便若被他將了一軍，當著群臣之面一時不知如何應答，只略顯尷尬地笑。

其餘人也不便插言，也都沉默。須臾，元帥右監軍完顏希尹忽然開口，微笑著說：「國相功勳蓋世，大金的確再無人比他更應得免罪劵書。」

此言一出，宗翰的心腹密友紛紛附和，高慶裔更是開始列舉宗翰破遼滅宋所立的赫赫戰功，雖不明言請求，但意在促完顏晟答允此事。

終於，完顏晟呵呵一笑，道：「眾卿所言甚是。國相功勳蓋世，爲國屢立大功，理應特別嘉獎。朕

明日會下旨，賜國相免罪鐵券，除反逆外，餘皆不問。」

宗翰此時也不再推辭，雙膝跪下鄭重朗聲謝恩，那喜色滿溢於言笑間。完顏亶轉目去看一直冷眼旁觀的宗雋，目光暗含詢問：「我做得好麼？」

而宗雋若不經意地側首避開，神色淡定如常，只把笑意隱於心間。

宗翰是景祖曾孫，前國相撒改的兒子，雖然是現下第一權臣，但始終不像太祖或完顏晟諸子一樣，有繼承皇位的希望，所以完顏亶的存在與否本來就對他影響不大，而現在借機讓完顏亶施恩於他，可讓他知恩圖報而大力保全完顏亶，說不定還會幫他爭取皇儲之位。何況，就宗翰自己的利益來說，輔佐與控制一位年幼的君主，遠比受成年皇帝制約要好得多，扶持完顏亶必會成他以後主動積極地去做的大事。

「此番亶兒能脫險，全靠宗雋捨命護衛，宗雋自然也應嘉獎。」完顏晟忽然注意到了宗雋，溫和地看著他問：「說罷，你想要什麼。」

宗雋微微一笑，應道：「臣近日頗愛玩賞漢人書畫，陛下就把取自汴京大內秘府的珍品賞臣一些罷。」

完顏晟聞言開懷大笑：「宗雋喜好漢學，倒真變得越來越風雅了。好！回京後朕即刻讓人送一大堆漢人書畫到你府中。你好好養傷，慢慢看。」

宗雋是被隨從抬回府的。過多的失血使他幾度昏迷，皮膚像是突然褪色，面上指間儘是瘆人的蒼白，而活力隨著鮮血溢流殆盡，前所未有的虛弱使他無力地閉目，進府之後奴婢們因看見受傷的他而發出的驚呼此起彼伏，生生傳入耳內，令他不堪其煩。

入到房中才稍稍安寧。靜靜側身躺了一會兒，忽然有一清泠悅耳的聲音響起：「怎麼受傷了？」

他緩緩睜目，眼前朦朧的景象逐漸變得清晰，他在俏立於床前的柔福眸中窺見自己模樣，便淡淡笑了：「我又帶回一張虎皮。」

她說：「我以爲只有長白山才有老虎。」

「嗯，我以前也這樣想。」宗雋微笑道：「但事實往往出人意料。」

因是左肩受傷，所以他面朝右方側臥，柔福就立於他面前，他順勢往下一看，發現她今日穿的是一雙寬鬆的女眞童靴。這發現令他覺得愉悅，遂伸手，想拉她過來坐下。

她一閃躲過。而他這一動牽動了傷口，似又有血流出，他收回手，痛苦地瞬了瞬目。

她悄然走近，盯著他的傷口看了許久，見有新鮮的血液自包紮的白布縫隙中滲出，便輕輕地用右手食指沾了沾，指上頓現一點鮮紅。

他再度睜眼時，正好看見她笑。她透過他的鮮血和他微蹙的眉頭品嘗著他的疼痛，於是綻開了一抹笑，但這笑意有欠明朗，像雪山上穿透冰封空氣的稀薄陽光，又似在霧氣深重的林間點亮的篝火，遼遠而模糊。

而她的眉宇間，多了一種他從未感知的神情，類似憂愁。那常常在他面前大怒大悲的小女孩，何時有了如此纖細的情緒？但他無力再想，傷口的劇痛有所緩解，而頭卻越來越沉重，在失去意識前，他只記得她曾以指沾著他的鮮血，憂思恍惚地笑。

十四　浮影

依稀醒來時，頭痛欲裂，而身體越來越灼熱，血液彷彿有了滾水的溫度，在四肢百骸中一味奔流，薄薄的汗滲於髮膚間，而肩上疼痛也隨之蘇醒。勉強睜開眼，只見室內深暗，而庭戶無聲，四下靜謐，應是夜半。

他茫然躺著，雙目微晗，思緒飄浮，一時不辨這是何時，身在何處。

那門，忽然無聲地徐徐開啓，一道清麗窈窕的影子撥開瑩瑩月光，如雲飄落於室中。

靜立片刻，她終於緩步入內，悄無聲息地漸漸走近。他所見景象不盡清晰，只覺她穿了一身淺色衣裙，頭上白羽有月色光華，在被攪動的空氣中輕輕地顫，而臉，卻模糊。

多麼熟悉的情景。又是她麼，阿跋斯水溫都部絕美的女子？

嚥下凝結的歎息，他像往常那樣迅速合眼，作沉睡狀。她停在他床前，一脈沉默。閉著雙目，他仍可感覺到她的目光如何在他臉上婉轉流連。

她悄然在他身側坐下，冰涼的手指開始踟躕地輕觸他額頭。那超常的熱度似令她一驚，倏地縮回手，停了停，才又以手心撫上他的額。

還如往常，那手清涼纖小，有柔和的觸感。他其實並不厭惡這樣的感覺，這一瞬，不妨就此停留。但這些話，他從沒有，也永不可能對她說。

從不得已地接受她爲妻的那天起，他就決定以疏離作爲他對她的基本態度。新婚之夜，她在匆匆看清了他的模樣後便垂目含羞地笑，而他只給她那傾城容顏漠然一瞥，便轉身離去，任她在錯愕委屈中流了一夜的淚。

此後也甚少與她同宿，府中美婢頗多，他從來不缺侍寢的人。而她並不敢就此多言，在他面前，她永遠是一副柔順賢淑模樣。他不愛睬她，偶爾有事喚她一聲，她便驚惶地抬首，彷若受驚的小鹿。這令他更爲不快，覺得她根本與她的家族一樣卑微而懦弱。

某日，他著涼發熱，卻拒絕她殷勤的照顧。於是在夜半他半夢半醒間，她悄然進來，輕撫他的額頭，用冰水浸過的布給他降溫。他其實已經清醒，卻始終不睜目看她。

從此漸漸成習慣，她常在他獨寢時於夜半進來看他，默默地坐在他身邊，怯怯地撫摸他的臉龐他的手，動作輕柔無比，惟恐驚醒了他。而她一直不知道，他的沉睡從來都是僞裝，他可以感覺到她每一次觸摸，聽見她每一聲鬱然低迴的歎息。

他無法解釋自己的行爲與感受。夜半時，在她依依目光與輕觸下他會感到很安寧，甚至開始期待，若她不來，會略感失望。但，一旦他與她相遇在日光中，幽浮於夜色中的那縷柔情似瞬間消失，她又成了卑微怯懦的庶族女子，別人居心叵測地硬塞給他的妻，看見她連坦然迎視自己的目光都不敢的軟弱模樣，他會覺得對她保持冷面鐵心的狀態實在再自然不過。

後來他自請去曷蘇館任職，一大目的就是避開她。其間她亦曾前往曷蘇館探望他，而久別的他對她依然很冷淡。她失望地回京，自此一病不起。他得知消息後又等了許久才起身返京，待到府中時，她已逝去，穿著婚禮時的盛裝，如沉睡般躺著，豔美無匹。

這次是他伸手撫過她髮膚，她的額頭她的唇，她的脖頸她的眉，在生氣消散之後，卻呈現出他從未感知過的奇異的美。她雙眉淺顰，唇際卻有一縷恬淡的笑意。他木然看著，心底一片空茫。

「唉……」現在，他又聽見了歎息聲，幽長細柔，無盡的悵然。

然後，有冰涼、尖銳的東西輕抵在他頸間。那是什麼？她的指甲她的刀，還是她的積怨她的恨？此物邊緣鋒利，在她的加力下已劃破他皮膚，瞬間的清涼感消失後，那一絲傷處有和著輕癢的刺痛。

他無力亦不想反抗，其實喉內鬱結的隱痛更甚於肌膚之痛。還如往常，他始終不睜目看她，但終於開口，夜半，絕無前例的首次，自己也訝異。

無聲地歎息，他說：「穎眞，對不起。」

女子的動作就此停滯。那一刻時光凝固，夜色不再流轉，她默然而立之處，是他聲音淺淡掠過的空間。

良久，他感覺到那迫人的鋒芒與她一起離他而去，她起身那一旋，髮絲拂過他的臉。

脖上有兩三滴水珠緩緩滲流而下，似是傷口落了淚。

次日一睜目，便看見憂心忡忡地凝視著自己的母親。周圍的太醫與侍女正在忙著爲他治傷降溫，一屋斑駁的人，見他醒來都驚喜地出聲相慶，而他只對母親安慰地笑。

紇石烈氏輕輕拭擦宗雋的額、臉，溫言問：「好些了麼？」

仍是四肢乏力、耳鳴目眩，不過這並不重要，他自然地點頭，說：「放心，我不會有事。」

紇石烈氏手中的白巾忽然停在他耳後，「怎麼傷的？」她問。

「遇虎。」他簡單地答，此刻也無力詳細地解釋更多。

「這事以後再說。」她搖搖頭，手指橫橫地輕撫過他的脖頸：「我是說這裡，怎麼傷的？」

宗雋摸了摸脖上那道淺細的傷痕，傷口已凝合，手觸之處是一絲凸出的細線和已乾的血痕。昨夜那青衫白羽的身影漸漸自心底浮出，一時間他也有些迷惑，若非傷處確切，他會以爲那只是舊日幻影。穎眞？明亮的光線喚醒清晰的思維，他從來不信會有魂魄能入夢，何況她還有手中刀，可以著實切過他皮膚。

轉瞬之間，他已隱隱猜到她是誰，於是慵然半合著眼，似漫不經心地回答：「在密林中被銳利的樹葉邊緣劃傷的。」

母親便不再作聲，也不要他多說話，只繼續照料他，直到黃昏後才乘輦回宮。婢妾們爭先恐後地前來看望，他的目光撥開重重粉黛朱顏，卻始終未見柔福。

「小夫人呢？」他問身邊侍女。

侍女說：「聽說小夫人今天不大舒服，一直閉門在房中休息。」

心下了然，亦未追問下去。到了夜間，他吩咐侍女：「以後若無我召喚，不得讓府中任何人入我臥室……小夫人除外。」

雖已無性命之憂，然此後兩日病勢仍不輕，終日躺於病榻上靜養，將婢妾摒於室外倒也保得耳根清淨，而唯一有權接近他的柔福也一直未曾出現。

第三日拂曉初醒時感覺有異往日。與景象無關。破曉的晨光融合了室內暗鎖的夜色，那光有淺藍的色調，透窗而入的空氣帶著露水的潮濕，兩廂一觸，便變得幽幻溟濛。這些，都與平日無甚區別，不同的，是在窗前那光影溟濛中，立著一皎皎少女。她斜倚在窗邊，望著柳梢上尚未完全消去的淡月痕跡，

舒展的眉間，有一抹分明的愁緒。

沿著她手臂看下去，見衣袖下素手所執之物並非刀刃，而是一方正在被她無意識糾纏的絲巾，宗雋唇角一牽，本想喚她，但終於還是選擇了沉默，繼續躺著，在感覺到她即將轉身看他時閉上了眼睛。

她也只是轉身看他，並不再動，亦不走近，靜靜地凝視他，正如他預料的那樣。

如此良久，直到有人啟門進來打破了此間的靜默。

「小夫人，原來你在這裡！一醒來就不見了你，讓我好找。」壓低了的女聲傳入耳中仍很清楚，宗雋聽出來人是柔福的侍女瑞哥。

「我正要回去。」柔福似小吃一驚，倉促回答間透露出一些忐忑意味。

瑞哥輕笑：「沒關係，我知道你在這裡就好了。八太子說你可以隨時進來，倒是我不能久留。」

「我跟你一起走。」柔福像是要立即出去。

「別，別！」瑞哥拉住她：「你在這裡等，等到八太子醒來，別跟穎眞夫人一樣……」

說到這裡覺出了顧慮，一下便滯住了，卻引起了柔福的好奇：「穎眞夫人怎樣？」

瑞哥一時噤聲不說，柔福連連促她：「說呀，別怕，他傷得那麼重，昏睡著呢，現在不會醒的。」

又過一會兒，瑞哥才開始悄聲對她說：「穎眞夫人以前也常常在八太子睡著時進來看他，可從不敢等到他醒來，總是看一陣就悄悄走了。」

「她……」柔福問：「一定很喜歡他罷？」

「唉，豈止喜歡，他簡直是她的命啊。」適才的輕快蕩然無存，瑞哥的語調變得很是沉重。

柔福一時沒接言，須臾才又問：「她的死，跟他有關？」

瑞哥遲疑半晌，大概是反覆看了看宗雋，確信他在沉睡，這才輕聲告訴柔福：「穎眞夫人不是九姓貴族之女，八太子一直不喜歡她。八太子後來去曷蘇館，許多人都猜他是爲了避開她才去的。穎眞夫人等了很久沒見他回來，在娘娘催促下終於決定自己去曷蘇館看他。那時我是服侍她的侍女，但她沒讓我跟她去，說怕八太子見她帶太多人去會覺得煩，便只帶了她的一個陪嫁丫頭和必要的侍衛。」

「後來呢？見到八太子又如何？」柔福追問。

「我也不知道。」瑞哥說：「反正穎眞夫人很快就回來了。我私下問過她八太子好不好，她微微笑著說：『好，他很好。頭頂大金國廣袤的藍天，足踏曷蘇館眾女子的愛情。』」

「這句話……」柔福似在細細琢磨：「你再說一遍。」

瑞哥又長歎一聲，放慢語速，把那話重複了一遍，然後說：「當時我也沒明白這話是什麼意思，也來不及細問，穎眞夫人便病倒了，待八太子終於歸來時，她已經……」

那輕盈的浮影隨著侍女的回憶重又飄落於心間，逐漸清晰的是穎眞望著悲哀微笑的面容，不曾有過的接近，忽又驚覺其實她從未遠離。終於他悄然向自己承認，昔日他不肯一顧的妻已經以生命在他心上留下了一道烙印。

各異的感傷引起相同的沉默，其後還是瑞哥先開口道：「其實八太子對小夫人已經很好了，要是當初穎眞夫人能得到你所得的兩分寵愛，不知會多開心，可你爲什麼不願安下心來，好好跟八太子過日子呢？」

「你會跟把你搶來的強盜好好過日子麼？」柔福反問。

瑞哥想想說：「我也不知道。但是我們女眞人有搶親的習俗，我奶奶就是被我爺爺搶來的，後來還

不是與他恩恩愛愛地過了一輩子？」

柔福一怔，說：「那是不一樣的。」

「有什麼不一樣呀！」瑞哥笑著示意讓她看宗雋：「何況那個強盜還這麼英俊勇武又聰明。難道你就沒有一點喜歡他麼？」

「不，我怎會喜歡他！」柔福斷然否認，隔了一陣，又幽幽輕聲說：「我喜歡的人跟他完全不同，斯文有禮，舉止從容，從來不會強迫我做我不願意做的事……去年春天我見他，是在華陽宮的櫻花樹下，他穿著窄袖錦袍緋羅靴，騎著一匹白色駿馬，眉間衣上儘是光華……我踢飛了毽子，他在馬上一揚手便接到了，看見我，便微笑……」

最後這一段，她聲音漸趨細微，倒像是說給自己聽一般。

瑞哥聽得很是困惑，便問：「小夫人，你在說什麼？」

「他，終有一天會騎著駿馬來救我。」柔福提高聲音預言般地擲出這句話，然後步履聲響，她逃也似地離開。

宗雋的傷一天天好起來，人也漸漸有了精神，依然像往常那樣常召柔福來陪他說話或看書，柔福若不願意來，他便讓人一遍又一遍軟硬兼施地去請，迫使她忍無可忍地衝過來對他發怒，而他目的達到，便只是笑笑，繼續逗她或不理她不過是選擇的問題。

他的傷處需要隔兩三天換一次藥，每次換藥之前要先以薄竹片刮去腐化的血肉，這顯然很疼痛，雖然每次他都面不改色，一旁看著的柔福卻總會不禁地流露出異樣神情。有一天她看著侍女爲他刮傷處，眉頭再度微鎖，下意識地後退一步，並側過頭去，宗雋一時興起，便揚手喊停，命侍女把竹片遞給她，讓她來刮。

柔福不住搖頭不肯接竹片，宗雋就揶揄她：「不敢？」

她受此一激，果然乾脆地接過，走到他背後細細查看傷口半天，才下定決心以竹片去刮。

她的動作很輕，力度比剛才的侍女要小許多，而且一下下刮得徐緩，不知是格外仔細還是有所猶豫。

「那接住你毽子的人是誰？」宗雋忽然問，悠悠地回首看她。

她的手如他預料的那樣抖了一下，竹片被打亂的運行節奏暴露了她內心的悸動，然而她很快反應過來，挑釁地抬抬下頷，祭出的冷笑有類似報復的快意：「他是第一個吻我的人。一個有別於你這野蠻夷狄的完美的人。」

她揮動手中竹片狠狠地剮了一下他的傷處，新生的肌膚隨之破損，再度鮮血淋漓。然後她猛地扔下竹片，在一屋侍女驚愕的目光中疾步奔出。

宗雋透窗望去，見她跑得急促，長長的秀髮與翩翩的裙袂攜著秋意一起飛，庭院樹上有黃葉驚落，在空中劃過不規則的軌跡後無奈地沉寂於她所經之處，而她，決然離去，不思回顧。

（待續，請繼續閱讀完結篇《柔福帝姬（下）此花幽獨》）

國家圖書館出版品預行編目資料

柔福帝姬（中）蒹葭蒼蒼／米蘭 Lady 著；──初版．
──臺中市：好讀，2012.10

面：　公分，──（真小說；18）

ISBN 978-986-178-254-6（平裝）

857.7　　101014284

好讀出版

真小說 18

柔福帝姬（中）蒹葭蒼蒼

作　　者／米蘭 Lady
總 編 輯／鄧茵茵
文字編輯／莊銘桓
美術編輯／鄭年亨
行銷企畫／陳昶文　陳盈瑜
發 行 所／好讀出版有限公司
台中市 407 西屯區何厝里 19 鄰大有街 13 號
TEL:04-23157795　FAX:04-23144188
http://howdo.morningstar.com.tw
（如對本書編輯或內容有意見，請來電或上網告訴我們）
法律顧問／甘龍強律師
承製／知己圖書股份有限公司　TEL:04-23581803

總經銷／知己圖書股份有限公司
http://www.morningstar.com.tw
e-mail:service@morningstar.com.tw
郵政劃撥：15060393 知己圖書股份有限公司
台北公司：台北市 106 羅斯福路二段 95 號 4 樓之 3
TEL:02-23672044　FAX:02-23635741
台中公司：台中市 407 工業區 30 路 1 號
TEL:04-23595820　FAX:04-23597123

初版／西元 2012 年 10 月 1 日
定價／250 元
如有破損或裝訂錯誤，請寄回知己圖書台中公司更換

Published by How-Do Publishing Co., Ltd.
2012 Printed in Taiwan

ISBN 978-986-178-254-6

讀者回函

只要寄回本回函，就能不定時收到晨星出版集團最新電子報及相關優惠活動訊息，並有機會參加抽獎，獲得贈書。因此有電子信箱的讀者，千萬別吝於寫上你的信箱地址

書名：柔福帝姬（中）蒹葭蒼蒼

姓名：______________ 性別：□男 □女 生日：____年____月____日

教育程度：__________________________

職業：□學生 □教師 □一般職員 □企業主管

□家庭主婦 □自由業 □醫護 □軍警 □其他________________________

電子郵件信箱（e-mail）：________________________ 電話：________________

聯絡地址：□□□ ____

你怎麼發現這本書的？

□書店 □網路書店（哪一個？）____________________ □朋友推薦 □學校選書

□報章雜誌報導 □其他____

買這本書的原因是：____

□內容題材深得我心 □價格便宜 □封面與內頁設計很優 □其他______________

你對這本書還有其他意見麼？請通通告訴我們：

____

你買過幾本好讀的書？（不包括現在這一本）

□沒買過 □ 1 ～ 5 本 □ 6 ～ 10 本 □ 11 ～ 20 本 □太多了

你希望能如何得到更多好讀的出版訊息？

□常寄電子報 □網站常常更新 □常在報章雜誌上看到好讀新書消息

□我有更棒的想法____

最後請推薦五個閱讀同好的姓名與 E-mail，讓他們也能收到好讀的近期書訊：

1. ____

2. ____

3. ____

4. ____

5. ____

我們確實接收到你對好讀的心意了，再次感謝你抽空填寫這份回函

請有空時上網或來信與我們交換意見，好讀出版有限公司編輯部同仁感謝你！

好讀的部落格：http://howdo.morningstar.com.tw/

請填妥後對折黏貼，直接投郵即可，無須貼郵票。

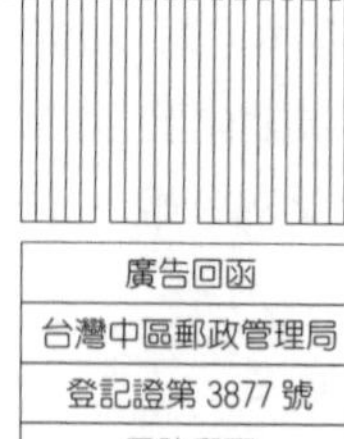

廣告回函
台灣中區郵政管理局
登記證第 3877 號
免貼郵票

好讀出版有限公司　編輯部收

407 台中市西屯區何厝里大有街 13 號
電話：04-23157795-6　傳真：04-23144188

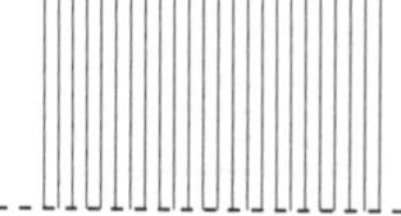

沿虛線對折

購買好讀出版書籍的方法：

一、先請你上晨星網路書店 http://www.morningstar.com.tw 檢索書目或直接在網上購買

二、以郵政劃撥購書：帳號 15060393 戶名：知己圖書股份有限公司並在通信欄中註明你想買的書名與數量

三、大量訂購者可直接以客服專線洽詢，有專人爲您服務：客服專線：04-23595819 轉 230 傳真：04-23597123

四、客服信箱：service@morningstar.com.tw